——————想象，比知识更重要

幻象文库

怪兽保护协会

THE KAIJU PRESERVATION SOCIETY

John Scalzi

[美]约翰·斯卡尔齐——著

耿辉——译

新星出版社 NEW STAR PRESS

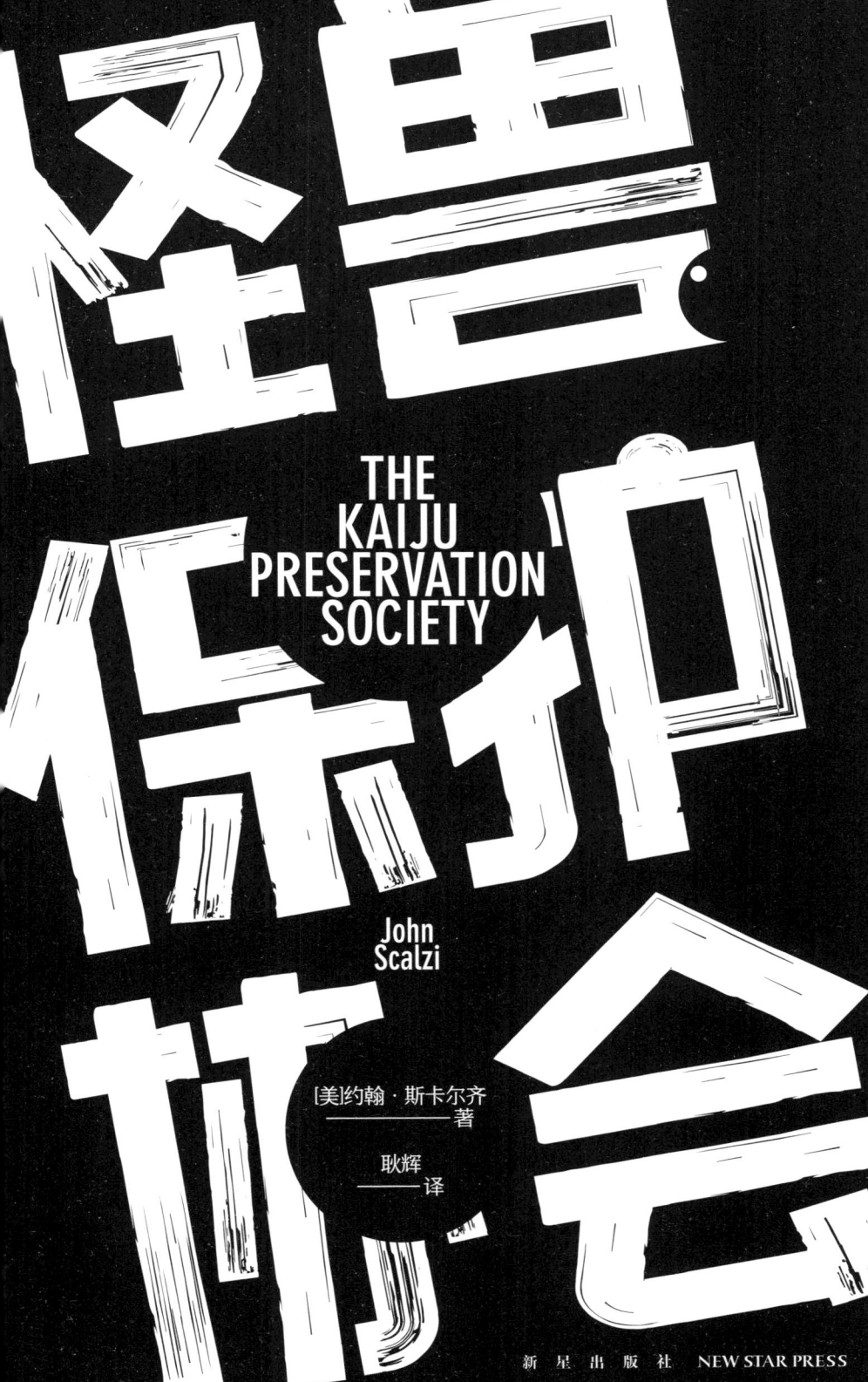

第一章

“杰米·格雷！”罗布·桑德斯从他的办公室门口探出脑袋，一边笑一边朝我挥手，“快下来，我们把这事儿搞定。”

我从工位上起身，拿上做了笔记的平板电脑，也露出了笑容。我看了一眼卡妮莎·威廉姆斯，她快速跟我碰了碰拳头。“拿下他。”她说。

“保证让他目瞪口呆。”我说完走进首席执行官的办公室。轮到我进行绩效评估，实话实说，我会大放异彩。

罗布·桑德斯把我迎进去，示意我去他的“对话场所”，这只是他喜欢的称呼，实际上只是四个巨大的三原色豆袋坐垫和一张矮桌。这张桌子是有磁珠的那种，可以用磁珠把玻璃下方炫目的白沙吸引到各个位置，描画出几何形状。此刻那颗磁珠勾勒出一个旋涡图案。我坐在一个红色的豆袋上，身体陷入其中，只不过姿势有点儿尴尬。平板电脑短暂地从我手中掉了出去。还没等它滑下豆袋摔在地板上，我就抓住了它。我抬头看了一眼仍然站着的桑德斯，笑了起来。他也朝我笑，然后拖过一把办公椅，反坐在上边。他双臂交叉，搭在椅背上，低头看着我。

哦，我明白，首席执行官展示权力的方式，非常友好，我想。我不担心这个，也理解首席执行官的自尊是怎么回事，我准备好应对这家伙了。我来这里是为了接受罗布对我进行半年一次的绩效评估。就像刚刚说过的，我要拿下他。

“舒服吧？”罗布问我。

“舒服极了。”我一边说，一边尽量小心翼翼地调整自己的重心，以便不再一直朝右侧微微倾斜。

“好，你来美食心语多久了，杰米？”

“六个月。”

“你觉得在这里干得怎么样？”

“很高兴你这样问，罗布，实话说，我感觉非常好，”我拿起平板电脑，“这次面谈，我想花点儿时间谈谈我们可以如何改善服务，不仅是美食心语应用，还有我们跟饭店、配送人员以及客户的关系。如今到了2020年，外卖应用已经成熟，如果想要跟选餐中心、优步外卖、纽约市本地以及其他城市的对手竞争，我们真的需要全力以赴，出类拔萃。”

“所以你认为我们有改善的空间？”

“对，我是这样认为的。”我想要在豆袋坐垫里向前倾身，结果只是越陷越深。我一边跟着它晃动，一边指着平板电脑，“你听说这种流行病了吧？”

“听说了。”罗布承认。

“我认为我们就要封城了，显而易见，那意味着城市里大家吃外卖的次数要比平常更多，但也意味着饭店将会入不敷出，因为他们没法提供堂食。如果美食心语提出用更低的费用换取独家点餐和配送服务，我们既能跟饭店老板处好关系，又能在一干外卖应用里占得先机。”

“你希望我们降价？”

“对。”

“在一场潜在的疫情中让利？”

“不！瞧，这才是关键。如果我们行动迅速，封锁最热门的饭店——抱歉使用防疫用语，我们就会发现收入一路攀升，因为订单量会提高。而且不仅是我们的收入，我们的配送人员——”

“速递员。”

我在豆袋坐垫上挪了挪：“什么？”

“速递员，这是我们现在对他们的称呼。机智吧？这个词是我琢磨出来的。”

“我觉着是尼尔·斯蒂芬森创造出来的。”

“谁？”

“一位作家，创作了《雪崩》[①]。”

“那是啥，《冰雪奇缘》[②]的续集？”

“其实是一本书。”

罗布不屑一顾地摆摆手：“只要跟迪士尼无关，我们就不会被起诉。你说到哪儿了？”

“我们的，呃，速递员也能提升收入，我们可以支付更高的配送费——不必多太多，”我看见罗布听到这儿开始皱眉，“只要能体现出我们跟其他应用的差异就行。在零工经济中，只要一点点推力就能走很远，我们可以实打实地建立用户忠诚度，这么做可以改善服务，进而形成又一种差异化竞争力。”

“本质上来说，你想搞质量竞争。”

“对！”我伸手一指，结果在豆袋坐垫里陷得更深了，“其实我们已经好过许多应用了，只是需要把这一点发挥到极致。”

“你想说的是，我们会多支出一些成本，但是值得。”

“我想是的。我知道这听上去很不同寻常，对吧？可这也正是

① *Snow Crash*，尼尔·斯蒂芬森于 1992 年出版的科幻小说，奠定了他在赛博朋克领域的重要地位。

② *Frozen*，2013 年上映的迪士尼喜剧动画电影。

全部的意义所在，我们将抢占外卖行业其他所有竞品公司都没涉足的领域，等到他们搞明白我们的意图，整个纽约市都已经被我们收入囊中，而这只是开始。”

“你的想法很大胆，杰米，”罗布说，“你不惮于承担风险和促进交流。”

我喜笑颜开，放下了自己的平板电脑。“谢谢，罗布，你说得对。我抛下自己的博士学位来美食心语工作就是在承担风险了，你知道吗？我在芝加哥大学的朋友认为我是疯了才会停止求学，搬到纽约加入一家初创公司。可是我觉得这个选择是正确的，我认为自己真正改善了人们订餐的方式。”

“听你这么说我很高兴，因为我们今天这场谈话就是为了谈一谈你在美食心语的未来——给你什么职位才能让你以最适合的方式释放心中澎湃的激情。”

“噢，听你这么说我也很高兴，罗布。”我再次尝试在豆袋坐垫里往前挪动，但是没有成功，所以决定冒险稍微撑起身子。这个动作让我得以重新调整豆袋坐垫的形状，我落座的空间也变得没那么局促，可是平板电脑却滑进了我压出的凹陷里，它现在正被我坐在屁股底下，我决定不去管它。“跟我说说我能为公司做什么贡献吧。”

“速递。”

我眨眨眼：“什么？”

“速递，”罗布重复说，“我们的速递员就在干这个，速递。所以我想安排你也做速递的活儿。”

“那跟配送有什么明显的不同吗？”

“没有，但是我们没法把配送符号化。”

我改变了话题：“所以你想让我主导美食心语的配送……速递策略？”

罗布摇摇头："我觉得那样会限制你的能力，你觉得呢？"

"我不明白。"

"我想说的是，杰米，美食心语需要像你这样脚踏实地的人冲锋陷阵，把街头的情况传递给我们，"他把手朝窗外一挥，"真实、粗粝、直接，只有你能胜任。"

我花了一分钟时间才把这件事理解透彻："你想让我当美食心语的外卖配送员。"

"速递员。"

"这根本都不是这家公司的职位。"

"不代表它对我们公司不重要，杰米。"

我再次努力消化他话里的信息，但还是失败了。"等一下——现在是什么情况，罗布？"

"什么意思？"

"我以为这是我的半年绩效评估。"

罗布点点头："在某种程度上这就是。"

"可是你在让我去当配送——"

"速递员。"

"——不管你想叫它什么该死的名字，它都不是这家公司里真正的职位。你要解雇我。"

"我没要解雇你。"罗布安抚我说。

"那你在干什么？"

"我在向你提供一个激动人心的机会，让你以一种完全不同的方式，丰富你在美食心语的工作体验。"

"一种不提供福利、医保和薪水的方式？"

罗布对此发出啧啧声："你知道不是那样的，美食心语跟杜安·里德药店有一个互惠协议，购买指定健康产品，我们的速递员最高可享九折优惠。"

“哦，好吧。我们就聊到这里吧。”我说完把自己从豆袋坐垫上撑起，却不慎摔在了平板电脑上，压碎了屏幕，“绝了。”

我终于费劲地从坐垫上站起来。“别担心，”罗布指着平板电脑说，“这是公司财产，离开的时候你不用管它。”

我把平板电脑抛向罗布，他伸手接住。“你真是个浑蛋，”我说，“你自己心里有数。”

“你曾经是美食心语大家庭中的一员，我们会想念你的，杰米，”罗布说，“不过你要记住，速递员的岗位会一直对你开放。说话算话。”

“我看未必。”

“悉听尊便，”他指向门外说，“卡妮莎已经准备好了你的离职文件，如果十五分钟你还没离开，大楼保安会把你带走。”他从椅子上站起身，走向办公桌，把平板电脑扔进旁边的垃圾桶，然后掏出手机打电话。

“你都知道，”我走向卡妮莎的时候指责她，“你明知结果如何，还祝我好运。”

“抱歉。”她说。

“伸出你的拳头。”

她疑惑地按我说的做，我轻轻撑了它一下。“好了，”我说，“我收回之前表示团结友爱的撞拳。”

“好吧，”她把离职文件递给我，“我还得按要求告知你，公司已经用你的名字开通了速递员账号，”她说“速递员”的时候仿佛自己也受到了伤害，“你懂的，以防万一。”

“我宁愿去死。”

“别这么草率，杰米，”卡妮莎提醒我，“封锁就要开始了，我们在杜安·里德的优惠已经低至八五折了。”

“这就是我的一天。”我对室友布伦特说。我们住在亨利街一栋无电梯公寓的四层，面积小得可怜，我跟布伦特、他的男友莱尔提斯以及一个省事的陌生人瑞芭同住，后者我们几乎从没见过，要不是她每天都在浴室墙壁上留下长头发，我们也许都不相信她这个人真的存在。

“太艰难了。”布伦特说。

“用燃烧弹烧了那里。”莱尔提斯从他和布伦特共住的房间里向外喊话，他正在玩电子游戏。

“没有人会用燃烧弹。”布伦特朝莱尔提斯吼了回去。

“暂时没有而已。”莱尔提斯回答。

“你不能妄想用燃烧弹解决所有问题。”布伦特说。

“是不能。”莱尔提斯喊道。

“千万别用燃烧弹。”布伦特对我说，他压低了声音，防止莱尔提斯听见。

“我不会的，”我向他承诺，“不过这个想法很诱人。”

“所以，你现在要找别的工作？”

“是的，但是形势不容乐观。”我说，“整个纽约都进入了紧急状态，所以每个地方都在关张，更别说雇人工作了，现有的工作可负担不起这个，”我比画了一下我们蹩脚的无电梯公寓，“当然，你如果愿意往好里想的话，好消息是，美食心语给我的离职补偿足够支付接下来几个月我那份房租了。我也许会饿死，但至少八月前我不会无家可归。”

布伦特看起来对此感到不安。“怎么了？”我问。

我们坐在餐桌旁，他伸手从一堆邮件里捡出一个普通的信封：“那么我估计你还没看到这个。”

我接过信封并打开，里边是十张百元钞票和一张便条，上面写着：“去他的疫情城市，我走了——R。”

我朝瑞芭的房间看去："她走了？"

"是的，跟她曾经在这里时差不多。"

"她是个拥有银行卡的幽灵。"莱尔提斯从另一个房间喊道。

"得了，这下可好，"我说，"至少她留下了上个月的房租，"我把信封、便条和钞票放在桌上，双手抱住脑袋，"我没把你们写进租约就得到了这样的下场。你们俩别离我而去，好吗？"

"那么，"布伦特说，"说到这里。"

我透过指缝看了他一眼："不。"

"听着，杰——"

"不。"

布伦特伸出双手："听着，是这样——"

"不——"我哀叫着把脑袋砸在桌上，磕得壮观而响亮。

"演戏也不管用。"莱尔提斯从卧室说。

"你还想用燃烧弹烧掉一切呢。"我朝他吼了回去。

"那不是演戏，那是革命。"他这样回应。

我回头看向布伦特："告诉我你们不会抛弃我。"

"我们在剧院工作，"布伦特说，"像你说的，到处都在关门。我没有积蓄，你知道莱尔提斯也没有。"

"我穷得让人发笑。"莱尔提斯确认道。

布伦特哆嗦了一下，然后继续说："如果形势恶化——确实会恶化，那么我们就付不起这里的房租了。"

"你们会去哪儿？"我问。据我所知，布伦特没有像样的家人。

"我们可以在博尔德跟莱尔提斯的父母住一起。"

"我的旧房间跟我离开时一模一样，"莱尔提斯说，"除非我朝它扔了燃烧弹。"

"你少来。"布伦特的心思不在这上。莱尔的父母是保守人士，他们表面上非常友好，但不会错过任何一个机会喊莱尔提斯的弃用名[①]，那种破事儿逐渐会让你难以忍受。

“别走。”我说。

“行，我们暂时留下，”布伦特表示同意，“可是假如我们花光了——”

“你们不用走。”我更加坚定地说。

“杰米，我们不能逼你这么做。”布伦特说。

“我可以，”莱尔提斯从卧室里说，“去他的博尔德。”

“那就说定了。”我从餐桌旁站起身。

“杰米——”

“我们会渡过难关的。”我笑着对布伦特说，说完便回到屁大点儿的卧室，至少它通风良好，地板还会咯吱咯吱地唱歌。

我坐在自己破烂的单人床上叹气，然后躺下盯着天花板看了足足一个小时。然后我又叹了一口气，坐起来掏出手机，点亮屏幕。

美食心语的应用正在屏幕上等我。

我第三次叹气，然后点开了这个应用。

跟之前对我承诺的一样，我的速递员账号已经登记注册，随时可以接单。

① Deadname，指因性别转换而不再使用的名字。

第二章

“您好，感谢您在美食心语点餐。”我对开门的家伙说。他的公寓漂亮得离谱，所在的大楼也是崭新的，门卫知道我来给人送外卖，大概不是抢劫犯，就放我进来了。“我是您的速递员杰米，兴致满满地给您送来，”我查看了一下手机，“七香鸡和素食蛋卷。”我把袋子往前一递，让这家伙接过去。

“他们让你说这些？”他接过袋子说。

“没错。”我向他承认。

“送外卖其实不是你的兴致所在，对吧？”

“完全不是。”

“我理解，这会成为我们的小秘密。”

“谢谢。”我转身离开。

“希望你找到自己的武士刀。”

我停下来又回过头：“什么？”

“抱歉，小圈子里的梗，”这家伙说，“你知道‘速递员’出自《雪崩》，对吧？尼尔·斯蒂芬森的那本书？总之，书中主人公是一位带着武士刀的送货员。我记不起主人公的名字了。”

我完全转回身。“谢谢，”我说，“我送了六个月外卖，你是第一个接梗的人，简直了。”

“真的吗？这个梗还是相当明显的。”

“你也这样觉得，对吧？《雪崩》是一部现代科幻经典，可是没人听得懂我的梗。首先，没人在意，”我用力挥手，暗示整个底层阶级所在的下东区，甚至可能囊括纽约市全部五个行政区，“其次，就算有人点评，他们也以为那只是在调侃《终结者》[①]。”

“说句公道话，的确是对《终结者》的戏仿。”

“呃，也是，”我说，“不过我认为它已经自成一派了。”

“我确信我们刚刚发现了你真正的兴趣点。”这位顾客说。

我突然意识到自己强烈的身体语言，也许因为我跟这家伙一样戴着口罩，所以身体语言变得更加强烈。要说为什么戴口罩，那是因为纽约已经成为一个瘟疫之国中的瘟疫之城，而潜在的疫苗还在其他某个地方进行双盲实验。“抱歉，”我说，“我的学位论文一度以乌托邦和反乌托邦文学为主题。你也许已经猜到了，《雪崩》属于后者。”我点点头，再次转身离开。

“等一下，”这位客人说，“杰米……格雷？”

我的天哪，我在大脑里说，赶紧走，离开这里，绝对不要承认有人知道你在从事让人感到难为情的配送工作。然而就在我的大脑这样提醒的同时，我的身体却转了回去，就跟被叫到名字时习惯性回头的小狗一样。“是我。”我脱口而出。最后一个音一出口，我就拼命地想要撤回整句话。

这位顾客笑了一下，放下他的食物，后退一步让出礼貌的呼吸距离，把口罩摘下一秒，让我看清他的脸，又迅速把口罩戴了回去。“我是汤姆·史蒂文斯。”

我的大脑高速搜寻记忆中这个人的基本个人信息，努力想要弄清自己怎么认识的这家伙。他没提供任何帮助，显然以为自己

---

① *The Terminator*，1984 年上映的科幻电影，詹姆斯·卡梅隆执导，阿诺·施瓦辛格主演。

非常值得铭记，瞬间就会在我脑海里浮现出来。结果他失败了。但是——

“你是汤姆·史蒂文斯。我住在五十三街上边的南金巴克街公寓时，你和我室友迭戈的好友艾瑞思·班克斯约会过，时常来参加我们的聚会。”我说。

“一点儿不差。”汤姆说。

“你去了商学院。”

“对，希望你别介意，我并没有潜心学术。”

“我想说，”我比了一下崭新建筑里的绝美公寓，“混得不赖。”

他扫了一眼公寓，仿佛是第一次注意到自己住得有多好，这个浑蛋。“的确。对了，我记得你在一次聚会上谈过自己的学位论文。”

“抱歉，”我说，“当时我在聚会上常那么干。”

“没关系，”汤姆安抚我，“我想说的是，正因为你聊起过，我才读了《雪崩》，对吧？你改变了生活。”

我对此一笑。

“那你为什么放弃了自己的博士项目？”汤姆在我第二次给他送外卖时问我，他点的是埃塞俄比亚混合肉套餐配英吉拉[①]。

“我遇到了青年危机，”我说，“或者说二十八岁危机，跟青年危机一样，只是稍晚一点儿。”

“明白。”

“我看见我认识的所有人，像你这样的人，无意冒犯——”

我通过眼角的皱纹看出汤姆隔着口罩微微一笑：“不会。”

“——离开了学术，去生活、工作、度假，去见热门人物，而我跟同样的十六个人坐在海德公园或者蹩脚的公寓里，阅读、跟

①英吉拉是埃塞俄比亚的传统主食，由苔麸发酵制成，外观类似布满细洞的大摊饼，味道偏酸，触感绵软，通常配合酱料食用。

研究生争论——不，他们确确实实必须及时上交论文。”

“我以为你喜欢阅读。”

“我确实喜欢。不过假如你只是因为别无选择而阅读，那乐趣就少得多了。”

“可是你获得博士学位后可以成为教授啊。”

我对此嗤之以鼻：“你对搞学术的前景比我乐观得多，等着我的是当一辈子副教授的生活。”

“有那么糟？”

我指着他的外卖：“挣得甚至都没有给你送英吉拉多。”

“所以你彻底抛弃了那种生活，成了一名速递员。”汤姆趁我给他配送韩国炸鸡时说。

“不是，”我说，“实际上我原本在美食心语找到了一份工作，一份有奖金和优先认股权的工作。然后就在疫情严重起来的时候，我被他们的人渣 CEO 解雇了。”

“太糟糕了。”

“你知道真正糟糕的是什么，”我说，“他把我踢开以后，采用了我绑定饭店和提高速递员薪水的建议。当然，部分速递员的薪水，只有评分超过四星才会涨薪，所以记得给我五星，我勉强够格。每颗星都很重要，我亲爱的速递接收方。”

“速递接收方？”

我翻了个白眼：“别问。”

汤姆又笑了，眼角露出皱纹：“我猜想出‘速递员’这个称呼的不是你。”

“噢，绝对不是。”

“既然你在那里工作过，可以顺便解答一下我的困惑，”汤姆趁我给他配送芝加哥深盘比萨时对我说。这种食物居然可以在纽约市内出现，我感到很惊讶，还是在距离小意大利[1]如此之近的地方出现，“为什么使用变音符？”

“你是指为什么用‘füdmüd’[2]，而不是更符合逻辑的英文单词‘FoodMood’？”

“对，就是这个。”

“因为‘FoodMood’已经被孟加拉的一个食品配送应用占用，他们不愿意卖出那个名字，”我说，“所以你以后要是去迈门辛地区，一定要用名字里有真正英语单词的应用。”

“我去过孟加拉，”汤姆说，“嗯，算是去过吧。”

“算是？”

“因为工作，说来话长。”

“你是间谍？”

“不是。”

“雇佣兵？那就能解释崭新建筑里的这套绝美公寓了。”

“我十分确定，雇佣兵住在北卡罗来纳森林里的宽敞活动房。”汤姆说。

“你当然会那么说，”我说，“这是他们给雇佣兵准备好的说辞。”

“其实我为一家非政府组织工作。”

“绝对是雇佣兵。”

“我不是雇佣兵。”

“有线新闻网报道孟加拉政变时，我如果看见你，就会想起你说的话。”

“恐怕这是最近我最后一次让你送外卖了，”汤姆趁我给他送

①小意大利是一个通用名称，指意大利人聚居的地方，通常在市区。“小意大利”有很多意大利特色，商店能买到几乎所有的意大利的商品，街道上也都是意大利的餐馆。

②美食心语的原文。

大盘沙瓦玛[1] 时对我说，“我的工作需要我再次回到现场，我要离开好几个月。”

“其实这也是我最后一次给你配送。”我说。

“你离职了？”

我笑起来：“不完全是。”

“我不明白。”

“哦，那你还没得到消息，”我说，“美食心语被优步以四十亿美元收购，然后被并入了优步外卖。显然我们捆绑高端饭店和优质速递员的方案非常成功，于是优步断定，收购我们和我们所有的独家合约是更简单易行的方案。”

“所以窃取你想法的 CEO——”

“对，罗布·‘屎猴子’·桑德斯。”

“——如今成了亿万富翁。”

“百分之八十是现金交易，所以没错，可以这么说。”

“而你不想为优步配送。”

“你瞧，这才是最妙的，”我说，“优步已经有了自己的配送人员，不想再花钱雇用美食心语的所有速递员，那会让他们现有的配送人员不高兴。所以他们只留下了评分在四星及以上的速递员，”我打开美食心语的手机应用，给他展示我的评分，“三点九七五分，宝贝儿。”

“我一直给你五星。”汤姆说。

“哦，我很感激，汤姆，尽管对我来说已经于事无补。”

“那么你有什么打算？”

①沙瓦玛是阿拉伯国家最地道的小吃，大街小巷都有卖沙瓦玛的店，小到路边摊大到高级餐厅都有。厨师会拿把大刀把外面烤好的那层一点点削下来然后加上蔬菜跟沙拉酱一起包进阿拉伯薄饼里。沙瓦玛的种类最普遍的为鸡肉跟羊肉，有些餐厅还有辣的鸡肉，是很受欢迎的国民小吃。

“长期来看吗？完全不清楚，眼下只是勉强度日。室友中只有我勉强有一份近似稳定的工作，所以房租、水电和食物的费用都由我来支付。我们身陷疫情之中，没有招聘岗位。现在我没有积蓄，也无处可去。所以，对，没有长期计划，不过，”我伸出食指，“如果说短期计划，我要买一瓶劣质伏特加，在浴室里喝个精光。这样即使我把自己喝得一塌糊涂，室友清理起来也更容易。”

“真遗憾，杰米。”

“不怨你，”我说，“而且，跟你吐苦水我也很抱歉。”

“没关系，我想说的是，我们是朋友嘛。”

我又对此一笑：“更像是在缥缈的共同经历之后形成了一种切实可行的服务关系。不过谢谢你，汤姆，我真的很喜欢为你速递，祝你用餐愉快。”我这就要走。

“等一下。”汤姆说着放下他的沙瓦玛，钻进他绝美的公寓。一分钟后，他回到门口，塞给我一样东西，“这你拿着。”

我盯着他的手，他递过来的是一张名片。我的表情变了。

即使隔着口罩，汤姆也注意到了。“怎么了？”

“实话实说？”

“当然。”

“我以为你要给我小费。”

“这个更好，是一份工作。”

我眨眨眼睛：“什么？”

汤姆叹了口气：“我供职的非政府组织是一家针对大型动物的动物权益机构。我们需要长时间在野外工作，我所属的团队下周就要出发，可是一名队员感染了病毒，眼下正在休斯敦住院治疗，已经用上了呼吸机。”汤姆见我表情又有异样，立马伸手阻止我联想，“他已经脱离危险，正在恢复，至少他们是这样告诉我的。但是他无法在我们出发之前痊愈，我们需要找人替他的班，你就是合适的人选。这是我们招聘负责人的名片，你去找她就好，我会告诉她你愿意加入。”

我又仔细看了一下这张名片。

“还有什么问题？”汤姆问。

“我真的觉得你像是一名雇佣兵。”

这回轮到他笑了：“我不是雇佣兵，我的工作比那酷得多，也有趣得多。”

“我，呃……对于你们从事的工作，我没经过任何培训，何况还涉及大型动物。”

“你能胜任的。而且，如果你不介意我直截了当的话，眼下我真正需要的是能运送东西的活人，”他指着沙瓦玛说，“我知道你懂这份工作。”

“报酬呢？”我问完立即就后悔了，因为这就像是对人家的好意挑肥拣瘦。

他朝自己绝美的公寓比画了一下，仿佛在说，瞧见没有？然后他再次递出名片。

这回我接了过来。“我会告诉格雷西亚你要去，”汤姆说完看了看表，“现在是下午一点，你今天就能见到她，或者明天一早，不过那样的话时间有点儿紧迫。”

“你们要我这么快就答复？”

他们点点头：“对，其实问题就在于此。只要格雷西亚签字确认，这份工作就是你的了，不过你得立即决定是不是想要这份工作。我知道我这么要求不太合适，可我也是进退两难。如果你干不了，我得尽快去找别人。”

“其实，我已经没了工作，”我说，“你是我真正意义上的最后一位顾客。”

“好吧，好。”

“汤姆……”

“怎么了？”

“为什么？说真的，感谢你，我真心实意地表示感激。非常感谢，你一下子救了我的命。可是，为什么呢？”

“第一，因为你需要一份工作，而我刚好可以提供一份工作；”汤姆说，“第二，从完全利己的角度来说，你也帮了我的大忙，因为如果队伍不齐整，我们就都去不成野外，我不想让大家随便和某个我们尚未了解的人组队。你说得对，我们不是朋友，现在还不是，不过我确实了解你；第三……”汤姆又笑了，“这么说吧，几年前你让我对《雪崩》产生了兴趣，而我正是因此才走上了现在的道路。所以说，在某种意义上我只是投桃报李。那么——”他指向名片，“地址在中城，我会通知格雷西亚在两点三十分左右见你。快去吧。”

第三章

“开门见山，”格雷西亚·阿韦拉对我说，“汤姆怎么跟你介绍KPS的？”

KPS——那张名片写的组织名称的办公室在第三十七层，同一栋楼的第五层是哥斯达黎加领事馆。办公室显然跟一家小诊所共用一间等候室，我在里边等了不到一分钟，阿韦拉就把我带去了她的私人办公室。KPS办公室里没有别人，我猜他们跟所有人一样，都在居家办公。

“他告诉我你们是一家动物权益组织，”我说，“你们在野外工作，需要人搬运重物。”

“一点儿不假，事实就是这样，”阿韦拉表示赞同，“他告诉你是什么动物了吗？”

“呃，大型动物？”

“你是在问我吗？”

“不，我的意思是，他说过是大型动物，但是没有指明。”

阿韦拉点点头：“你能想到的大型动物有哪些？”

“我认为，大象？河马、长颈鹿，或许是犀牛？”

“还有别的吗？”

“估计有鲸鱼，”我说，“不过汤姆说的似乎不是，他说了‘野外’，而不是‘海里’。”

“严格来讲，野外也包括海里，”阿韦拉说，“不过没错，我们大部分工作在陆地开展。”

“我喜欢陆地，”我说，“淹不死我。”

“杰米——我可以直呼你的名字吗？”

“当然。”

“杰米，有个好消息。汤姆说得对，野外工作我们还缺一个人手，汤姆推荐了你。他给我打电话后，在你来之前，我对你进行了背景调查。没有逮捕记录，没有联邦调查局、中央情报局和国际刑警组织的通缉令，没有可疑的社交媒体发言，连你的信用评分都挺好，怎么说呢，对于一个有学生贷款的人来说，已经够好了。”

“谢谢，我喜欢为我再也用不上的硕士学位一直还贷款。”

“说到这里，你的硕士论文相当优秀。”

我眨眨眼：“你读过我的硕士论文？”

“大致看了一下。”

“你怎么读到的？”

“我在芝加哥有朋友。”

“好吧，哇喔。”

“我想说的是，对于即将和你组队的成员来说，你不会带来明显的危险，也不存在隐患。就目前而言，我们觉得这就够了。所以恭喜你，如果你也愿意的话，这份工作是你的了。”

“太好了，”我说，“我愿意。”我之前没意识到，压力如同一块巨石压在我的后背，现在它突然被移走了。我不会成为流浪汉并在疫情期间饿死。

阿韦拉伸出一根手指。“先别谢我，”她说，“这份工作是你的了，但是我需要你明白这是一份什么样的工作，这样你才能决定是否真的愿意接受。”

“好吧。”

“第一，要明白，当我们说KPS是一个动物权益组织时，我们要跟哪些动物密切接触——它们体形庞大、极其野蛮危险。我们会培训你如何跟它们互动，还会坚持执行严格的安全规定。不过，你有可能受重伤，假如你不小心，甚至会丧命。如果你对这种情况有任何犹豫，或者在接到指示和命令时有任何不理解的地方，那么这份工作不适合你，我需要你口头确认自己明白这一点。”

“我明白。”我说。

“好。第二，当我们说离开这里去野外工作，我们的意思是远远离开，比如离开文明社会数月，比如没有网络，比如跟外界极少通信、几乎没有消息进出，你只有随身携带的一切，简单生活，互相依靠。假如你离不开网飞、声破天或者推特，那么这份工作不适合你。你将在野外工作，请确认这一点。”

“我能要求你明确一个用词吗？”

“当然可以。”

“当我们说‘野外’，是指什么样的野外？”我问，“是‘我们远离人烟，但是仍然在室内生活’还是‘我们住在小帐篷里，自己挖坑拉屎’？”

“在自己挖的坑里拉屎，有问题吗？”

“我从没那样做过，但我愿意学习。”

我感觉阿韦拉笑了笑，口罩让笑容比我预期的更不明显。“你也许时不时得在坑里拉屎，这是有可能的。这也说明我们的野外基地拥有独栋建筑和下水道。”

“好的，”我说，“那么我明白并确认接受。”

“第三，我们的工作保密，也就是说你不能跟KPS以外的任何人说起你的工作或去向。我要充分强调，安全和保密对于我们的工作内容和方法至关重要，假如我们发现你向任何人——甚至是爱人——泄露任何信息，我们可以并一定会在法律允许的范围内最大限度地追究你的责任。这可不是虚张声势，我们以前实施过。”

“这意味着我得签署一份保密协议吗？”

“现在让你确认的就是保密协议。”

“可我已经知道你们的工作内容了。”

“你知道我们是一个动物权益组织。”

“对。”

“类似把中央情报局描述为一家数据服务公司。”

“所以你们真是间谍！或者雇佣兵。”

阿韦拉摇摇头：“都不是，我们是为保护我们关心的动物而卖命，否则会发生不好的事情。”

我想起自己读过一些故事，偷猎者会读取游客相册中的地理数据，去杀死濒危动物。我明白了。

“有一个问题，”我说，“不会有人要求我干违法的事，对吗？”

“对，”阿韦拉说，“这我可以保证。”

“好的，那我明白并且接受。”

“非常好，”阿韦拉掏出一张小纸片，“这样的话，还有些非常简单的问题要问你。第一，有效的护照你有没有？”

“有。”瘟疫肆虐以前，我曾打算在夏天去冰岛，然后我丢掉了工作，不得不整天给居家的曼哈顿人送外卖。

“没有重大身体残疾？”阿韦拉抬起头，“我得说明，对门的李医生将对你进行全面体检，所以这个问题只是大体上排查一下。”

“没有残疾，我身体健康。”

“过敏呢？”

"没出现过。"

"耐受湿热能力如何？"

"我在华盛顿特区实习过一个夏天，活下来了。"我说。

阿韦拉要问下一个问题时停下来了。"接下来的问题有关你对科幻与奇幻小说的看法，不过我读过你的硕士论文，所以这题略过。我估计你会说自己对于这种类型文学感觉很好。"

我的硕士论文研究的是从《科学怪人》[①] 到"杀手机器人日记"系列[②] 科幻小说中的生物工程。"对，不过这个问题有点儿像是随便问的。"

"不是，"阿韦拉向我保证，"你有立遗嘱或者做过资产规划吗？"

"呃，没有。"

她对此咂咂嘴，做了个记录。"饮食限制呢？"

"我做过一段时间素食者，但发现自己还是离不开奶酪。"

"有素食者可以吃的素食奶酪。"

"不，没有。他们把难吃的橘色和白色物质粉碎，模拟奶酪和它所代表的一切。"

"有道理，"阿韦拉说，"反正在你要去的地方做一名严格的素食主义者会很难。最后一个问题，你介意打针吗？"

"不能说很喜欢，但我不讨厌。"我说，"怎么了？"

"因为你马上就要打很多针。"

"我们先把这件事赶紧办完，"李医生说着把一根棉签拭子通过我的鼻孔直插向大脑。这其实是体检的最后一部分，我得知自己已经通过了全面检查，但是疫苗的接种过程才刚刚开始。

---

① *Frankenstein*，玛丽 · 雪莱于 1818 年创作的科幻小说，通常被认定为科幻小说的开端。

② *The Murderbot Diaries*，玛莎 · 威尔斯于 2019 年起发表的一个中长篇科幻小说系列。

“话说，这真有趣。”我擦完棉签说。

“如果你觉得好玩，我们还是再也别在社会上遇见了。”李医生说。她装好拭子，留待测试。“你看起来不像是感染了，不过当然了，没有人一开始就能测出来，所以我们只是确定一下。与此同时，我们会给你打针。”她把手伸进一个橱柜，掏出一个托盘，上面摆有一系列注射器。

“这些是什么？”我问。

“是你的基础疫苗，”她说，“都是常见的。新型的和加强针，预防麻疹、腮腺炎、风疹、多谱系流感、水痘和天花。”

“天花？”

“对，怎么了？”

“天花已经不存在了。”

“你这样以为，是不？”她举起一支注射器，“这是新型的疫苗。”

“面世了？”

“严格来讲是实验产品，别告诉你的朋友，他们会嫉妒。那么你出国旅行过几次？”

“不多，去年到加拿大开过一次会议，读研时放春假去了墨西哥。”

“亚洲？非洲呢？”

我摇摇头，李医生哼了一声，伸手又取下一托盘的注射器，我开始数一共有多少支，紧张起来。

李医生注意到我的变化。“我向你保证，比起疫苗要防治的那些疾病，你还是会更喜欢打针。”她说。

“我相信你，”我说，“只是太多了。”

她拍了拍我的肩膀：“这不算多，”然后取下最后一个托盘，里边至少有十个针头，“好了，这才叫多呢。”

“老天啊。”我真的从放托盘的桌子往后躲了躲，“这些究竟都是什么？”

“他们告诉你工作时要接触大型动物，对吗？”

“对呀，然后呢？”

“好的，那么……”李医生指着最后这个托盘上离我最近的几支注射器，“这些用于动物可能会传染给你的疾病，”她又指向稍远一点儿的，“那些用于它们的寄生虫可能会传染给你的，”她指向最后几支注射器，“而那些用于你暴露在空气中可能会染上的疾病。”

“我的天哪。”

“情况是这样的，”她说，“我们不仅要防止它们伤害你，也要防止你影响它们。”

“我就不能通过静脉注射之类的方式一次性接种吗？”

“噢，不行，那样会坏事的，有些疫苗会互相影响。”

“那你还想把它们全都注射到我体内？”

“这个嘛，我们有特定的注射顺序，”她说，“所以你的血液会稀释头一批注射的疫苗。”

“你跟我开玩笑呢，是不是？”我说。

“当然，你这么说也行。”李医生说，“另外，简短地给你讲一下副作用。随后几天你可能会感到酸痛，可能会发低烧。如果发生上述情况，不要恐慌，那绝对正常，只是表明你的身体正在适应我们要抵御的疾病。”

“好吧。”

“还有，至少有几种疫苗会让你感到饥肠辘辘。没有忌口，你想吃啥就吃啥，但要避免过度摄入油腻食物，因为有一种疫苗会指挥你的身体清除脂肪，绝对会挑战括约肌正常的控制力。”

“那可……不怎么样。”

“糟透了。说正经的，在接下来的十八个小时里，放屁这种事儿你连想都不要想。实际上你放的不是屁，你会后悔的。”

“我讨厌你。”

“这话我听得多了。而且在随后的几天里，你也许会发现蓝色会让你偏头疼。”

“蓝色。”

“对，我们不知道为什么会这样，只知道会出现这种情况。如果你偏头疼，只需看一会儿不是蓝色的东西就行。”

“你知道天空是蓝色的，对吗？”

“是啊。待在室内，别抬头看。”

“难以置信。”

“你瞧，不是我造成的，而是我给你接种的疫苗造成的。最后，接种这种疫苗后，”李医生指着最长的托盘上最后那批注射器中的一个，“大约二百五十人里边有一个人，直说就是，会感到强烈的暴力杀人的冲动。类似‘杀死这栋楼里的所有人，把他们的头骨堆在一起点燃’这种级别的暴行。”

“我能理解。”我向她保证。

“不，你理解不了，”她也向我保证，“幸运的是，随之而来的一种直接的副作用是极端倦怠，它会阻止大多数人将暴力冲动付诸行动。”

“所以就像是‘我想杀你，可还得费力气离开沙发’。”

“完全正确，”李医生说，“我们称之为想杀人的瘾君子综合征。”

“不可能是真的。”

“骗你是小狗，我的朋友。我们已经了解到某些食物能帮助抵消杀人冲动。如果你产生了那种副作用，而且有精力站起来四处走动，那就煎点儿培根，或者吃下一品脱冰激凌，或者吃几片黄油面包。”

“也就是，油腻食物。”

“基本上没错。”

“你还记得刚刚提醒我别吃油腻食品，对吗？”

“当然记得。”

“那么澄清一下，你给我的选择是‘疯狂杀人’或‘疯狂窜稀’。”

“是这样，但我不会这么描述。不过发生任何一种副作用的概率都很低，更不用说两种同时发生。”

“要是两种副作用我都有呢？”

“我的建议是，坐在马桶上狂吃培根。”李医生拿起第一支注射器，“准备好了吗？”

“打针还顺利吗？”我回到办公室时，阿韦拉问我。

“我没把李医生杀掉，”我说，“也许是因为此刻我的胳膊只是勉强能动。”

“谢谢你没有杀死我们的医生，”她说完摘下口罩，“我在几周前接种了疫苗，”她说，“既然你也完成了接种，我就不用假装自己没有了。不过你要是介意，我会再把口罩戴上。”

“不用，没关系。”我考虑摘下自己的口罩，但是没有动手。

阿韦拉敲了敲她桌上的一个文件夹。“我们有些文件需要你填，我们需要你的信息，以便直接帮你存入薪水，并把你列入我们的医疗和福利计划。我们还需要你签署一些非强制性文件，授予我们有限的权力来处理你的房租和学生贷款。”

“什么？”

阿韦拉笑道：“我明白了，汤姆没跟你讲过这些。除了你的薪水，KPS 会按月支付你的房租和你可能需要归还的学生贷款。假如你有信用卡或其他商业债务，你得自己还。不过我们可以代你用薪水还账，如果你还没有开通自动还款，我们也可以帮你开设。”

“那太好了。”我说。

“我们会对你提很多要求，杰米，还会带你远离这个世界。不过至少我们可以确保你回来时还有地方住。说到薪水，我们还没有讨论具体数额，如果你能接受，我们给你的起薪是十二万五千美元。”

“要我看，可以的。”我茫然失措地说。

“不包括一万美元的签约奖金，作为从现在到首次领薪之前的过渡费用。”

“当然了。”我傻乎乎地瞎扯。

阿韦拉把手伸进桌子里，掏出一个牛皮纸信封递给我。

我盯着信封。“这是……”我有头没尾地说。

“两千元现金和八千元的支票，”她说，“如果你愿意，这八千元我们也可以通过网络转给你。”

“我能……”我的话没说完。

“怎么了？”阿韦拉问。

“我想问你能不能把这笔钱转给我的室友，在我离开期间帮助他们填补花销。”

“这是现金奖励，杰米，你想怎么用就怎么用。假如你还担心他们，我们可以在你出差时把你的一部分薪水发给他们。这种事情我们常办，我们是一家国际组织，很多雇员都会往老家汇款，所以操作起来基本上大同小异。”

“那太好啦！”我高兴得欢呼。对于薪金的合理安排莫名其妙地完美解决了我的所有问题。

“很高兴你这样想。”阿韦拉说完又敲了敲文件夹，“这里有一张两天内有效的美国铁路的车票。时间应该足够你解决在纽约所有的后顾之忧。出发之前把余下的全部文件快递给我，然后做好长途旅行的准备。除了旅行途中需要的衣服，不用操心穿着问题。不过请按照几个月的旅行考虑，带上你所需的一切。别忘带你的护照。”

我接过文件夹。“我要去哪儿？”我问。

“先去华盛顿巴尔的摩国际机场，”阿韦拉说，“至于其余的地方——你会知道的。”

第四章

我在华盛顿巴尔的摩国际机场火车站下车时，汤姆·史蒂文斯在等我。他看着我的小行李箱和背包。“你全带齐了？”他问我。

“我被告知只需带上旅途中的衣物，”我说，“除此之外我还带了不少东西。”我指向小行李箱，“个人卫生用品和零食，”我转身展示背包，“所有电子设备和几太字节的电影、音乐和书籍，还有太阳镜和棒球帽。不知为何，我觉得自己会用上太阳镜和棒球帽。带这些东西有什么不对吗？”

“不，你做得挺好，”汤姆说，“其他都由我们负责。很高兴见到你，杰米。感谢你接受了这份工作，你真是帮了我们大忙。”

“话说，你也帮了我的大忙，所以我们扯平了。”

“那我就不客气了。”他递给我一张票据，“你的旅行文件。”

我看了一下这张票。“图勒空基地在哪？”我问。

“格陵兰。”

“我们要去格陵兰？”我语无伦次地说，“要跟北极熊一起玩耍吗？”

我能看出汤姆口罩后边的笑容，我知道跟我一样，口罩是他的伪装道具。“来吧，我们得乘坐摆渡车去机场，让你先完成值机。航班凌晨两点才起飞，我们包下了一间休息室。”

“格陵兰？”布伦特在电话上通过视频跟我说。

“对。”我说。此时我正坐在切萨皮克俱乐部休息室，按照我的理解，这间休息室通常情况下是留给英国航空公司前往伦敦的旅客在登机前使用的。不过今天，几十名 KPS 的员工占据了这里，大部分都像我一样正在用手机抓紧时间话别，估计对面都是朋友和爱人。

“我猜那边有北极熊。”布伦特说。

“还有海豹，”我提醒他，“它们能长到很大。”

“估计是吧，我不清楚。他们说跟大型动物有关，我以为只是需要你去非洲，据我所知，所有大型动物都在那片土地上生存。”

“那是你顽固的殖民文化历史在作祟。”莱尔提斯在屏幕之外喊道。

“不，不是。”布伦特喊了回去，然后回头对我说，“其实，有可能是。”

“我只是担心没备足冬衣。”我说。

“取出一只北极熊的内脏，然后爬进去，”莱尔提斯又在屏幕外喊道，“像《星球大战》里利用汤汤[①] 那样。”

“别帮腔了。”布伦特反驳他，“我敢肯定他们不会让你挨冻。”他对我说。

“天行者卢克也这么认为。”莱尔提斯喊道。

“别听他的。”布伦特建议。

我笑着换了个话题：“我离开这段时间你们不会有事儿吧？”

“你开玩笑吗？杰米，你帮了我们大忙。我们不用搬家，也不会饿死。我可以吻吻你。”

---

① Tauntaun，一种雪地蜥蜴，《星球大战》系列里的虚构生物。

“香艳！”莱尔提斯喊。

“不是那种吻。”布伦特澄清。

“的确，我懂，”我说，“显然我今天帮了不少人。”

“那也香艳！”莱尔提斯又说。

“你会想念他总打断我们的谈话，”布伦特预言，“想到这儿，我觉得你还会想念我们的谈话。”

“我明白，一有机会我就向你汇报近况。”应该说是如果有机会，不过眼下我不想那样说。

“听上去蛮好，别因为你是新人就让他们欺负你。如果他们真欺负你，你就告诉我们。”

“我们有火焰炸弹。”莱尔提斯喊道。

“我们没有火焰炸弹，”布伦特纠正道，“不过我们可以弄来一些。”

我笑着结束了通话，短时间内我很可能不会再打电话了。我抬起头，看见一位年轻的女性朝我这边望过来。

“抱歉，”我说，“刚才我该戴上耳机的。”

“不，没关系，”她说，“无论这些最后是怎么回事，”她指向休息室和 KPS 的员工，“很高兴听见人们有自己的正常生活。”

“哦，”我明白了她的意思，“这也是你头一次来这儿工作。”

“对，”她承认，“我们那边还有几个新人，”她指向两个正在兴致勃勃交谈的研究生模样的家伙，然后又对我说，“我是阿帕娜 · 乔杜里，生物专业。”

“杰米 · 格雷，搬东西。”

她对此一笑：“你愿意跟我们坐在一起吗？”

我收起电话。“当然愿意。”我说。我们走过去，研究生样貌的两人抬起头。

“我又发现一位新人，”阿帕娜兴奋地指着我说，“搬东西的杰米！”

“正是在下。”我承认道。

“哈，那么至少我们之中还有有用的人，”离我最近的家伙说着挥挥手，“卡胡朗吉，”他指向另一个人，“这位是尼亚姆，研究天文和物理。我研究有机化学和一些地理学。我们都是书呆子类型。”

“嗨。”尼亚姆挥手打招呼。

我也挥手致意：“其实我的论文研究的是长篇科幻小说，所以我想我也符合书呆子的标准。”

“哇喔，还真是，”卡胡朗吉说，“我还以为你只是来充当人肉起重机的。”

“哦，我就是，”我说，“没有通过答辩的博士论文只是额外附送。”

“跟杰米说说我们之前谈过的内容。”阿帕娜说。

“哦，对了，”尼亚姆说完转向我，“格陵兰，到底是什么情况？”

我正要回答，可有人开始拍手，让大家注意。我们看见一个像是管事儿的女人站起来，所有人都停止讲话，收起手机，注视着她，还有几个人开始起哄嘲弄她。

“噢，闭嘴吧。”她假装生气地说，然后是一阵笑声，“返岗员工，欢迎你们归来。新员工——新员工都有谁来着？”

我们四个举起手。

“哦，已经抱成一团了，非常好，”她的话又引起一阵笑声，“告诉你们这些新人，我是布琳·麦克唐纳，指挥KPS田中基地精英队[①]，也就是这里这些人。”她用手比画整个房间，引起了一点

①原文为 Gold Team。

儿欢呼跟喝彩，“不用太激动，”她一脸严肃地说，然后笑声更大了，“现在，我相信你们新人有很多问题，包括——”她示意大家接话。

“‘为什么是格陵兰！’”新人之外的所有人喊道。

“——我们可以现在告诉你们，但我们不会那样做，”麦克唐纳说，“不是因为我们残忍无情——”

“不过我们确实残忍。”有人在笑声中插嘴。

“——而是因为不破坏惊喜是我们的传统。相信我们，惊喜值得等待。同时也要明白，我们都是亲眼所见才知道是怎么回事。”

“这个问题说完了。跟往常一样，前往图勒空军基地的航班将在凌晨两点起飞，航程六个半小时；还是跟往常一样，跟我们一同乘机的有平民和军人，这表示在此期间你们得戴好口罩。”有人小声抱怨，“我不希望听见谁对此叽叽歪歪。你接种了疫苗不意味着别人也接种过，也不意味着你不会传染未接种者，所以别那么讨厌。”更多人发起牢骚，但还是平息下来。

“那么，按理说我们都坐在一起，不过非 KPS 人员可能还是会跟你们主动攀谈。所以如果有人询问你们为什么前往图勒空军基地，就搬出老一套说法，说我们受雇于内政部，奉命对格陵兰的冰川作用进行地球物理学勘测。新人要清楚，我们这么说是因为上述勘测特别无聊，以至于有史以来还没有谁受到追问。”笑声再起。

“至于其他方面，通常的规则都适用：别在航班上或降落后谈论 KPS 事务，也别跟任何外人谈起。我们到达时，KPS 接待人员会在那里接我们上路。诸如此类，你们知道规程。新人看好别人，照着做就行，不要走丢，否则你就得在图勒空军基地过冬，那儿可没有你们想要的生活。”又是一阵笑声。

“天气预报说图勒空军基地多云阴天，但是温度在零摄氏度以上，”此处有人稍微欢呼了一下，“东风风力轻微。大家放松休息，尽情联系需要联系的人吧，抓紧时间发一发最后的邮件和社交媒体帖子，因为很快就没有机会了。我说完了。”

麦克唐纳重新坐下，大家的交谈声再次响起，人们纷纷找出自己的手机。

尼亚姆就是其中之一。“好吧，知道基地名叫‘田中’也完全没有帮助，”过了一会儿，尼亚姆说，“谷歌的第一个搜索结果是一位棒球运动员。”

“我在查维基百科，”卡胡朗吉说，“它说‘田中’是日本的第四大姓氏，好多日本名人姓田中。”

“所以我们只知道要去格陵兰。”阿帕娜说。

“还有我们可能要做和北极熊相关的工作。”我指出。

“或者海豹。”阿帕娜补充。

“那我问一下，”我说，“我知道自己为什么来这里，我身无分文，生活无望，需要一份工作，否则就会无家可归、忍饥挨饿，你们都是什么原因？”

这几个新人面面相觑。“基本差不多？”卡胡朗吉说。

“该死的传染病到处肆虐。”尼亚姆说。

“我来是因为一场糟糕的分手，”阿帕娜说，“当然了，还因为钱。”

“简直是书呆子组建的海外军团，”我笑着说，“去应对北极熊。”

“或者海豹。”阿帕娜补充。

几小时后，我们这些新人跟着其他所有 KPS 员工从皮萨切克俱乐部的休息室鱼贯而出，登上一架包机。跟之前告知我们的情况一样，我们都坐在一起，但是我这排有个空位，空位的主人是一名年轻的空军。他问我为什么要去图勒，我对他讲了内政部那套说辞。他的眼神瞬间失去了光彩，我还从没看过这么快的转变。他戴上耳机，我闭眼睡觉。

六个小时后，我们来到图勒空军基地。我还好奇我们会停留多久，结果一下飞机就被KPS员工集合起来、塞进两架直升机，立即动身前往内陆。后来有人告诉我，我们乘坐的是经过防寒改造的切努克运输直升机。

“我们要去哪？”我问汤姆·斯蒂文斯，刚才一登机他就招手让我坐在他旁边。我们得靠在一起才能交谈。“我不太了解格陵兰，不过我知道它的中部只有冰川和严寒。”

“好吧，听着，那里可了不起了。”汤姆说，“格陵兰有个名为‘世纪营’的美国基地，在二十世纪六十年代正式关闭。那曾是一座军事研究基地，由当地的核反应堆供电，基地关闭时核反应堆也停止了运行。明白吗？”

“嗯。”

“这不是事实，”汤姆说，“而是掩盖真相的手段。世纪营从没有被关闭，它的核反应堆也没有停止运转，如今由KPS使用。我们要去的就是那里。”

“我们要去一座位于格陵兰的秘密核基地？”我说。

“我告诉过你很了不起。”

“好吧，可是人们要怎么保守核基地的秘密？”我问道，然后用手指着天上，“我不怎么懂得物理，可我知道俄罗斯和中国有间谍卫星，我十分确定他们会注意到，怎么说呢，中子之类的东西。”

“你瞧着吧。”汤姆说。KPS这种自鸣得意的神秘感把我气得够呛。

过了一小时出头，我们在世纪营降落，匆忙换乘运输卡车来到一个类似车库的区域，我们一进入，后边就封闭起来。一名

KPS 员工告诉我们把手提箱、背包和私人物品放在类似托运行李柜台的传送带上。我看向汤姆。

“没关系，”他说，“杀菌消毒。你的物品都会归还给你。”我耸耸肩，把所有物品都放在传送带上。

然后，我们排队在几张桌子上登记进入，等我排到前边，他们给了我一套塑封起来的衣物、鞋和一个包，然后指引我来到淋浴区。

“换下的衣服和鞋放在包里，包括口袋里的一切以及可拆下的珠宝，然后把袋子放在收集箱里，”那位 KPS 工作人员说，“用刚刚给你们的香皂彻底清洗，洗头时要清洗到头皮。洗完再洗一遍，要同样彻底。如果你不知道自己有没有洗干净，那就再洗一遍。然后穿好新发的衣服，去浴室另一侧的等待区。”

我进入浴室，脱光洗净，香皂有氯和覆盆子相结合的气味，我以后不是很想再体验。新拿到的衣服类似某种连体服，呈灰色，在领口、袖口和裤脚处有封闭用的弹力带，鞋子是一种样子怪异的轻型靴，他们还提供了实用的内衣和袜子。我把衣服都穿好，然后跟着指示来到等待区。最后，阿帕娜走了进来，身后跟着尼亚姆和卡胡朗吉。

“我没有镜子，所以你来告诉我，”卡胡朗吉摆了个姿势说，“好看吗？”

“当然。”我说。

“那可就怪了，因为你穿着它难看死了。”

我对此一笑了之。

有人喊我的名字，我转身看见汤姆摆手招呼我过去，便跟其他新人告别，去找汤姆。“紧跟着我。”他说。

“好的，”我说，“为什么？”

“因为秘密揭晓时我想看到你的表情。”

我给了他一个没好气的表情："我发誓，神秘兮兮的都是胡扯。"

"我知道，我知道，"他说，"如果我告诉你这一切都值得，你相不相信我？"

"最好是那样。"

房间远端的门上亮了一盏灯。那扇门打开，像车库门一样升起。"来吧。"汤姆说着引导我们进入另一侧的房间，并挪到新房间另一侧同样类似车库门的地方。其他人在我们身后进入，房间里挤满了穿着灰色愚蠢连体服的人。后边的门滚落下来。

"我感觉有人要对我搞恶作剧。"我对汤姆说。

"这不是恶作剧。"他说。

灯光熄灭。

"你想说啥？"我在黑暗中跟他顶嘴。

"你还记得我跟你讲过这里的核反应堆吗？"

"它怎么了？"

"我们此刻正在使用它。"

"用它做什么？"

一声让人难以忍受的巨响，我本能地在黑暗中弯下腰。在我身后，几个人吃惊地尖叫和大吼。

"请看。"汤姆说。

我正要向他演示灯亮后我准备怎么揍他，我们面前的门开始升起，与此同时，空气从外面涌入，炎热、厚重、潮湿，稠密到我可以看见射入的光线在空气里发生衍射。

门完全升起。

外面是一片丛林。

我目瞪口呆。

"这就是我想看的表情。"汤姆说。

我没管他，走了出去，来到一座宽阔的亭子下方，它显然是为了接待到达旅客而设计的。我来到亭子边缘，这里至少有十米高，下方是某种地基，布满明显难以栽培的绿色植物，它们也许可以被暂时清理掉，但势必会更快、更茂密地长回来。这种绿色植物向基地外围蔓延，形成一堵无边的植物围墙，比我这辈子见过的更高更厚，不管是亲眼所见还是在纪录片中，亚马孙雨林与之相比简直就像是一座停车场。

我吸了一口气，感觉就像是在咀嚼纯氧。

我看向左边，其他新人跟我站在一起，同样目瞪口呆。

“好吧，我们究竟在哪？”尼亚姆问。

“格陵兰。”汤姆从我们身后说。

尼亚姆转回身：“伙计，这不是格陵兰。这是……*绿地*[①]。”

“我向你们保证这里是格陵兰，”汤姆伸手阻止大家发出反对之声，“只不过不是你们熟悉的格陵兰，我向你们保证之后会详细解释。我们提供的入职培训会讲到这个问题。”

“或者你现在就可以解释一下。”我说。

“好吧，这里确实是格陵兰，它只是位于一个和我们的认知略有差别的地球上。”

尼亚姆比画着面前的绿色植物强调：“*略有*差别？”

“不得不同意尼亚姆对于你使用‘略有’略有异议。”卡胡朗吉说。

“好吧，*大有*差别。”汤姆承认。

“什么差别？”阿帕娜问。

汤姆指着绿色植物：“嗯，这还不是最离奇的部分。”

“你是什么意思？”我问完注意到一片阴影遮住了我、另外几

①格陵兰的英文“Greenland”有绿色之地的意思。

名新人、汤姆和到达亭台。

我跟其他人一同抬起头，眼看着一个类似波音 747 的家伙懒散地拍动翅膀，划过天空。

“那是……一条龙？”漫长的一分钟过后，阿帕娜问道。

“严格来讲不是龙。”汤姆说。

“严格来讲？”尼亚姆惊呼。

卡胡朗吉点点头并伸手一指：“尼亚姆再次提出了我的疑问。”

“如果不是龙，那是什么？”我问。

“它[①] 是一只怪兽。”汤姆说。

“一只怪兽？”

“对。”

“一只货真价实的怪兽，”我重复道，“日本电影里的那种怪兽。”

“几乎完全一样。”汤姆说，“嘿，我跟你说过我们跟大型动物在一起工作。”

“老兄，我以为你指的是北极熊。”

汤姆笑着摇了摇头：“不是，如你所说，货真价实的怪兽。毕竟单位名称里写着呢。”

“什么？”我说。

“KPS，”汤姆说，“即‘怪兽保护协会’，指的就是我们，杰米，这就是我们来此处的原因，这就是我们的工作。”

低沉的吼叫从远处传来，如同雷声轰隆隆地从我们身边滚过。我转身注意到，地平线上的一座小山站立起来，望向我们的方向。

①怪兽也有性别之分，未指涉性别时用“它”，明确提及性别时用“他”或“她”。

第五章

“那么这就是田中基地。”我把惊得掉到到达亭人行道上的下巴捡了回来，然后对汤姆说。

他摇摇头：“这是本多基地。”他说完注意到我的表情，“我向你保证，这不是用汽车品牌[①] 命名的，基地的名字源自本多猪四郎[②]，他导演了 1954 年最初那部《哥斯拉》电影，北美的所有基地都以这部电影的演职人员命名，田中基地、中古－北基地[③]、中岛基地[④]，等等，田中基地以《哥斯拉》这部电影的制片人田中有幸[⑤] 来命名，不过还有很多位田中参与了这部电影，这是个常见的姓名。”

“在日本排第四位的常用姓氏。”卡胡朗吉说。

“看来有人在出发前查过维基百科了嘛。”汤姆评论道。

“用《哥斯拉》的电影人来命名你们的基地真是太有道理了。”尼亚姆对汤姆说。

---

①汽车品牌“本田”在日本也用来表示另一个名字“本多”。

②本多猪四郎（1911 年 5 月 7 日—1993 年 2 月 28 日），日本著名的特摄电影导演，代表作为《哥斯拉》（1954）和《归来的奥特曼》（1971）。

③该基地以电影《哥斯拉》（1954）的美术设计中古智和艺术指导北猛夫命名。

④该基地以电影《哥斯拉》（1954）中饰演变电所技术员的演员中岛春熊命名。

⑤田中友幸（1910 年 4 月 26 日—1997 年 4 月 2 日），出生于日本大阪府柏原市，日本电影制作人，曾任东宝电影公司执行董事和电影《哥斯拉》（1954）的制片人。

“的确，”汤姆承认，“我们这边就喜欢玩梗。肯定的，怎么能抛开呢，对吧？不能假装不了解。不仅会拿怪兽电影开涮。你们不知道忍住不吐槽有多难，我刚刚真想跟你们几个说‘欢迎来到侏罗纪公园。’”

“侏罗纪公园里可不是人人都有美好的结局，”我指出，“不管是小说还是电影。”

“嗯，他们太粗心大意了，”汤姆说，“我们不会的。而且电影、小说都是虚构，这里都是真的。”

“怎么会是真的？”我问，“我们前脚走进了冰天雪地的格陵兰，后脚就步入了一片热带丛林，这是怎么回事？”

“而且还有龙。”阿帕娜补充。

“严格来讲不是龙。”汤姆对她说完就看着我们，对所有新人说，“来吧，我们去吃午餐，到时候我再解释。”

本多基地食堂有小镇的市场那么大，设有沙拉吧和自助餐，我们新人看着食堂，都有点儿犹豫不决。

“怎么了？”汤姆拿着餐盘问，“你们挡住取餐的队伍了。”

“我们刚刚从一个沙拉吧和自助餐已经不复存在的世界来到这里。”我提醒他。

“不会有染病的危险，看我的。”他绕过我开始盛食物。

“这些食物看起来都非常……无趣，”尼亚姆说，“你在随便哪个文明社会都能吃到。”

“你在好奇本地有什么作物。”汤姆说。

“对。”

“大多数你都不会喜欢。”

“为什么？”

“因为农作物经过了几个世纪的培育才成为符合人类口味的食

物。”阿帕娜对尼亚姆说，“这里没有为了我们而培育过的作物。”阿帕娜看向汤姆，“没错吧？”

汤姆点点头：“我们这儿的温室也种植农产品，只不过不是本地品种。不过如果你愿意探索，可以尝尝那些。”他指着沙拉吧的尽头说。

我们都看过去。“伙计，那些看起来跟粪便化石一样。”卡胡朗吉说。

“对，所以我们称之为粑粑果。”汤姆说。

“你需要跟你们这里的营销人员谈谈。”我建议说。

“它们的味道比看上去好吃。”

“必然如此，不是吗？”

几分钟后，我们都围坐在食堂里的一张木制野餐桌旁，因为在丛林版的格陵兰哪怕待上几分钟就让人无精打采。汤姆告诉我们先吃午餐，然后和精英队的所有成员一起前往田中基地。

不过首先，他做了一些解释。

“我不是科学家，”趁着吃午饭时，汤姆对我们说。我们都没有胆量尝试粑粑果，“我知道你们——大部分人——都是科学家，”他对我点点头，“唯一的例外是科幻小说方面的专家。所以我把科学细节留给别人解释，只告诉你们我还是新人时听说的情况。”

“比如这个地方到底怎么存在的。”我说。

“对，从头说起。话说，显而易见，”汤姆挥了一圈手臂，比画出整颗星球的样子，“平行宇宙是存在的，理论上有无穷个地球，不过我们只能来到这个地球。总之目前就是这样。”

“这里跟我们的地球一样？”我问。

“嗯，我想你已经注意到了不同之处。”

“你之前提到‘北美基地’，表明这个地球上也有北美洲。”

“哦，好吧。我明白你的意思了。宽泛地说，是这样的。这颗地球跟我们的一样，有基本的几大洲，但是也有显著的不同，因为这颗地球要热得多。这里没有冰冠，所以也就不存在佛罗里达和我们所知的美国东海岸，从波士顿到萨凡纳的所有一切都被淹没，或者说如果它们存在于这颗地球上，就会被淹没，其实它们不存在。我们还知道，这颗地球处在跟我们大致相同的时空位置。”

“这你们是如何知道的？”卡胡朗吉问。

汤姆指着尼亚姆。“我打赌你能解释。”他说。

“要我说的话，因为星星都一样。”尼亚姆对他说，然后看着我们其他几个人，“如果我们抬头观察天空，看见跟家园地球那边一样的星座，而且它们一点儿都没有变形，那么我们就处在宇宙中相同的位置上，反正都在这座宇宙中。”尼亚姆转身重新面对汤姆，“你是说它们看起来符合你的预期。”

“我是说我了解北斗七星和猎户座，仅此而已，”汤姆说，“不过它们就在天上，在我期待着发现它们的地方。我们这里的几位天文学家确认了其他星座。”

“那么，气候的不同又如何解释呢？”阿帕娜问汤姆。

“有很多不同的理论。一个重要说法是，我们认为这颗地球没有受到希克苏鲁伯陨石的撞击。你们知道，那颗陨石灭绝了恐龙。”

我们都不耐烦地看着他。

“当然——你们都知道希克苏鲁伯陨石撞击，我才是第一次来这里时一头雾水的无知笨蛋。”汤姆有点儿辛酸地说。

“可你刚刚说过我们在同一时空位置，”阿帕娜对尼亚姆说，“为什么那颗陨石不会撞到这里？”

“星星处在正确的位置，并不意味着太空中的每一次相互作用都一模一样，”尼亚姆说，“我们太阳系有八大行星，几十颗小行星和卫星，大约十万个大于一千米的天体，它们都在相互作用，这甚至还没有考虑奥尔特云的影响。”

“绝对不要忽略奥尔特云。”我用严肃的语气嘲弄。

“一个星系里有太多的混沌会导致小行星和行星级别的天体运动难以精确预测，”尼亚姆把我晾在一边，继续解释，“所以六千五百万年前撞击我们地球的小行星绝对有可能完全错过这个地球——或者更有可能完全不存在。”

“在我们的宇宙中没有击中我们的星体也有可能击中脚下这颗地球。”卡胡朗吉说完转向汤姆，“岩石提供了什么信息？分界线在什么位置？”

“你得去跟真正的科学家核实了。”汤姆说，“不过没错，这样想就对了。这颗地球错过了几次灭绝事件，但也许遭遇了其他的。”

“所以，你们认为这些怪物是从恐龙进化来的？”阿帕娜问。她脸上现出一道皱纹，我猜她作为生物学家发自内心地不认同别人的说法时，就会露出这副表情。

汤姆指着她。“不，”他说，“你的困惑我懂。怪兽有另一套完全不同的生理机制，严格来讲，它们甚至不是动物。”

“那它们是什么？”我问，“愤怒的植物？睚眦必报的菌类？”

“都不是，”汤姆说，“它们的生理机制不同于我们家乡地球上的任何物种。差别极大，看待它们不要从生命领域出发，得把它们看成生物系统，类似自成一体的生态系统。”他转身面对阿帕娜，“很遗憾，我只能向你解释这么多。我在这里不从事这方面的工作。”阿帕娜似乎对他的回答很不满意。

“你在这里做什么？”卡胡朗吉问。

“我的官方头衔是基地运营主管，”汤姆说，“非官方头衔是‘保障一切依计划进行并在必要时救火解困的家伙’。”他指着我说，“杰米在这里要替我干所有体力活。”

“我搬东西。”我证实了他的说法。

“这项工作进行多久了？”尼亚姆问。

“我三年前加入了怪兽保护协会。”

“不，不是指你，”尼亚姆说着做了个手势，“这一切。”

“哦，抱歉。这个嘛，如果你想要追根溯源，那么它始建于哥斯拉在我们的地球上现身之时。”

“什么？”阿帕娜率先脱口而出，我们也表达出了同样的疑问。

“再次声明，我不是科学家。”汤姆提醒道。

“我们已经认识到这点了。”我不耐烦地说。

“核裂变和核聚变不仅会产生能量，还会削弱宇宙间的壁垒。”我们中所有科学家都立即停止进餐，对此表示反对。汤姆举起一只手，“我知道，听起来像是胡扯，就连我都这样觉得。不过这背后有科学依据，只不过我没有把它记住罢了。关键在于我们开始在地球上引爆核弹，这颗星球上的怪兽感受到了爆炸并开始向那里转移。”

“它们为什么要那么做？”阿帕娜问。

“核爆炸似乎是它们的食物。”

“什么——”阿帕娜一想起汤姆不是科学家，便管住嘴，“继续。”她严肃地说。

汤姆点点头：“1951 年 5 月，美国在埃内韦塔克环礁引爆了一颗原型氢弹，那是在法属马绍尔群岛，两天后一只怪兽穿越屏障来到了引爆地点。”

“居然真有哥斯拉。”卡胡朗吉说。

“要明确的是，它的行为和样子跟电影中的哥斯拉大相径庭，”汤姆说，“它只是又大又饿，震天动地地四处走动，寻找食物，后来海军把它吓跑，它逃进了海里。”

“后来发生了什么？”

“它逃离了海军的追捕，一连游了三天，然后死掉，沉入日本的航道，所以我们才有了电影《哥斯拉》，日本船员目睹美国海军追逐一个大家伙，回国后谈起这件事，最后让电影人知道了。”

“我正式对《哥斯拉》这个版本的故事起源表示怀疑。”

“没关系，”汤姆说，“实际上，此类事件不断上演，美国有四次，一次在内华达州的沙漠里，苏联至少发生过三次，法国和英国至少各发生过一次。这个问题严重到核大国在 1955 年举行了一次秘密会议，商讨如何阻止这种事情发生。他们的解决方案是资助一个项目，让一群人穿越来这里阻止那些生物穿越到我们的世界。”

“怪兽保护协会。”我说。

“对，我们的前身，但他们不怎么关心保护怪兽，只是为了防止怪兽逃出宇宙围栏，直到我们用核弹扯破的漏洞再次关闭。”

“他们怎么做到的？”卡胡朗吉问。

“我的理解是投放海量的巨型炸弹进行驱赶。”汤姆说。

“不过我们早就不再做核试验了。”我指出。

“对，不做了，”汤姆认同这点，“一个从未出现在任何协约里的原因是，抵挡怪兽比核大国本来想要应对的问题更棘手。还有一个顾虑就是核战会吸引五十层楼高的怪兽穿越空间裂隙，继续蹂躏洲际弹道导弹的生还者。”

“妙啊，”尼亚姆说，“只许我们把整个城市的全部人口化成核子灰烬，浩劫之后怪兽过来吃几口却绝对不行。”

“我想表达的是，如今已经没有怪兽穿越带来的威胁，”我说完比画了一圈，“那这些又是为了什么？”

“你想问，我们为什么还要来这里？”汤姆说。

“对。”

“这个嘛，当然是为了科学研究。”汤姆挥手扫过其他几位新人，“你在这里的新朋友将要开展前所未有的工作，这是一个货真价实的崭新世界，我们在这里进行的事业别人永远都没有机会染指。这很了不起。”

“可我们无法分享自己的成果，”阿帕娜说，“犹如在真空中搞科学。”

“你有机会分享，”汤姆说，“暂时只能跟少数几名科学家同僚进行探讨。以后这种情况也许会改善，到那时你们将在各自的领域成为学术巨星。那就不怎么差劲了。”他又转向我，“顺便说一下，如今我们诸多资金就来源于此。政府还在资助我们，只是比以前少了。不过互相竞争登陆火星的那些亿万富翁正给我们提供资金，期待我们在这里的研究成果能在地球老家投入应用，当然大体上需要以一种不像是来自另一颗地球的方式。”

“又或者他们资助我们是为了在地球老家陷入水深火热时有处可去。”尼亚姆提出了自己的见解。

“我肯定有人考虑过这一点，”汤姆说，“但不确定形势是否会按照他们的计划发展，去火星还是更可靠一些。”

“为什么呢？”

“首先，那里的掠食者少很多。”

“所以说不仅仅是为了科学，对吧？”我把话题又扯了回去。

“对，”汤姆说，“我们自称‘怪兽保护协会’不仅是因为这个名字朗朗上口，而且怪兽的的确确需要一些救助。”

“小山那么大的生物需要人类为它做什么呢？”卡胡朗吉问。

“我保证你会弄清楚的，”汤姆说，“不过我们要做的不仅仅是把怪兽限制在围栏的这一侧，还要把别人挡在外边。”

“你这话是什么意思？”我问。

“如我所说，核能会削弱宇宙间的壁垒，”汤姆伸手示意本多基地，“我们保证世纪营持续运转，是因为它位置绝佳，每次都可以通过一种可预测的方式，轻易打开再关闭两个世界之间的通道。原因有很多，但我无法完全理解。世纪营和全球其他几座基地由《怪兽防御和保护条约》的签署国管理，是仅有的来往怪兽地球的通道，受到严密的管控和保护。我们有理由把这一切视为秘密，长久地隐瞒下去。”

“不过没有不透风的墙。”汤姆继续说，“政府和公司知道怪兽地球的存在，我们为了开展工作并获得资助，不得不让他们知道。我们控制着连接这里的通道，不过如果你有野心，你可以逃过守卫，但是假如你的野心足够大，也可以凭自己的意愿在围栏上炸出个洞。你只需要知道如何炸。如果那种事发生——以前已经发生过，我们这两个世界就都会陷入危险。怪兽确实会给人类带去危险，反过来也是一样。”

“它们能够在毫不自知的情况下踩扁我们。”卡胡朗吉说。

“每年死于蚊子的人比死于其他所有动物加在一起的都多，”汤姆对他说，“也包括人类自相残杀。反过来看，人类灭绝了我们那颗地球上几乎每一种比人类大很多的动物。我们把它们捕猎殆尽，侵入它们的生存环境。体形不是危险的根源，从来都不是。”

“所以，我们也是保护怪兽的警察。”我对汤姆说。

“正确，”他回答，“唯一的关键点在于，谁是怪兽？”

“你知道的，他们在每一部怪兽电影里都会提出这个问题，已经成了套路。”

“我知道，”汤姆说，“每次他们问出这个问题时都很中肯，这说明什么呢？”

第六章

我们这些新人都在思考一个问题，不过这次是尼亚姆先提出来：“我们就乘坐那玩意儿旅行？”

这里说的“那玩意儿”是一艘巨大的飞艇，可以看作体型堪比怪兽的达·芬奇在十五世纪搞出的原型机，而且从那以后能不维护就不维护。田中基地精英队的所有老队员都登上舷梯，没人感到大惊小怪。

“你以为我们会乘坐什么？”汤姆一边带领我们前往停机场，一边问尼亚姆。

“比这结实一些的吧。”

“这是一艘可靠的飞艇。”

“伙计，它看上去就像是平行世界里的破伤风病例。”

“我们还真打过疫苗。”卡胡朗吉说。

“没有疫苗可以抵御。”尼亚姆反驳道。

“小美人[①]号绝对安全，”汤姆说，“事实上，它是你们乘坐过的最安全的飞艇。”

“我不信，”尼亚姆说，“似乎我使劲儿瞪它一眼，它就会像兴

①电影《摩斯拉》（1961）中的角色。

登堡号[1] 那样爆炸。”

“第一，它使用氦气，而不是氢气，”汤姆说，“在这儿使用氢气飞艇可不是什么好主意，所以小美人号不会爆炸；第二，”他指着飞艇的结构说，“它主要由当地两种充足的原材料制造，钟形木和怪兽皮。钟形木像竹子一样快速生长，非常轻巧强韧，而且防火。”

“有多防火？”

“如果你把一截钟形木放到火上，火会熄灭。至于怪兽皮——嗯，没什么能穿透它。它存储氦气，挡住外界的物体。所以没错，小美人号看似差劲的手工产品，可是如果你要在这儿长途旅行，它就是你心仪的选择。”

“仍然不信。”话虽这样说，尼亚姆还是迈步走向飞艇。

“你们如何获取氦气？”我们一边走，卡胡朗吉一边问汤姆，“从天然气中提取吗？”

“我们主要使用一种空气蒸馏法。”

“那效率可不怎么样。”

汤姆朝稠密的空气一挥手：“在这里效率更高。这里大气层更厚，保有的氦气也比老家那头更多。”

“怪兽皮呢？”阿帕娜说，“你们怎么取得？”

“你在问我们是否猎杀怪兽？”

“对，我好奇这点。”

“猎杀怪兽可比登天还难，”汤姆说，“这么说可能一丁点儿都不过分。所以说，没有猎杀。跟其他生物一样，怪兽也会死亡，到时候我们再从它们的尸体上获取。”

“要怎么处理？”

---

① 1937 年 5 月 6 日，德国的大型载客硬式飞艇“兴登堡号”在一场灾难性事故中被大火焚毁。

“格外小心谨慎。”我们踏着舷梯进入飞艇的乘客区。

尽管小美人号飞艇外部展现出破破烂烂的蒸汽朋克风格，客舱却布置得精美漂亮。躺椅风格的现代航空座椅宽敞地相对排列，中间有充足的空间供乘客走动或透过大窗向外观赏。客舱前后还有休闲区，配备了卫生间和零食，当然这两者不在一处。我看了一眼尼亚姆，相比外观，尼亚姆似乎稍微对飞艇的内部更放心一些。我们找好座位，“扑通”一声扔下个人物品，在踢脚板的货架上放好自己的随身行李。

“欢迎回来，田中基地精英队的伙伴们，”小美人号的扬声器中传来话音，“这里是你们的驾驶员罗德里戈 · 佩雷斯 – 施密特，以及一直跟我配合的副驾驶员马蒂亚斯 · 佩雷斯 – 施密特。我们没有血缘关系，只是结为了伴侣。”这句话引发了一阵低声的牢骚，我感觉罗德里戈每次介绍都会讲这个老梗，“今天是航行的好日子，我们很高兴与你们同行。我们的目的地是人见人爱的田中基地，位于风景优美、环境宜人的拉布拉多半岛[①]，几乎就在我们的正南方，只有 2650 千米远。对美国人来说，大约 1650 英里。另外，这是你们最后一次听到英制计量方式，因为跟其他所有文明宇宙一样，怪兽地球使用在逻辑上说得通的计量方法。”

又是一阵低声的抱怨，不过声音很小，因为美国人的数量似乎相对较少，而且他们是科学家，所以也用公制计量。

“升空时如未遭遇坏天气或怪兽袭击，”我们几个新人面面相觑，但是别人似乎没受任何影响，“我们将以 120 公里每小时的速度自在航行。本多基地传来通知，贝茜在东北方向，所以航行到海洋之前，我们会保持在 200 米到 300 米的高度。对于新成员我

①拉布拉多半岛位于加拿大东部，是北美洲最大的半岛，世界第四大半岛，为美洲大陆最东端，东部属纽芬兰省，西部和西南部属魁北克省。

表示欢迎，我们的大部分航程将飞跃巴芬湾和拉布拉多海，所以景色可能不如你们的预期，不过我希望你们喜欢在小美人号上的时光，我们大约在二十二小时后到达田中基地。”佩雷斯－施密特又对小美人号的工作人员讲了几句，然后便停止广播。

“贝茜？”卡胡朗吉问跟我们坐在一起的汤姆。

“那是当地的怪兽，”汤姆说，“你们到这儿时见过她了，就是看起来像小山的那只。”

“你管怪兽叫‘贝茜’？”我问。

“不是我，是别人。你不满意叫贝茜？”

“我说不好，本以为会更具日本风格，或者类似‘铁锤拳头’之类的。”

“正式来说，成年怪兽都有编号。不过在基地附近生活的怪兽有非正式的称呼，用容易记住的名字命名，比如‘贝茜’。”

“‘铁锤拳头’也容易记。”尼亚姆说。

“轮到你给当地怪兽命名时，你可以按自己的喜好来。”

“要是有人也叫那个名字呢？”卡胡朗吉问。

“铁锤拳头？”

“也行，不过我指的是贝茜。”

“二十一世纪了，没人再用贝茜这个名字，”汤姆说，“不过即使有人用，通常也有前后语境可供参考。如果你说‘贝茜从实验室拿到了结果’，大概率指的是人类；如果说‘贝茜刚被惹恼，烧毁了两万英亩森林’，很可能指的是怪兽。”

“我以为我们不用英制了呢。”尼亚姆说。

“我不知道两万英亩换算成公制是多少。”

“大约八千公顷。”阿帕娜说。

汤姆盯着她说：“真的吗，算这么快？”

阿帕娜耸耸肩：“只是算术而已。”

汤姆转向我："你知道怎么换算吗？"

"我不知道。"我安抚他说。

"谢谢。"

"我是搬东西的。"

"嘿，那条路通向哪里？"靠窗坐的尼亚姆指着一条蜿蜒的大道说。随着我们安静而平缓地升空，那条路呈现在我们眼前。

"那不是路，"汤姆说，"那是怪兽的步道，它们行走时踩出来的。"

我们都伸长脖子观看。

"老天，那么宽。"卡胡朗吉说。

"它们沿着步道走吗？"阿帕娜问。

"基本上是，"汤姆说，"跟我们走人行道而不走树丛是一个道理。还有个趣事，和人类在老家的聚居地对应起来，怪兽步道通常是人类主干道的写照。"

"它们遵循阻力最小的地质线路，"卡胡朗吉说。

"没错。"

"那么它们通向哪里？"我问，"那些线路。"

"成年怪兽有自己的领地，它们在自己喜欢的地方开辟空间。"

"那些地方对应我们的城市吗？"

汤姆笑了。"有时候对应得上。"他指着那条步道说，"不过以贝茜为例，这条路大体上绕本多基地一圈，她似乎好奇我们在这里干什么，要么就是在努力寻找核反应堆。不过她基本不会打扰我们。"

"基本？"尼亚姆说。

"大家都知道她热衷于追逐飞艇。"

"什么？"

"放心，她还没有逮到过。"汤姆重新考虑过后说，"好吧，是没逮到过载人的飞艇。她击落过几架无人机。”

尼亚姆盯着汤姆，然后毅然决然地系好了安全带。

我们已经飞跃海洋，来到拉布拉多半岛上空，距离田中基地不算太远，这时一声巨响在小美人号的船舱里回响，所有人都陷入沉默。

声音再次响起，这次要近得多。

“告诉我不是我想的那样。”尼亚姆说。

扬声器里传来罗德里戈·佩雷斯－施密特的声音。

“注意，精英队，我们有一只怪兽不在自己的地盘，怪兽已离开所在区域。做好准备。”

每个人都继续保持沉默，然后罗德里戈·佩雷斯－施密特又在扬声器中讲话。

“注意，精英队。更正，两只怪兽已离开所在区域。准备爬升。”

客舱一下炸开了锅，所有人都冲向窗口。

“那是什么意思？”我问汤姆，然后注意到他带着极度不安的表情看着窗外。我也把目光投向窗外。

一只庞然大物抬头盯着飞艇，它已经很近了，而且从航线上来看，我们正向它靠近。

“真该死。”我说着居然下意识地从座位上躲了出去。

“还有一只。”卡胡朗吉从客舱另一侧的窗口喊道。我走过去顺着他的目光向外看。

第二只怪兽同样大得难以置信，它飞快地瞅了我们一眼，然后把注意力转回第一只怪兽身上。它离我们也很近，而且我们越飞越近。

实际上我们会径直从它俩之间飞过，卷入它们的争端或者成为它们共同的目标。

“唉，这看起来可不妙。”对卡胡朗吉说完，我转身吼向汤姆，“我还以为我们应该爬升呢！”

“我们就在爬升！”他说。

我刚要说还不够快，这时一只怪兽吼叫起来，如同一千台喷气飞机的引擎同时启动，完全打消了听见其他任何声音的可能。

然后飞艇另一侧的怪兽做出同样响亮的回应，我还不知道这世上存在可以彻底致聋的立体声效。

吼叫声停止，至少我以为停止了，也有可能只是我的鼓膜已经被震破。随后它们又吼起来，仍然是双声道立体声效果。有人在客舱里尖叫，我回头看窗外，发现那一侧的怪兽正地动山摇地走向飞艇，虽然缓慢但是正逐渐加速，可是考虑到它那么庞大的身躯，这种行动速度有些不太现实。

我转身警告另一侧的队员，透过窗户注意到第二只怪兽也在用同样的速度飞快地冲向我们。

荒谬的是，我居然做出了躲避的动作。

伴随着雷鸣般的响声，我们一阵颠簸。我深信客舱很快就会支离破碎，可是它没有，声音源自我们下方，两只怪兽冲撞在一起，我们居然升得够高，得以避过它们。

过了几秒我才意识到，它们没打算杀死我们，而是要杀死对方。

小美人号飞艇微微转向西南，摩天大楼般壮观的两只巨兽拼了命暴揍对方，这一幕展现在飞艇的右舷。我和卡胡朗吉注目而视，汤姆和其他新队员也加入了我们。

“刚才究竟是怎么回事？”我朝打斗的怪兽一边比画，一边问汤姆，“驾驶员怎么会没有提前了解？”

“我们在成年怪兽身上安装了追踪器，”汤姆说，“有时候我们会丢失信号，也就意味着它们时而会出现在意想不到的地方。”

“可不，比如这艘该死的飞艇两侧。”尼亚姆说。

“在现身之前，它们会跟地形融为一体，”汤姆指着其中一只说，“那是凯文。”

“你认真的？”尼亚姆说，“该死的‘凯文’？”

“它是本地怪兽。我不认识另一只，也许刚刚成年，渴望获得领地。”

“所以这是一场地盘争夺战。”卡胡朗吉说。

汤姆以最紧绷的方式耸耸肩，我感觉从没在别人身上看到过。“也许吧，还有可能跟交配有关。”

一大块怪兽的残骸飞到空中，后边还拖着内脏。震耳欲聋的吼声充斥着客舱。

“也许跟交配无关。”我们又能听清的时候，汤姆补充道。

不叫凯文的那只怪兽正跌跌撞撞地逃离凯文，大致朝着小美人号的方向在林中冲撞前行。

“噢，不不不，往另一边逃啊，你这坨蠢笨的石头。”尼亚姆说。

“别担心，”汤姆说，“凯文不会追它。”

“好吧，可那又是怎么回事？”阿帕娜指着外边说。

我们都看过去，凯文用带爪的巨掌挖起一大块泥土，足有小型公园那么大，然后把庞大的手臂向后伸展。

“工具使用者。”阿帕娜低声说，几乎是在自言自语。我盯着她，感叹她竟然能在这样的时刻思考科学。

扬声器突然响起。“呃，我会建议大家赶紧系好安全带。”罗德里戈·佩雷斯－施密特说。

我们扑向自己的座位。

系好安全带后，我看见凯文把那座小公园抛向另一只怪兽，也就是我们的方向。巨大的土块儿飞散开，其中不小的一块正飞向我们。

上面还长着一棵树，我在心里说。然后整个客舱剧烈晃动摇摆，泥土、石块和树木以倾斜的角度倾泻在小美人号飞艇上，要把它击落，成为重力的猎物。

不过我们没有落入重力的虎口，而是浮在空中，继续飞行。

“我们居然还活着？”尼亚姆问，再次说出了我们的心声，“我们被树木击中了。”

“我告诉过你这东西很结实。”汤姆说。

我环顾客舱，窗户被打碎但是还固定在窗框上，随身行李从货架上掉出来，一个女人没能及时回到座位，此刻正捂着微微流血的前额。不过除此之外，大家似乎都平安无事。汤姆说得没错，小美人号看似摇摇欲坠，但是撑过了怪兽的攻击。

好吧，其实是逃过了两只怪兽的互殴现场，免受附带伤害。在我看来，这也跟想象中受到怪兽袭击差不多。

“别告诉我这种事时有发生，”我对汤姆说，“我指的是，怪兽把树木丢向我们。”

“我也是头一次经历。”汤姆向我保证。

扬声器又“嘀嗒”一声启动。“精英队，刚刚向田中基地报告。你们会高兴地了解到凯文的追踪器完好无损，正在八十千米外发送信号，”佩雷斯－施密特说，“最有可能的猜测是，它身上的一只寄生虫不知怎么弄掉了追踪器。总之，眼下我们中的一些人得添加一项新的工作计划，为它再安装一枚追踪器。抱歉吓到你们了，要是提前了解，我们会在航行到陆地前高飞。好消息是，我们没有晚点，在到达基地前也不会再有意外。”他说完关闭了广播。

“没人预料到意外，”卡胡朗吉说，“所以我们才称之为意外。”

这时，山一样的怪兽从远处发出痛苦的哀嚎。

第七章

抵达前大约十五分钟，一位精英队成员走过客舱，分发帽子和手套。每个人都接了过去，我们也照办。手套看上去小得让人怀疑能不能戴上，帽子也是，看起来就像是加装了环绕面纱的棒球帽。

“这跟水母似的，”我说，“还是个小家伙。”

“弹力的，”汤姆说，“手套也是。戴上吧，面纱要像魔术贴一样贴在你的工作服上，封严实。”他对留着长发的阿帕娜和卡胡朗吉点头，“你们最好把头发也塞进帽子。”

“看来这是一种时尚宣言。”我们都穿戴好自己的防护配件后，尼亚姆说。

“我猜有昆虫，”阿帕娜说，“咬人的那种。”

“你猜得没错。”汤姆说。

“它们有多厉害？”

汤姆笑道：“好消息是，我们在基地降落后才会遇到它们；坏消息是，那段路有二百米。”

“瞧，”尼亚姆指着窗外，“我想我们到了。”

树林外有一块空地，不是天然形成就是人工种植的草场。在草场一侧，一座巨大的木质机库坐落在高高的支架上，两侧还各有一个小型机库。我猜大家伙是给小美人号准备的，小些的用于直升机或微型飞艇。我看见一架双座直升机模样的设备被拖到旁边的停机坪，刚刚的猜测得到了证实。一小段距离之外坐落着另一座平台，看上去那居然是一座提炼厂。更远处还有一座平台，上面安放着太阳能板阵列和三组慢悠悠旋转的垂直轴风力发电机组。

所有这一切的远处是小美人号的泊位，泊位旁边是一些移动梯板，通往草场地面上高耸的一座平台，一条人行通道从这座平台向上延伸，跃入一片红杉大小的树木。在那片树林中坐落着木质平台、通道和房屋，这一整片奇妙的建筑被笼罩在某种极细的网罩之下。

“那就是田中基地？”我问。

“正是。”

“你们特意把这里建得像一座伊沃克人[1]村庄，还是说恰巧相仿？”

“这个嘛，严格来讲，田中基地比伊沃克人村庄早几十年落成。所以是伊沃克人村庄跟我们这里相仿。”

“乔治·卢卡斯知道吗？”

“也许吧。”

小美人号移入泊位，梯板延伸出去。我们正式降落后，大家起身拿上自己的行李。

“准备好了吗？”汤姆说。

舱门打开，我们挪着步子走出舱门，踏上踏板，旋即似乎被这座宇宙里有史以来所有的小飞虫团团围住。

“天哪。”卡胡朗吉拍打着说。

① Ewoks，《星球大战》系列电影中的虚构种族。

“别拍了，”汤姆对他说，“只会招来更多。”

“它们兴奋得要吃掉我。”

“不是针对你个人，它们想吃掉每个人。一直往前走吧。”

“这常见吗？”我问。

“这还是虫子少的情况呢，”汤姆说着指向田中基地，所有人都在朝那里快速移动，“这下你明白整个基地被细纱网罩住的原因了吧。”

“你可以事先提醒我，到达这儿的头五分钟有被吸干血的危险。”我说。

“会好起来的，”他说，“瞧。”他指向进入基地的长通道，它也被罩在纱网里。我们走近后，我听见风扇强力吹走了罩网通道入口处的空气，同时也吹走了大群飞虫。往通道里走十步远，飞虫的数量就从“危险”降到了仅仅是“恼人”的程度，走到二十五步时，它们基本都不见了。

我很欣赏这种没有了嗜血生物的环境：“真好。”

“传感器发现有人靠近就会启动大鼓风机，”汤姆说，“不过风扇会在通道里朝外吹一股微风，这种吸血昆虫会一门心思往里飞。”

“它们要是飞到里面了呢？”

“哦，所以我们准备了青蛙。”

“什么？”

汤姆没有理会我的问题，指着我戴的帽子面纱组合说：“在外界行动时，这套防护配件会挡住多数小虫子。靠近水边的大虫子才是你要格外小心的。它们会循着你的呼吸，直奔你的脸飞过来。”

“它们有多大？”阿帕娜问。

“大到你没法拍打，只能用拳头击落。”

“我不敢确定你是否在开玩笑。”阿帕娜过了一会儿说。

“我们的地球也曾有过翼展一米的昆虫，与之相比这里的空气更加稠密，富含更多氧气，”汤姆说，“你是生物学家，你懂的。”

阿帕娜叹了口气说：“需要用拳头击打的昆虫，好的，明白了。”

在我们前方，首批精英队成员已经进入田中基地，里面传出欢呼声。我们几个都看向汤姆。

“那是热血队[①]，”他说，“我们来换他们的班。他们看见我们可高兴坏了。”

穿过通道，迎面遇到数十个前来欢迎我们的人。他们在连体服外面套着喜庆的衬衫，头戴各种各样的草帽，弹着尤克里里和吉他，还有人手举饮料。看来他们就是热血队了。

当全体精英队走过通道，摘下昆虫防护帽时，周围突然爆发出一阵嘘声，然后布琳·麦克唐纳走向一个男人，那人穿着花里胡哨的衬衫，戴着破破烂烂的草帽，手中举着格外大杯的饮料。

“布琳·麦克唐纳，怪兽保护协会田中基地精英队指挥官，率领我的队员正式接替怪兽保护协会田中基地热血队。”她说。

“若昂·席尔瓦，怪兽保护协会田中基地热血队指挥官，”身穿花衬衫、头戴破草帽的男人说，“我们在此正式交接！”

席尔瓦伸手摘下破烂的草帽，戴在麦克唐纳头上，双方阵营爆发出一阵疯狂的欢呼声，两位指挥官拥抱在一起，然后席尔瓦脱下难看的衬衫，把它递给麦克唐纳，后者把它穿在身上，显然这代表了权力的交接。

随即，热血队成员一拥而上，欢迎他们的接替者，递上草帽、衬衫和乐器，但是没有交出饮料。一个友好的家伙过来跟我交接，给了我一把尤克里里、一顶硬草帽和一件印着鹦鹉的化纤衬衫。

---

①原文为 Red Team。

“归你了。”他告诉我，然后给了我一个拥抱便走开了。

“你会弹尤克里里吗？”卡胡朗吉问我。他戴着一顶软草帽，穿着一件橙色衬衫，上边印着跃起的白色野马。

“一点儿都不会。”我跟他交了底。

“让我试试？”

我把尤克里里交给他，他开始故作熟练地弹了起来，也许他真的弹了一辈子。他见我盯着他弹奏，笑了起来：“我盘算着要不要带上自己的，最后还是放弃了，结果出发没多久我就后悔了。”

“万幸他们有一把。”

“看起来不止一把，你如果有意，我可以教你。我们保准有的是闲暇。”

“好呀。”我说。卡胡朗吉微微一笑，一边弹奏一边走开了。

我朝汤姆转回身，他已经戴上一顶墨西哥宽边草帽，套上了一件印着小猫的花哨衬衫，“也就是说田中基地有两支队伍，我们轮流值班？”

汤姆摇摇头：“三支队伍，每支驻守六个月，相互错开三个月，”他指向已经摘下帽子的热血队，“热血队已经待满了六个月，今天返回休息三个月。”他朝基地更深处一挥手，我看见了其他人员，“蓝调队[①] 三个月前来这里接替我们，我们得以休息了三个月，他们会继续驻守三个月，然后热血队再来替换他们。每支队伍都跟其他两支分别共事三个月，这样田中基地就能一直保持满员状态，连续运转。”

我指着汤姆的小猫衬衫说：“这个呢？每三个月都要搞这一套？”

“你对花衬衫和丑帽子有什么意见？”

---

①原文为 Blue Team。

“你这身又俗又丑，不过我的嘛，还挺迷人的。”

“我们只在到达和离开时狂欢。其间另两支队伍交接时，我们继续值守，就像蓝调队此时的样子。”

我抚摸着自己的衬衫说：“呃，衬衫和帽子归我们了吗？”

汤姆笑了：“你想要的话可以留下，不过它们通常会被放回仓库。乐器也是公共财产，我们一般是签字领取。大家热衷于集体分享。这提醒了我，你说你在硬盘里存储了书和电影，你应该告诉信息技术人员，他们会上传到共享的媒体服务器。”

“好的。”

“你那些资源都有版权吧？”

“呃。”

“开玩笑。我们的工作协议为我们争取到了特别的版权条款。”

“真的吗？”

“对，显然他们认为如果我们被送到另一座宇宙里的地球，那里被一百五十米高、随时能把人类踩扁的怪兽统治，那么我们应该有权限互相借阅电子书和观看《怪奇物语》[①]。”

“合情合理。”

“终归是为了让我们保持理智，比只弹尤克里里有效。”有人喊了一声汤姆的名字，他四下环顾，看到对方后挥了挥手。

“你不用给我当保姆，”我对他说，“如果你需要和谁告别，你就去吧。”

“好的，谢谢。”他说，“布琳·麦克唐纳可能很快就会召集你和你的朋友，明天她会展开正式培训。你懂的，开展实际的工作。”

“我搬东西。”我跟他确认。

---

① *Stranger Things*，2016 年开播的美剧，向《E.T.》《大白鲨》等众多二十世纪八十年代的惊悚、科幻作品致敬，涉及超自然力量和绝密的政府实验。

“你还真得搬东西，”汤姆证实了我的说法，“不过，惊喜多多。”

“咚——咚——咚——”我模仿着烘托氛围的音乐说。

汤姆笑着离开，我转身观察两支队伍的朋友，虽然一支刚抵达，一支正要离开，但是大家仍然努力在几个小时的短暂时光里，叙一叙过去三个月的旧事。

“事先说明，我已经有点儿醉了，所以我长话短说。”布琳·麦克唐纳说。她手拿一杯饮料，想必含有酒精。

我们这些新人被她召集到田中基地的主路，礼貌地等待着。我们中有些人也醉醺醺的，热血队的告别派对比我们预期中更热闹一些。

“首先，欢迎你们，我是布琳，不过你们已经知道了。我知道你们都是谁，因为我有你们的档案，不过你们也知道我现在有点儿醉了，所以我不会假装记得你们谁是谁。我保证，明天都会记住。说到明天，”她指着近处一栋不太显眼的木质建筑，“上午九点早餐后，我在行政办公大楼见你们，开始工作培训。我会速战速决，让你们尽快投入工作。我知道你们都是科学家，”她停下来看着我，“除了你，你是新来的工人。”

我像干活的工人一样“嗯”了一声。

“总之你们各司其职，而且都很聪明，所以我们会带你们快速了解一遍。至于今晚……”她指着另一个方向说，“你们被分派到同一间套间营房，就在那边。别担心，门上写着你们的姓氏，钥匙在屋里，还有一套新的连体服。你们的头脑都很灵光，不会有事儿的，会找到住处。即使真的找不到，那么问谁都行，他们会提供帮助，因为我们这里没有浑蛋。啊，浑蛋还是有几个，不过他们也会帮忙。否则我们就把他们喂给吸血的小虫子。今天早些时候你们也看见了，嘿，你们看见青蛙没？”

我们点点头，表示已经见识过散布在基地景观池塘里的青蛙。除了作为田中基地最接近宠物的动物，它们的职责还包括吃掉飞进纱网的昆虫。那些昆虫探测到水后会飞来饮用，然后青蛙会吃掉它们，简直是天然的除虫武器，而且还很可爱。我们的生物学家阿帕娜好奇它们是本地生物还是来自我们的那个地球，不过我们还在参加聚会，所以她的问题暂时没法得到解答，而且阿帕娜也比我们其他人醉得更厉害一点儿，根本没心思听别人回答问题。

“我们喜爱青蛙，”麦克唐纳说，“我想你们清楚社区活动中心在哪儿，因为它*就在那里*，”她指向紧挨着机场通道的那栋建筑，“你们安顿好以后请原路返回，因为精英队的传统就是在第一天晚上一起看电影。今晚我们看——你们猜一下——《哥斯拉》，然后是《环太平洋》，原因你们都懂，”她挥手示意这个世界，“未删减的日本原版《哥斯拉》，而不是美国人插入亚伦·伯尔这个角色后二次剪辑的垃圾版本。”

“雷蒙德·伯尔。”我说。

“哦，可不，*没错*。”麦克唐纳轻轻地敲了敲脑袋，“抱歉，脑子里净想着《汉密尔顿》了，况且我还有点儿醉。还有什么问题吗？”

我们没有什么问题，麦克唐纳让我们就地解散，其实她只是心不在焉地拿着饮料挥手告别，然后便离开了。

“我真不知道该如何理解这个地方。”阿帕娜目送她离开时说。

“我挺喜欢。”卡胡朗吉说，他仍然拿着尤克里里，出神地拨动着一根琴弦。

“我们去找自己的*营房套间*吧，”尼亚姆说，“我等不及要看看房间长什么样了。不管什么样，上铺我要定了。”

其实没有上铺，标着我们名字的营房套间只是一排独立小木屋中的一间，小木屋沿着一条木板路向远方排列，显然是被打造成了基地的居住区。营房套间包含一间小客厅，里边放着沙发、桌椅和书架，一台显示器放置在书架之间，当前正处于屏保状态。书架上挂着带有标签的包裹——估计是额外给我们的连体服。

客厅两侧各有一条狭窄短小的走廊通往个人房间，门上都已经标好了名字，里边足够放下一张双人床，还留有一条小过道直达衣柜、小桌和椅子，桌子上是一套小架子，床上方开了一盏小窗，床品有一张床垫、一个枕头、两套床单和枕套。桌上放着一个名为《田中基地指南与通讯录》的文件夹，架子上放着一小盆微型植物和一个写着“新房客敬启”的信封。我进入自己的房间，走到桌旁，拿起信封。

“厨房在哪儿？”我听见阿帕娜说。

“甭管厨房了，卫生间在哪儿？”尼亚姆回应她。

“查一查基地指南。”我大喊着指导他们。

“什么？”

“就在你的房间里。”我说完拆开了信封，里边有一封信。

亲爱的新房客：

基地的传统是我们搬出宿舍时会为新房客留下一张字条和一件小礼物，以示欢迎，并祝他们当班期间好运。这一次我有些喜忧参半，因为我已经决定，值完这班就不再回来了。目前还没有别人知道此事，你是我除了自己以外告诉的头一个人。

我在这里停顿了一下，然后继续阅读。

当我们离开这个世界，我们也抛弃了关于它的一切，这正是让我喜忧参半的地方。我们不能从这里带走任何东西，不能跟任何人说起这里。我生命中的三年——四次驻守！——只能留下一段记忆。这是我必须离开的原因之一。这里如此奇妙，以至于让我觉得生活中有太多不真实，虚无缥缈。也许只有我这样觉得，可是即便如此，也足以让我做出决定。我应该返回真实世界，过正常的生活了。

最后这次驻守，我干了一件蠢事：我认为房间里有了植物会更好看，于是从家里带来一根插枝栽进了窗台上的一个花盆。到了离开的时候，我才发觉带不走它。所以我把它留下，作为一份礼物，希望你像我一样照顾它，希望它同样也会给你带去快乐。也许六个月后你离开时，会把它送给这个房间的下一任房客，甚至可能就是接替我的人。

祝你好运，致以我最美好的祝福。偶尔想想回到另一个世界的我，无论你是谁，我都会满怀深情地想起你。

希尔维亚·布雷斯怀特

我放下信，又拿起种着植物的小花盆，把它放在了窗台上。

“上一任房客在我桌上留下一大堆粑粑果，”尼亚姆从自己的房间里大吼，“说正经的，到底在搞什么？”

第八章

布琳·麦克唐纳指着阿帕娜。“那么，”她说，“你是新来的生物学家。说说吧。”

“说什么？”阿帕娜问。

“说说你看到怪兽以来一直困扰你的问题。”

上午九点刚过，我们聚在行政办公大楼一间（非常）狭小的会议室里。按照之前的说法，我们正在接受培训。上次见布琳·麦克唐纳时，她还有点儿醉，此刻显然清醒了一些，而且她遵守承诺，记住了我们所有人的名字以及在基地的职责。我们都挨着（非常）小的木桌，坐在（正常大小的）木头椅子上，我好奇家具是不是这座基地制造的。布琳·麦克唐纳站在一个书架旁，直勾勾地盯着阿帕娜，等待她回答。

“好吧，你说了算，”阿帕娜说，“这些怪兽太大了，不应当存在。”

“因为平方－立方定律吧。”麦克唐纳提示说。

“首先是这个原因。”

“大家都了解平方－立方定律吗？”麦克唐纳问。大家都点头，尼亚姆和卡胡朗吉是科学家，我是一名书呆子，我们都知道随着物体增大，物体体积会按比例因子的立方增长，而表面积则按平方增长。麦克唐纳重新把注意力集中到阿帕娜身上，“由于怪兽的体格过大，它们的肌肉会崩断，肺脏无法提供充足的氧气，于是无法获得充足的能量，神经系统也会运行缓慢，没法支持它们到处行动，它们的骨头会穿透身体，总之根据我们已知的所有物理定律，它们应该躺成一座肉山，在惨叫中死去。”

“它们不会惨叫，因为不可能往肺部吸入空气。不过没错，我觉得其他方面都概括到了。”阿帕娜说。

麦克唐纳点点头，转身从书架上抽出一本厚重的文件夹，“咣当”一声扔在阿帕娜面前。

“这是什么？”阿帕娜问。

“你的作业，”麦克唐纳说，“这是我们目前掌握的所有怪兽生物学的概要。”

阿帕娜瞪大眼睛看着厚重的本夹：“这是概要？”

“对，简短版本。”麦克唐纳说完看着我们另外三人，“你们不是必须一读，不过还是应该读一下，特别有意思。如果你们不想看这本概要，那么我只需要你们记住，怪兽跟我们家乡的任何生物都没有一丝一毫的相似性，真正意义上的无法比拟。怪兽没有打破物理定律，因为物理定律无法打破。平方－立方定律在它们身上的体现跟在其他任何生物身上一样，然而它们独特的生物学特征，给它们的体形和行动方式创造了新的可能。所以我的意思是‘独特’只是对于我们而言，对于这里来说则是稀松平常。”

“汤姆·史蒂文斯昨天说，我们不应该把它们看作动物，而应该看成体系或环境。”我对麦克唐纳说。

麦克唐纳指着文件夹：“他在引用这里的内容，”她说，“而且说得不错，我把这本概要给他时，还以为他只会草草浏览。不过即使看过文件，认知也比较局限，”她又指向我，“毕竟你也是一个体系或环境——纯粹从数字来看，你体内和体表的非人体细胞比你的人体细胞多一倍，有细菌、真菌、原生生物，甚至寄生在你脸上的微型螨虫。”

“还是再也别谈皮肤螨虫的好。”我说。

“你知道吗，它们会在你睡觉时爬出来。”

“现在我知道了，谢谢提醒。”

“等着看怪兽身上的寄生虫吧，可刺激了，”麦克唐纳说，“我想表达的是，我们用来理解过去我们已知的动物或生物的一切比喻，都无法充分说明我们所谓的怪兽究竟是什么。”

“给我们举个例子。”尼亚姆说。

麦克唐纳斜眼看着尼亚姆：“物理专业对吧？”

“物理和天文学，对。”

麦克唐纳从书架上又拿出一个文件夹，“咣当”一声扔在尼亚姆面前。“怪兽通过核反应堆获取能量。”

尼亚姆盯着厚厚的文件夹，又注视着麦克唐纳：“抱歉，你说什么？”

“核反应堆。”麦克唐纳说。

“它们……从哪儿弄到核反应堆？”

“它们长出来的。”

“究竟是怎么长出来的？”

阿帕娜把她的生物学读本推给尼亚姆：“你会用到这本。”她说。

麦克唐纳把文件夹推回给阿帕娜：“你怎么长出大脑？或者说，如果你拥有子宫，你怎么生出一个完整的新生儿？”

“完全不是一回事儿。”尼亚姆说。

“是吗？”

“你是说它们进化出了哺育核反应堆的能力。”卡胡朗吉对麦克唐纳说。

"对，我们认为是这样。"

"我不是重复尼亚姆的问题，可是怎么说得通呢？有生长核反应堆的化石记录吗？有证据表明原始怪兽具有最终发展出全功能核反应堆的中间结构吗？"

"哦，地质学家。"麦克唐纳转向书架。

"噢，完蛋了。"卡胡朗吉以为还会有一本砖头厚的文件夹砸过来，不过这一次麦克唐纳抽出一本薄的，直接递给了他。卡胡朗吉接过来，似乎对文件夹的大小感到失望。"就这么点儿？"他说，"是吗？"

麦克唐纳点点头。"不同于他们俩，"她朝阿帕娜和尼亚姆打了个手势，"在地质学和古生物学领域开展工作的优先级要低一些，因为出于实际情况考虑，现场工作更难以开展。"

"哦，"卡胡朗吉说，"为什么呢？"

"丧生和被吃掉的可能性相应更高。"

"好吧，我能看出研究会受此影响。"

"精英队的上一位地质学家，在我们不得不给他接上断肢后决定退休。第二次了。"

"哦。"

"唉，这么说也不完全准确，两次不是同一条断肢，而是在不同的地方。"

"没……没人告诉我这些。"卡胡朗吉说。

"田中基地坐落在丛林之上是有原因的，"麦克唐纳说，"丛林地面对人类来说不怎么友好。这提醒我了，你们谁接受过武器训练？"

我们都一脸茫然地瞪大了眼睛。

"嗯——"麦克唐纳似乎一边说一边把这个情况记在了心上。她重新看向卡胡朗吉，"简单回答一下你的问题，我们没有多少中间结构的证据，因为我们能做的工作和可开展的研究都很有限。在这里你有很多领域可以开拓，真的。”

“只要我不被吃掉，明白。”卡胡朗吉说。

“我们基本上可以判定这里的进化和我们认知中的不一样，因为我们已经获得的地质样本呈现出了不同的因素。因为某些初始条件不一样，生命演化的差别很大。”

“什么样的差别？”阿帕娜说。

“首先，我们是这颗行星上唯一的哺乳动物，”麦克唐纳说，“其他哺乳动物根本没有进化出来，鸟类也是一样，这里有爬行动物，但是作为一种生物分类，它们混得不如在家乡地球那边成功。当然，每种分类都有对应的生物，生命为了适应环境而进化，但是从生物学上来看，它们呈现出了不同的特征。”

“不过这儿有青蛙。”我指出。

“是的，跟地球上的青蛙不一样。不过还是存在青蛙和其他两栖动物，很多鱼类、昆虫和无脊椎动物。”

“所以，所谓进化的分歧大约是在两栖动物和爬行动物分化时开始的。”

麦克唐纳指着文件夹：“还别说，正是这样，”她说，“不过值得注意的是，情况没那么简单，比如说我们这里有有花植物，就我们所知，它们跟家乡地球的有花植物进化得几乎一致。这很复杂。”

“进化从来都很复杂。”卡胡朗吉说。

“这提醒了我，你还是化学家，”麦克唐纳没等卡胡朗吉反应，就抛来一个大文件夹，“这里还有更多。”

“显而易见。”卡胡朗吉盯着新的本夹。

“一个很大的不同是，此地球跟我们的相比，含有较高百分比的锕系元素，包含铀和钍，这里的生命以一种跟家乡地球完全不同的方式摄取和利用它们。”

我一下子豁然开朗：“所以说这里的一切都提炼铀，怪兽进化后便可以利用它们。”

“太疯狂了。”尼亚姆说。

“这就是进化。”阿帕娜纠正道。

“也许吧。”卡胡朗吉补充说。

麦克唐纳斜视着我说：“你是我们的新杂务。”

“我搬东西。”我表示认可。

麦克唐纳点头，转身取出一本体量最大的文件夹。

“显然，要先从这里学起。”我说。

“田中基地的体系与运作，”麦克唐纳说，“你没作业的话对其他人不公平。”

“其实还挺有意思。”午饭时，我一边翻阅文件夹，一边对其他新人说。

“你还真是个书呆子。”卡胡朗吉说。

我们一起坐在基地食堂里，午餐已经正式开始供应，食堂员工们每天制备四餐，但也开放了一块公共区域，方便全天候进餐，有几间小厨房任何人都可以随意使用。

“别听他的，”尼亚姆说，“做你自己。继续，给我们讲讲这里有意思的地方。”

“我们利用缥缈的空气制造燃料和塑料。”我说。

“如何制造？”阿帕娜问。

“你们都看见机场旁边类似精炼厂的地方了吧？”他们点点头，“就在那里制造。从空气中吸收二氧化碳和水汽，然后催化，不同的工艺流程会生产出塑料或燃料。”

“太好了，我们又污染了一颗地球。”尼亚姆说。

“如果从空气制备，那就是碳中和。”卡胡朗吉指出。

“下次你吸入废气时我会记起你这个说法。”

“燃料或塑料在这里究竟有什么用？”阿帕娜问。她举起木筷，然后敲了敲木碗，“我看没什么用，听说这座基地主要依靠太阳能和风能运转。”

“主要是飞艇使用燃料，塑料用于修补我们带过来的东西，比如笔记本电脑和平板电脑，还有一些其他用途，”我指向罩住整个基地的细网，“那东西，”我又揪起我们的衣服，“还有这东西。”

“对了，连体服是怎么回事？”卡胡朗吉说，“我感觉我们的服装设计师看了太多七十年代的科幻电影。”

我翻阅文件夹：“一方面是为了防止昆虫进入，还可以促进汗液在炎热潮湿环境中快速蒸发，比如在这颗该死的星球上。”

“这可不是开玩笑，”阿帕娜说，“我感觉像是在游泳。”

“你感觉像是在游泳，我感觉像是在发臭。”尼亚姆拍着自己的连体服装说，“这身衣裳逼得我想每隔十五分钟就冲个澡。这也提醒了我，他们为什么让我们去公共卫生间洗澡和方便？我们的宿舍里为什么没有？”

我翻到洗澡那部分内容。“主要是便于管道铺设。”我说。

“胡说，我抗议。”

“请不要在我们的宿舍大便。”阿帕娜说。

“不会的，”尼亚姆说，“不过你知道我说得有道理。”

“便于管道铺设，还有助于收集人体排泄物，”我继续说，“后者经过杀菌和处理后可用于各种轻工业制造，给我们食用的作物施肥。”

我们都停下来看了看自己的食物。“好嘛，真是妙极了。”尼亚姆说。

“这里的一切都会循环利用，”我说，“不能循环利用的会运回人类地球，我们不应该对这里产生任何生态影响。”

“那肉呢？”卡胡朗吉一边说，一边戳着盘子里一块像肉的东西，“这是真的牛肉吗？”

“估计是，”我检查了一会儿说，“我们有不少水产容器，养殖了一些节肢动物和鱼类，还带来了一些在这里不易种植的食物，肉、奶和谷产品，糖和调味料，咖啡和茶叶，小美人号运输的大多是补给品，比如食物、医疗用品和高科技设备。”

“听起来成本高昂。”卡胡朗吉说着咽下（可能是真正的）牛肉。

“就我所见，这里的一切都很昂贵，”我说，“或者这样想，如果由我们自付生活费，那会是一笔巨款。但是显然不用我们来考虑。”

“这里是乌托邦乐园！”尼亚姆高声欢呼。

“要我看，直接带几只鸡来也许更容易。”卡胡朗吉说。

阿帕娜摇了摇头：“除了必需品，他们不想冒风险引入外来物种。”

卡胡朗吉得意地一笑：“我觉得如果一只鸡试图从这里逃走，它不会存活很久。”

“不仅是那只鸡，还涉及它所引入的一切，”阿帕娜说，“微生物、寄生虫、病毒。这里的生命不一样，但可能也不是完全不一样，比如在稍小一些的尺度上。这里的生物对一只鸡可能携带的一切没有任何防御机制。一种禽流感就能造成物种大灭绝。”她转头对着我说，“我猜那座温室是基地里生物安全等级最高的建筑。”

我翻到温室的部分。“大概猜对了，”我说，“那里配有气闸以及强效的空气和水过滤系统，采用人工授粉。”

“看来有人在这儿的工作是蹭花粉。”尼亚姆说。

“其实，”我翻到下一页，把文件夹高高举起，“到了一定阶段，大多数人都得做这项工作。这里每个人都有一两项自己擅长的主业，可是基地只有我们这一百五十人，需要完成的工作有很多。所以除了全职工作，每个人每天都得干零活，必须完成，还得上报。”我掏出接入基地 Wi-Fi 的手机，“有个应用软件。”

“享受蹭花粉的工作吧。”阿帕娜对尼亚姆说，后者朝她扔来一块面包丁。

“怪兽呢？”卡胡朗吉问。

“怪兽怎么了？”

“我的意思是，”卡胡朗吉说，“我们来到一个怪兽到处漫游的地方，这里有人类从未经历过的事情等待着我们，可是到现在为止，我们只是穿着塑料裤子，补习必读材料，”他敲了敲自己手里的两个文件夹，“并被告知要承担琐碎工作。”

“所以，你是问什么时候才会跟怪兽一起玩耍。”我说。

“我不会用这个说法，不过是这个意思。”

“你的上一任跟怪兽一起玩耍，结果四肢被扯断了两回。”尼亚姆提醒他。

“四肢中的两条，各被扯断一次。”阿帕娜补充说。

“总之，在怪兽星球的时光没那么有趣。”

“我不是说我想走到一只怪兽跟前，宣称它可以随时吃掉我，”卡胡朗吉说，“可是这个组织的名字是‘怪兽保护协会’，我们什么时候参与保护怪兽呢？”

结果，这个问题的答案是：第二天。

第九章

“噢，你来啦。”我一进食堂汤姆就和我打招呼。我顺路来食堂喝杯冷饮，看到他手里端着一杯热饮迎面走来，很可能是咖啡。

“我来了。”我说，然后朝他的咖啡指了一下，“你怎么能喝这种东西？”

“这是……你指咖啡？”他说，“这才上午十点，我的大脑需要醒过来。”

“九十度。”

“三十度，”汤姆纠正我，“我们这儿使用公制。”

“我说的是天气。”

“来上几次你就会习惯，我都不怎么在意了。”

我穿着连体服冒汗，大概衣服的排汗功能已经过载：“感觉挺不错的。”

“你也会习惯的，”汤姆打包票，“第一天工作如何？”

“我要搬东西。”我说。一醒过来我就查看了基地的应用软件，发现自己真是个香饽饽：任务队列里已经排了十五个项目，主要是从一个地方往另一个地方移动、搬运和递送物品，田中基地虽然没有下东区那么大，但我还是得到了充足的锻炼。“我多少有点儿生气的是，对于这项工作，我在美食心语收获的经验比接受整整十年高等教育获得的更有用。”

“有趣。听着，我刚刚在你的任务队列里插入了一项高优先级工作。化学实验室有些罐子需要送到停机坪，也就是说你会见到我们的飞行员马丁。那会很有趣，他是个开心果，”汤姆还没说完，我的手机就发出轻轻的通知声，“说曹操，曹操到。”

“这个任务优先到我没空喝杯饮料吗？”

“时间充裕，补水不能耽误，然后再去化学实验室。享受你的饮品吧。”他把手中满满一杯热气腾腾的液体朝我微微倾斜，然后离开了。

我走进食堂，仔细选择。有水、茶水、咖啡和看似橙汁的果汁——我也说不好，也可能出自粑粑果什么的。食堂里还有一台汽水机，可我们的室内基地指南警告过我们要适度饮用汽水，否则糖浆会消耗得太快。指南建议每天饮用染色糖水的量不要超过八盎司，也就是一杯。我决定摒弃陋习，没必要在一个全新的世界里继续沉迷于健怡可乐。此外，冷饮柜提供的是百事可乐。新星球，新生活。

我灌进两大杯水并查看了基地应用，汤姆的优先任务确实出现在顶端，后边排着长长一列需要我完成的其他任务，而且还在迅速增多。实事求是地说，不是只有我一个人负责这个任务队列，蓝调队也有一个跟我相同的角色，名叫瓦尔，她不费吹灰之力就能像举杠铃一样把我推举起来。今天稍早的时候我们已经碰过面，因为从排污与循环部门拖一桶肥料到温室 C 需要两个人，除非你不介意让肥料桶脱手，在基地里乱滚。我们俩绝对不想。

我在自己的那排任务列表里接下汤姆提到的任务，提醒瓦尔我要去执行该项任务，同时也通知化学实验室自己正在赶过去。然后我放好用过的杯子，穿过基地，走向目的地，并在维护部搭了一辆顺路的运输车。

卡胡朗吉跟他在蓝调队的同僚费姆·卞博士都在化学实验室。“我搞清楚我们在怪兽地球上为什么需要化学了。”他说。

“冰毒。”我说。

“更劲爆。”

“还能有什么比冰毒更劲爆？”我大为惊奇地问道。

“信息素。”费姆博士敲着一个大号压力罐说。我猜那就是我要运走的东西。

“可不是随便某种信息素，”卡胡朗吉补充说，“是怪兽信息素。”

“哇喔，”我说，“好吧，了不起。我们为啥要这么做？”

“让它们听我们的话，”费姆博士说，“你没法跟一只怪兽对话，所以我们造出这种东西传达我们的想法。比如说‘此处危险’或者‘此地有主’。”

“它们吃这套？”

“有时候吧。”

“我会担心它的限制力。”

“有啥用啥吧。”费姆博士说。

“我觉得也是，”我指着罐子说，“这些信息素表达什么？”

“它们的意思是‘我们开搞。’”卡胡朗吉说。

我考虑了一下这话的含义：“一罐子怪兽的交配请求。”

卡胡朗吉微微一笑：“酷吧？”

“第一天工作就无比充实，可真让人高兴。”

“不，费姆博士调制这批信息素有一阵子了。不过下一批由我来制作。”

“你肯定激动死了。”

“你在嘲笑我，但我确实是。”卡胡朗吉说。

“劳塔加塔博士今天上午对我们的工作很感兴趣。”费姆博士说。我愣了一下才明白她指的是卡胡朗吉。我认识他三天以来，从没了解过他的姓氏，显然也不知道他有博士学位。

“可不，谁会不感兴趣呢，”我回答，“那么我要取走多少罐？”

费姆博士伸出手指。“这四罐，”她说，“你还得从马丁那儿取回一些东西，不过不着急，不是现在就要用。劳塔加塔博士会陪你去。”

“好，”我说，“那么劳塔加塔博士或许可以帮我把罐子搬到车上。”

卡胡朗吉再次微微一笑，然后开始搬运。

“这些就是制造小怪兽的物质？”马丁·萨蒂指着罐子问道。听口音他可能来自魁北克，所以严格来讲，他比我们任何人都离家更近。

“是的。”卡胡朗吉说。他用力地拍打着坚持不懈要咬他的脸，但是被纱网阻挡的小飞虫。我们三人站在田中基地的一块停机坪上，这里有一架直升机整装待发。

萨蒂哼了一声，走向停机坪旁边的机库，然后停下来看着我们俩说，“喂，来啊，”他说，“我们得把这个东西组装好。”

我们俩看着直升机，不知所措。“什么意思？”卡胡朗吉说。

“你们觉得我会飞到一只怪兽头上，摇下窗户，朝它抛出一罐？”萨蒂说，“不，我不会。来帮我搭好支架。”他又向前走去，卡胡朗吉和我四目相视，耸了耸肩，然后跟随萨蒂进入机库。

他所说的支架是一个碳纤维结构的架子，贯穿直升机的货舱，位于驾驶舱后面。我们把它放上直升机，萨蒂固定它之后，向我们演示如何安装罐子，他先把罐子放在支架上，然后连接了一个释放罐中物质的设备。直升机现在看起来像一架喷洒农药的飞机。

“你们现在站远点。”萨蒂对我们说。我们按照他的要求往后站了站，萨蒂进入驾驶舱，飞速拨动一个切换开关，又以同样的速度拨回原位，极其微量的怪兽信息素被喷洒出来。

“噢，天哪。”我说。

卡胡朗吉抱怨了一声，转身捂住了脸。

萨蒂笑道：“喜欢吗？”

“不怎么喜欢。”

“跟我描述一下气味。”

“认真的吗？”

“没错，我想知道。”

“就像是一家子热死在垃圾箱里的浣熊，然后有人蒸馏了它们腐败的残骸。”

“哈，”萨蒂说，“我一般会说它闻起来像瑞典苦艾酒，不过我喜欢你的描述。”他对我们打了个手势，“那么好啦，登机。”

“什么？”我说。

萨蒂盯着我们说：“你们谁是劳塔加塔博士？”卡胡朗吉举起手，“那么你需要来观察并向费姆博士汇报。”

“汇报什么？”

“你们的香水效果如何。”萨蒂说，“你，”他指着我，“你得听我指令喷洒信息素。”

“你不能自己搞定？”我问，“只是一个开关而已。”

“你驾驶直升机绕着一只重度发情中的怪兽飞行过吗？”

“没有。”我承认。

“那就听我的，”他看着我们俩，“你们俩以前坐过直升机吗？”

“我坐过。”卡胡朗吉说。

“感觉如何？”

“我吐了。”

萨蒂向驾驶舱后面一指：“你往里坐。”

“我觉得在登机之前有必要问一个问题，”我对着萨蒂给我的通话耳机说，“我们……为什么要做这些？”

“你是说我们为什么要飞一百公里去给怪兽喷洒催情药？”他说。

“对，就是这个问题。”

“这个嘛，你知道另一个地球有大熊猫这种生物。”

“嗯，我听说过。”我说着便开始思考，我离开生活了一辈子的地方才三天，那里就迅速变成了“另一个地球”。

“熊猫很可爱，但你不会称它们是火箭科学家，有时候它们还会忘记如何生育，明白吗？于是，人类不得不帮它们建立爱的联结。话说回来，怪兽将会是你们见过的最大、最蠢的大熊猫。”

“怪兽会忘记如何交配？”卡胡朗吉说。

“它们忘记很多事情，我会一一讲给你听，”萨蒂说，“它们位于进化阶梯的顶端，但是在这颗星球上进化绝对不包括大脑。这里的一切都像石头一样迟钝，今天我们要看望的这位先生甚至连平均水平都没有达到，他旁边的峡谷里就住着一位女士，她从去年开始就一直想结识他。每次这位女士靠近，他就要跟人家打架，所以我们去给他换个思路。”

“好吧，可是我们为什么在乎这事儿？”我问。

“我们为什么在乎大熊猫？”

“因为它们可爱，”卡胡朗吉说，“说到底这就是根本原因。”

“你说得没错，不过我想原因在于它们濒临灭绝，所以说，爱德华和贝拉也是一样。”

“爱德华和贝拉？”我说，“该死，你用《暮光之城》给这些怪兽起名？”

“不是我，”萨蒂说，“要是我说了算，我会称它们席德与南希[1]，更符合它们俩的性格。但是没人问我，起名字的人属于你们千禧一代。”

“千禧一代毁了怪兽命名学。”我对卡胡朗吉说。

“我们真是太差劲了。”他印证了我的说法。

“爱德华和贝拉是这部分大陆上仅有的同族，我们很少在四十度纬线以北见到它们，在四十度以南其实也不特别多见，所以我们想看看能否让它们一起孕育更多小怪兽。我们属于怪兽保护协会，要努力保护怪兽。”

“目前进展如何？”卡胡朗吉说。

“不太顺利！这是第五次尝试。”萨蒂朝后方的罐子使劲晃了一下脑袋，“费姆博士一直在调整配方，所以才要你一同前往，劳塔加塔博士。你要向她报告爱德华对这次配方的反应。”

“前四次他反应如何？”

“基本上不同程度地被惹恼了。”

“那可不妙。”

“的确，不过我是一名出色的飞行员。直升机通常不会有任何损坏。”

“通常。”卡胡朗吉面无表情地看着我说。

“上一次差不多成功啦，博士说她绝对看到了肿胀的泄殖腔接近成功的证明。”

我笑起来。

“有什么让你觉得好笑？”萨蒂说。

“我只是觉得‘爱德华肿胀的泄殖腔’会是一个绝佳的乐队名。”

“显然是支 EMO[2] 乐队。”卡胡朗吉说。

“他们的第一张专辑会异彩纷呈，颇具前景，可到了第二张就

---

① “性手枪乐队”贝斯手及其女友，二人经历曾被拍成同名电影。

② Emotional Hardcore，情绪硬核，一种更为个人化和情绪化的摇滚乐风格。

平淡无奇了。”

“第三张专辑糟糕透顶。”

“公平来讲，那一年竞争激烈。”

“我只是觉得他们应该放开手脚。”

我本来要为这段不光彩的糟糕对话添砖加瓦，可后来我们飞过一座山顶，我第一次看到了爱德华。

“老天啊。”我说。

萨蒂微微一笑：“跟大熊猫一样可爱，对吧？”

卡胡朗吉发出了一个难听的声音：“伙计，要是你觉得这叫可爱，那你在这颗星球上待得太久了。”

“同意，”我说，“那家伙看起来能把洛夫克拉夫特吓得惊恐发作。”

萨蒂点点头：“你们等着看他的泄殖腔吧。”

“我们不是真要看他的泄殖腔，是吧？”卡胡朗吉问。

“劳塔加塔博士，等到我们完成这趟任务，爱德华差不多会被我们看个遍。”

“我们会靠得多近？”我问。

“相当近。”

“真有这个必要吗？”卡胡朗吉问。

“你在我的直升机上装导弹了吗？”萨蒂问他，“填充了信息素的那种。”

“没有。”

“那就绝对有必要。别担心，博士。接近它不难，逃离它才需要技巧。”

第十章

“他为什么不吃我们？”我问。鉴于我们已经离爱德华相当近了，所以这个问题也不是完全无关紧要。

“他睡觉呢。”萨蒂说。

我瞥了他一眼：“睡觉？”

“它们会睡觉，对。”

“你怎么判断它们睡没睡着？”

“首先他没有吃我们，”萨蒂说，“其次你看不见他的眼睛。”

我朝外看了看爱德华：“他有眼睛？”

“我们称之为眼睛。我相信已经有人向你解释过，实际的生理构造比‘眼睛’复杂得多。听我的，你看见时就知道了。”

“没有实实在在的眼睛，但是有货真价实的泄殖腔。”卡胡朗吉在后排说。

“又不是我设计的，我只负责朝它们飞。”萨蒂回答。

“好吧，我们给这东西喷上信息素就离开。”我一边说，一边不停地观察爱德华，祈求他千万别醒过来，我相当确定他醒来的样子会吓得我们拉在裤子里。

萨蒂摇摇头：“那可不行。我们如果现在喷洒，他只会一觉睡到信息素失效，然后劳塔加塔博士无可汇报，费姆博士会朝你发怒。”

“我情愿撒谎。”卡胡朗吉说。

“今天是你工作第一天，所以我给你讲点儿你不了解的情况，‘别跟费姆博士作对’，”萨蒂说，“她会在夜里追究你，孩子。这个忠告我免费赠送。”

“她似乎相当随和。”

“她是随和，很了不起的一个人。假如你在信息素上骗她，她还是会把你开肠破肚，喂给林蟹。”

“这里有林蟹？”卡胡朗吉问。

萨蒂没搭理卡胡朗吉。“我们得把他叫醒。”他对我说。

“要怎么做？”我问。

萨蒂驾驶直升机靠近爱德华，太近了。

“喔，喔，喔。”卡胡朗吉说。

“我跟他意见一致。”我说。

“通常情况下，靠这么近会唤起他的注意。”萨蒂说。

“你以前这么干过？”

“当然。”

“你觉得这么做明智吗？”我指了一下我们跟怪兽山之间仅有的几米距离。

萨蒂不屑地哼了一声：“我们要是明智压根就不会来这颗星球。”

“嗨，那些是什么？”卡胡朗吉指着怪兽形成的肉墙说。我看见爱德华身上有东西在——想不到其他更合适的词——蠕动。

“寄生虫。”萨蒂说。

“有看门狗那么大。”

“要是我们一直在这转悠，你会看见更大的。”

“我觉得我已经对此表明态度了。”

“看上去他还没醒。”我对萨蒂说。爱德华的寄生虫也许会四处活动，但是他不会。

萨蒂做了个鬼脸。“好吧，我还有一招。”他驾驶直升机带我们沿着爱德华这堵肉墙垂直上升，最后悬停在他的上方。如果我们有着陆的打算，那么他的顶部有充足的空间供我们降落。我希望我们没有这个想法。

“你准备好拨开关了吗？”萨蒂问我。

我伸手抓住开关：“准备好了。”

“好，我要采取一个行动，然后我会从一数到三。到时候你就打开开关，数到五，然后关闭。”

“我们不可以一直开着吗？”

“为什么？”

“你瞧，马丁，”我说，“我不知道为什么要提醒你这一点，可这的的确确是我第一次做这种事，我一无所知。”

“数到五就够用了，”萨蒂说，“其他的我们随后再说。准备好了吗？”

“准备什么？”我问。

“这个。”他说着把直升机往爱德华身上重重下压，爱德华就像一块表面结了硬皮的布丁一般受到了挤压。就在刚刚戳中爱德华的位置，萨蒂驾驶直升机悬停在几米高的上空。

萨蒂刚刚离开的地方开始发光。

“一。”萨蒂说。

发光处突然聚集起了一个直径三米的圆形，明亮而耀眼。

“唔唔唔，我想我看到他的眼睛了。”我说。

“二。”萨蒂说完便驾驶直升机压向下方格外明亮的表面。

爱德华咆哮起来。

“三！”萨蒂说完就载着我们直升天际。我拨开开关，开始计数，同时紧盯着怪兽的眼睛，数到四我们才开始从怪兽的眼睛处升高，原来爱德华一直在向上追踪我们。

“关闭了！”我朝萨蒂喊道，他向一侧猛拉直升机，飞离爱德华，他差一点儿就拍中了我们，要说用什么拍，随便你怎么称呼吧，因为说是触须的话似乎就太狭隘了。

“你们还能看见他吗？”萨蒂问，我和卡胡朗吉都说能，“注意他的眼睛！”

“我们要注意什么？”卡胡朗吉说。

爱德华停止咆哮，我们把四个宽宽的发光圆盘当成他的眼睛，紧紧盯着。

他的眼睛突然收缩，一个刚刚形成的、像太阳一样的光点盯住了我们。

“噢，糟糕。”卡胡朗吉说。

接着，他突然亮出了翅膀。

“噢，糟糕。”卡胡朗吉又说了一遍。

“这家伙身上有该死的翅膀？”我充满怀疑地嘶吼。

“当然有啊。”萨蒂说。

“一分钟之前还没有呢！”

“本来就有，”萨蒂说，“你们只顾着找眼睛了。”

爱德华飞向天空。

“噢，糟糕糟糕糟糕。”卡胡朗吉说。

“我们应该离开。”我对萨蒂说。

萨蒂掉转直升机，飞离爱德华。

“好了，那么现在我们有一个好消息，也有不太妙的消息。”萨蒂说。他伸出左手按动按钮，启动了后视镜头的监视器，眼下整块屏幕基本被爱德华占满，“敲脑袋那下惹怒了他，他很可能会杀了我们；不过后来他吸入了信息素，现在又不想杀我们了。”

“你确定？”卡胡朗吉说。

“眼睛扩大了，对吗？”

我们点点头。

“那就是你们想要的迹象。”

“如果他眼下不想杀死我们，为什么还在追逐我们？”

“因为他想对我们做点别的。”

“我们要被迫跟一只怪兽交配？！”卡胡朗吉一边吼，一边试图理解这其中的含义。

“那是好消息。”

“这怎么算是好消息？”

“因为只要他愿意跟我们交配，就不会想杀死我们。”萨蒂说。他压低高度，紧贴着下方树冠危险地飞行。爱德华一时不知所措，但是接着也降低了身体，与我们的高度相匹配。“也就是说他会追逐但不会攻击我们。我们希望被他追逐，因为这样就可以领他去找贝拉。”

“等他见到贝拉，就会放弃我们，转而追逐她。”我说。

“走一步看一步，计划就是这样。”

“不太妙的消息是什么？”

“信息素会减弱，而且很快。把他引到贝拉那里之前，我们得持续向他输送信息素。”

我考虑了一下：“所以我们得一直跟他保持较近的距离，往他身上喷洒更多信息素。”

“对。”

“因为如果不这样做，他就会杀死我们，我们就没有活路了。”

“对。”

“可是如果我们释放了信息素又没有保持适当的距离，他就会抓住我们，跟直升机乱搞一通，我们也是死路一条。”

“对。”

“你一直以来都在干这个。”

“对，”萨蒂说，“算是吧。这是最危险的一次。”

“喔，他追得更紧了。”卡胡朗吉指着监视器说。

“再给他喷药，”萨蒂对我说，“数到五。”

我拨开开关，数了五个数，正好都喷到了爱德华的嘴里，在监视器上，他似乎呛到并往外吐，然后就不见了。

“怎么回事？”卡胡朗吉说。

“喔。”我说着透过直升机的窗户四下张望。

“正常。”萨蒂说。

“消失？”

“对。”

“他就像一百五十米高的噩梦，怎么可能瞬间消失？”卡胡朗吉大吼。

“这个嘛。”萨蒂说，然后爱德华从上方朝我们俯冲，正好挡住了我们的去路，他的附肢抓向我们。

我们都尖叫起来，萨蒂捣鼓了一下，我们的直升机又做出一个动作，我们居然躲过了爱德华的袭击，不过很快我看到了死都不会忘记的一幕。

爱德华肿胀的泄殖腔。

我集中精神，回头看向卡胡朗吉，他已经目瞪口呆。

“你也看见了。”我说。

卡胡朗吉点点头：“回去后我真得一醉方休。”

“加我一个。”

“天啊，杰米。这颗星球有什么毛病？”

“他又来到我们后方了，”萨蒂说，“再喷一次。”

“你确定吗？”我问他。

“要是他没受那东西刺激，我们早就成为林地上的一块残骸了，”萨蒂说，“所以没错，我确定。这一次喷洒六秒。”

我们又朝爱德华喷了三次信息素，这才来到贝拉所在的山谷。她没有睡，正伸展着翅膀，如果真的是这样，那么客观来讲她甚至比爱德华更吓人。

“她似乎知道我们要来。”我说。

“她知道，”萨蒂说，“她有耳朵，算是耳朵吧。”

“我们现在可以离开了，对吗？”卡胡朗吉说。

萨蒂摇摇头：“还有一件事要办。”

我看着贝拉：“让我猜猜。”

“如果他循着信息素的踪迹，必定会被引向贝拉。”萨蒂说。

“贝拉对我们有什么影响？”

“这阵子她对爱德华热情似火，希望她只关注我们带给她的奖励。”萨蒂驾驶直升机猛往前飞。

我们直奔贝拉，爱德华在身后紧追不舍，贝拉站在原地不动。

“我们可能会陷入前后夹击的灾难境地。”卡胡朗吉说。

“持续从罐子里喷洒信息素，”萨蒂对我说，“确保我们离开她的时候刚好用完。”

我点点头，扳动开关打开了罐子。我能明白他是什么打算。

“不妙，”卡胡朗吉说，“非常非常非常非常不妙。”

爱德华开始尖叫，贝拉也开始尖叫着回应。我们也跟着惊叫起来，不知道这有什么用，萨蒂猛地拉高直升机，越过贝拉身上可以被看作肩膀的部位，飞过去之后，我关闭了装信息素的罐子。然后爱德华撞到贝拉，他俩一起滚落在地，怪兽和这颗地球发生了剧烈的碰撞，把树木像雪糕棍一样折断。我们躲避着足有小轿车那么大的一块块泥土，向高空升去。

等我们来到又高又远的安全位置，萨蒂掉转方向，让我们看一看此次任务的成果。

“看来，呃，这场面有点儿壮观，”卡胡朗吉说，“只是向费姆博士描述我都会感到煎熬。”

“别担心，我的摄像头一直在拍摄。”萨蒂说。

“什么？”卡胡朗吉瞪向萨蒂，“我以为你说的是需要我向上汇报。”

“我从没说过我不拍视频。”

“我本来可以留在田中基地！”

萨蒂朝正在交配的怪兽比画了一下：“那么你会错过这个场面。”

“我们差点儿死了。”

“不，”萨蒂说，“我的工作我在行。”

卡胡朗吉又瞪了他一会儿，然后摘下耳机，表明自己至少在一段时间里不会搭理萨蒂。

“他会缓过来的。”萨蒂对我说。

“我们有必要留在这里继续观察吗？”我问。

“你在开玩笑？这可是纯粹的科学。”

“感觉像是在看怪兽黄片。”

“这是我们首次观察这个物种交配，”萨蒂说，“如果我们不录下来，怪兽保护协会的每一名生物学家都会来追杀我。所以先别急着离开，我们再逗留一会儿，如果你们不介意的话。”

“其实，我觉得，我们应该趁现在没什么危险赶紧逃走，”我说，“等他们完事，也许想吃点儿小点心呢。”

萨蒂考虑了一下：“你知道吗，我觉得我们今天一天的科研工作到位了。”他说着开始转向返回。

就在这时，无线电噼里啪啦地响起来。

“田中二号直升机，请回答。”有人从基地发话，听上去像是麦克唐纳，但是我无法确定。

“这里是田中二号直升机，请讲。”萨蒂说。

“二号机，我们需要你们去了解一只未标记的怪兽，位于你们当前位置西南方向四十公里。”基地说。

萨蒂瞟了一眼仪表，被怪兽追逐显然消耗了不少燃料。“基地，这项任务具体是什么情况？”他问，“仅仅是观察寻找吗？”

“不，二号机，我们认为出现了排气问题。”

萨蒂停顿了一下：“重复一遍，基地。”

“我们认为出现排气问题，二号机，请求观察确认并评估严重性。请回答。”

“收到，已出发。完毕。”他转向我，“得，麻烦了。”他说。

“出事了吗？”我问。

“希望没有。”萨蒂说着转向卡胡朗吉，打手势让他重新戴上通话耳机。

“怎么回事？”卡胡朗吉问。

“我们刚接到一项新任务，情况紧急，我们得往西南方向飞行四十公里。”

卡胡朗吉对此皱起眉头：“这项任务也有可能让我们丧命吗？”

“也许。”

“也许？”

“如果你愿意我可以在这儿放你下去，”萨蒂说，“你可以自己走回去。”

卡胡朗吉翻了个白眼，又摘掉了耳机。

萨蒂看着我笑起来。“他会没事儿的。”说完，他便带着我们上路了。

第十一章

我们在发现怪兽之前就看到了浓烟。浓烟缭绕升起，飘浮在稠密凝滞的空气中。冒烟的地方不止一个，烧黑的痕迹形成道路，指向那个生物，我们沿途追踪。

“它们通常会把别的东西引燃吗？”我问，萨蒂摇摇头，“那为什么这一只在点火？”

“它是迫不得已。”萨蒂说。

“在那里。”我们绕过一座山冈时卡胡朗吉说，他已经在途中戴上了通话耳机，正指着一座大湖的岸边，那只怪兽站在那里，一动不动地看着全世界，似乎是在努力喘气，在它身后，火在燃烧。

萨蒂驾驶直升机飞出烟迹，我们悬停在空中，距离怪兽一公里远。

“我们不靠近了？”我问。

“对，如果不能帮它我们就不靠近了。”萨蒂说。

卡胡朗吉哼了一声：“这可真新鲜。”

“的确新鲜。”我表示赞同，“这次我们为什么要保持距离？”

“我们来这里是看看它是否在排气，”萨蒂说，“如果是，我可不想接近。”

“什么是‘排气’？”卡胡朗吉问。

萨蒂没有直接回答，而是低头看看我手腕上的智能手表：“那东西有秒表计时功能吗？”

“当然有。”我的智能手表功能齐全，不过跟大多数人一样，大约百分之九十的功能我从来不用，秒表就是其中之一。

“把它设置好。”萨蒂回头看卡胡朗吉，点头暗示了一下我们俩座位之间的控制台，“那里有一架小型野外望远镜，拿出来用它观察。”

卡胡朗吉点点头。

“秒表设置好了，”我说，“我要用它来干啥？”

萨蒂向怪兽的方向点了点头：“那家伙下一轮排气时，一停下就开始计时，直到再次排气。”

“这种排气行为明显吗？”

怪兽裂开头上的大口，一束耀眼的光流喷薄而出，击中湖面，瞬间蒸发了湖水。

“对，相当明显。”萨蒂说。

光流停止，我开始计时。“那家伙会喷火。”我说。

萨蒂摇摇头：“更奇妙，它喷出的是一种离子化粒子束，一种等离子体，有数千摄氏度。”

“我能理解你为什么不愿接近它了。”假如等离子束影响到直升机，我们就全完了。

“怪兽怎么能承受那种高温？”卡胡朗吉问。他已经取出了野外望远镜，正对着怪兽观察。

“它们不释放出来就活不了。”萨蒂说。

“嘿，我认识这只怪兽，”卡胡朗吉说，“我记得这家伙，它是跟凯文打架的那只。”

“你确定？”我问。

他把望远镜递给我："你自己看。"

我接过望远镜，对准了这只怪兽。我不记得那张面孔，但的确记得在那场争斗中，怪兽身上的一块肉飞到了空中。这只怪兽的腹部明显缺了一大块。"好吧，就是这只。"我说着把望远镜还给卡胡朗吉，"从打架到现在它走了很远啊。"

"它吃了败仗就一直逃跑，没停过。"卡胡朗吉又把望远镜举到眼前。

"你们看见这家伙打架了？"萨蒂问我们。

"是啊，"卡胡朗吉说，"我们差点儿被卷入其中，树木纷纷砸向我们。"

"然后这只受伤了？"

"我们看见它掉了几块肉，挺大块的。怎么了？"

"因为——"萨蒂停下来，因为怪兽又喷出了一股等离子束，这一次光流从湖边掠过，把树木都烧炸了。萨蒂看着我，"多长时间？"

我低头看。"两分八点三八秒。"我说。

"好嘛，这既奇怪又恶心，"卡胡朗吉说，"有东西从怪兽身上掉下来。"

"什么东西？"萨蒂问。

"我不知道，看起来像是动物那么大的头皮屑，"卡胡朗吉转头看着萨蒂，"那些是它的寄生虫？"

"极有可能。"萨蒂说。

"那它们为什么从怪兽身上掉下来？"

"跟老鼠逃离沉船一个道理。"萨蒂开启同基地联系的通信线路，"基地，这里是二号机。"

"二号机，请讲。"

"发现未标记怪兽，可以目视确认排气，当前间隔是两分钟，寄生虫在弃它而去。完毕。”

“明白，二号机。建议执行 RLH 程序。”

“明白，基地。启动 RLH 程序。”萨蒂关闭通信线路，看了一眼卡胡朗吉说，“现在你可以收起望远镜了。”

“什么是 RLH 程序？”我问。

“玩儿命逃跑的意思。”萨蒂说着就掉转直升机。

“我们玩儿命逃跑是因为——”

“因为怪兽很可能即将爆炸。”

“请定义‘爆炸’。”卡胡朗吉说。

“有人告诉过你俩怪兽体内会进行核反应，对吗？”

“对，我还是不确定那是如何起作用的，或者说还没有完全相信。”

“是真的，它们时刻在进行核反应，毋庸置疑，直到问题出现。比如，一只进入青春期的怪兽生物反应堆发育不佳，或者它卷入争斗后反应堆的完整性受损。然后情况就会变得非常非常严重，急速恶化。”

我头脑里灵光一闪。“排气，”我说，“那种等离子束不是它故意喷出的。”

萨蒂摇摇头：“对，它那么做是为了让自己的反应堆恢复可控状态。”

“管用吗？”

“有时候管用，你能从怪兽排气的频度判断有多严重。几小时一次的话它也许能活下来。”

“那么如果是两分钟排一次——”我说。

萨蒂耸耸肩：“存活的可能性不大。”

“寄生虫是怎么知道的？”卡胡朗吉问，“它们离开可不是因为计时。”

“对，”萨蒂同意我的看法，“它们离开是因为感觉到热了。”

卡胡朗吉张嘴要说什么，但是又闭上，然后再次开口，“我要问一个非常愚蠢的问题——”

“是的，怪兽是一颗行走的原子弹，”萨蒂说，“你是要问这个，对吗？”

“其实我要问的另一个关于寄生虫的问题，不过，呃，我猜现在不重要了。一颗该死的原子弹？”

“你竟然感到意外？”萨蒂说，“你以为我们谈的是什么？”

“我们在谈论这些生物有核反应堆！”

“没错，然后呢？”

“核反应堆跟原子弹不一样！比如核反应堆是有安全保障的！”

“他说得有道理。”我说。

“不，没道理，”萨蒂说，“这些东西不是制造出来的，而是进化出来的。进化不会过度设计，怪兽的生物核反应堆运转得够好了，除非情况有变。”

“然后它们会消灭一百平方公里内的所有生命？”卡胡朗吉冷笑着说。

“它们不会产生那么大的威力。”萨蒂说。

卡胡朗吉又要开口，但是我伸手阻止：“它们爆炸的威力有多大？”

“正常大小的怪兽有十或十五千吨的爆炸力。”萨蒂说。

“我一点儿都不清楚那有多严重。”我说。

萨蒂查看了一下他的仪表：“如果这只怪兽马上爆炸，我们才刚刚离开光辐射的毁伤范围，”他飞快地朝后看了一眼，“这表示我们死不了。这架直升机的电子设备和仪器都有屏蔽功能，所以可以不被电磁脉冲烧毁。我们不是第一次遇见排气的怪兽，只要我们还在飞行，就能离它远一些。”

“除非它要来追我们。”卡胡朗吉说。

萨蒂摇摇头：“它不再追逐任何东西了，它会奔向特定的地方。”

“你怎么知道？”

“怪兽知道自己要死时，就会努力奔向水域。如果可以它们会去海边，不过任何大规模的水域都行。别问我为什么，我是飞行员，不过绝对是这么回事，怪兽保护协会花了沉重的代价才搞明白。”

“你这话什么意思？”卡胡朗吉问。

“现在这座田中基地不是最初的田中基地，”萨蒂说，“头一座在东边大约四十公里远的地方，建在一片水湾的半岛上。那是在六十年代，没长大的怪兽带着坏掉的核反应堆到了那里，直接走进基地自爆了，八十个人还没明白是怎么回事儿就死了。”

“它究竟为什么要进入基地？”我问。

“我不是怪兽，不知道它们为什么这样或者那样。不过如今我们建造基地都会远离大型水体，”他向卡胡朗吉点点头，“费姆博士和眼前这位劳塔加塔博士制造出表示‘滚开’的信息素，在基地周围标记出我们的地盘。”

“管用吗？”我说。

“跟其他有关怪兽的东西一样，”萨蒂说，“没出问题之前都管用。”

我们眼前的世界变得格外明亮，这意味着我们身后的世界更加明亮。怪兽爆炸了。

“马上会非常颠簸，”萨蒂说，“劳塔加塔博士，从现在开始你如果想要呕吐，不用憋着。”

“我没呕吐。”卡胡朗吉在当天的晚餐上给阿帕娜和尼亚姆复述这段经历时说。我和他刚刚跟布琳·麦克唐纳、蓝调队队长简妮巴·丹索、汤姆·史蒂文斯以及生物与物理实验室的领导开完几个小时的会议，仔细讨论我们此行在直升机上经历的一切，显然他很快会再次出行。

“对，你只是让大量辐射穿透你的身体，从而任它们自发地变成肿瘤。”尼亚姆说。

“我很肯定不会出现那种情况。”卡胡朗吉回答。

“自发生长出肿瘤的人恰恰都会这样说。”

卡胡朗吉转向阿帕娜：“你是这里的生物学家，救救我。”

“我不会说你已经成为一颗有知觉的肿瘤，”阿帕娜说，“我得测试一下才能确定。”

卡胡朗吉指着我说：“杰米也在同一架直升机上！怎么不说他也会长肿瘤？”

“我浑身上下肯定已经布满肿瘤了。”我承认说。

“我还以为我们是朋友呢。”卡胡朗吉对我眯起眼睛说。

“肿瘤没朋友，”我回答，“还有一个消息，我今天才发现卡胡朗吉拿到了博士学位。”

“我想说，我们都有博士学位，”阿帕娜指着自己，“乔杜里博士，”她又指着尼亚姆，“希利博士。”

“有趣的是，希利在盖尔语里表示‘科学的’，”尼亚姆说，“我是科学的博士，你现在可以向我行礼了。”

“我可不想行礼。”我说。

“瞧瞧，这颗肿瘤因为只有硕士学位而心怀嫉妒呢！”

“我没有。好吧，也许有一点点。”

“我们仍然喜欢你。”阿帕娜说。

“说喜欢其实是‘可怜’。”尼亚姆补充。

“如果能让你感觉好点儿的话，你们已经给我们增加了大堆工作量。”阿帕娜说。

“太好了，”我说，“我是怎么做到的？”

“严格来讲不是因为你，而是那只爆炸的可怜怪兽，”尼亚姆说，“不仅仅我们，所有人都有更多工作要做。看来在直升机飞行距离内爆炸的怪兽不怎么常见。”

“它们专门为我们而爆炸。”阿帕娜指出。

“是的，严格按照平均值来看，我们经历爆炸的概率比这里的大多数人高。”尼亚姆表示赞同，“今天我们一直在查看你们两颗肿瘤带回的数据，以及我们从航空器上获得的资料。”

我点点头，我们用航空器替代卫星——携带仪器的气球，飘在怪兽不会尝试拍打或吃掉它们的高度。我们最初就是通过这种方式发现了那只怪兽——一架航空器识别出了怪兽排气而产生的辐射。

“瞧，”卡胡朗吉用叉子指着说，“他们根本不需要我们在现场，用一架航空器就都能解决。”

阿帕娜摇摇头：“不行，你们拍摄的怪兽视频挺有用，角度好得多。我们更清楚地看到了寄生虫是怎么逃跑的。”

“对它们来说没什么用，”我说，“很难跑出核爆现场。”

“你们就跑出来了。”尼亚姆指出。

“我们不是跑出，而是飞出。”

“勉勉强强。”卡胡朗吉补充道。

“噢，得了吧，”尼亚姆说，“可别再叽叽歪歪了。今天你们逃脱了一只发情的怪兽和一朵蘑菇云。如果这样你还不满意，你肯定有什么毛病。”

“顺便谢谢你们的发情怪兽视频，”阿帕娜说，“看起来……很有趣。”

“你应该到现场亲自观摩。”我说。

阿帕娜点点头："我打赌那场面肯定了不起。不幸的是，因为怪兽爆炸了，它最近只能充当陪衬了。爆炸严重破坏了生态系统。"

"一场核爆也会造成破坏。"卡胡朗吉说。

阿帕娜摇摇头："不是那样的。好吧，是有破坏，只不过不是你想的那样。这里的生物跟辐射的关系和我们与辐射的关系不同，也不同于我们家园地球上任何生命与辐射的关系。辐射会搅乱我们的 DNA，剂量高些就会要了我们的命。"

"把我们变成肿瘤。"尼亚姆说着指向我和卡胡朗吉。

"这里的生物懂得利用辐射，"阿帕娜继续阐述，"辐射对它们来说不像对我们那样危险。核爆发生后，没有在那一瞬间死于爆炸的一切生物都开始奔向爆炸地点。"

"去干什么？"卡胡朗吉问。

"从本质上讲，是去进食。一只怪兽像那样爆炸只是生命循环的一部分。"

"所以你是说生命要向爆炸弹坑迁徙。"

"正是。从小昆虫到其他巨型怪兽，都在行动。"

"这是另外一件事了，"尼亚姆说，"你记得他们说过核爆的威力会削弱这个世界和我们那边的壁垒吗？"我和卡胡朗吉点点头，"那么我们刚刚经历了一次该死的大型核爆，此时此刻两地之间的壁垒在爆炸现场薄得就像一张窗户纸。"

"我们的地球在那里有什么？"我问。

"显然什么都没有，"尼亚姆说，"那片土地属于加拿大的一家省立公园，没有人，也没有比驼鹿更大的动物。我为在那里游荡的驼鹿感到遗憾。不过在这一侧，我们有怪兽，很多很多怪兽。该死的凯文、贝拉和爱德华，还有其他怪兽，都开始朝那里移动。它们可能在不经意间穿越到我们那边。所以在裂隙自主封闭到能阻止它们穿越之前，我们的任务是防止它们接近。也就是说，你，”尼亚姆指着卡胡朗吉，“将会花很多时间制造回避信息素阻挡它们，而你，”这回尼亚姆指向我，“将要花很多时间乘直升机朝它们脸上喷洒。”

第十二章

那么，怪兽以核弹的威力爆炸时，会出现下述情况。

第一，发生了真正的爆炸，也出现了紧随其后的效果。

起初，一颗直径大约二百五十米的核爆火球蒸发内部的一切，包括爆炸的这只怪兽，在那个无名湖边形成一个明显的弹坑，因为弹坑的位置就在湖边，所以如今已经充满了湖水。

然后一千米宽的区域完全损毁，树木粉碎着火，动物烧成焦炭，一切都冒着烟，变成真正的废墟。

更远的地方，四千米以内的树木被折断，这个范围内的一切都受到离子辐射，按照我们地球的标准，剂量明显已经达到致命的程度。阿帕娜注意到怪兽地球上的生物有更强的耐受性，倒不是说这一区域内的生物会感到*好受*，因为还有热辐射要考虑，不管致命与否，区域内一切活物都会受到烧伤。

怪兽爆炸接近地表，蘑菇云将大量尘土和碎片抛入数千米的高空，随后这些残渣又被盛行风刮到各地——形成放射尘。放射尘最终会散落在拉布拉多半岛超过一千平方千米的土地上。

怪兽地球的大气比我们的更浓稠，氧气浓度更高，涉及爆炸的毁伤时就需要考虑一些特别的情况——爆炸初始的冲击波具有更大的压力，会形成更大的杀伤半径，多出来的氧气为燃烧提供了更多燃料。但这些又被一个情况所抵消——这只怪兽爆炸的地点实际上位于一座沼泽丛林，怪兽地球的树木已经进化出更加优异的防火性能，这意味着爆炸产生的风暴性大火相当短暂和有限。晚间源自西方的暴风雨把丛林变得更加潮湿。

田中基地一点儿都没有受到爆炸及其后作用的威胁。所有的情况都发生在基地东南方近一百千米处，这边的盛行风大体上都向东吹，反正是把辐射尘吹向了远离基地的方向。我们不会有事，基地不会有事。

感觉……怪怪的。

“当然感觉奇怪。”尼亚姆对我说。爆炸之后的第二天，晚餐后我坦白了自己的感觉，“在我们的老家，核爆关乎生死存亡；在这儿，只是个普普通通的周二。”

“周一。”阿帕娜说，她正在沙发上阅读当天的事件报告。

“只是个普普通通的周一。”尼亚姆纠正了自己的说法，然后转向阿帕娜，“你确定那天是周一？”

“十分确定。”

“感觉是周二呢。”

“我认为在这里每天都是周二。”

尼亚姆打了个响指：“一点儿没错。我想对你说的是，”又绕回关于我的话题，“你已经在核爆与核能的文化焦虑中浸淫几十年，这是笼罩在家乡地球的一大块阴云。”尼亚姆又指向也在通过阅读了解情况的卡胡朗吉，“这家伙的祖国全境都是无核区。”

“加油，新西兰[①]。”卡胡朗吉心不在焉地说，同时用力一挥拳头，但是压根儿没有抬起头。

“如今你来到这里，”尼亚姆继续说，“笼罩在头上的阴云不仅

① 1987 年 6 月，新西兰议会通过《新西兰无核区、裁军和军控法案》，禁止核装备和核动力军舰进入新西兰港口。

消失了，它还成了生态系统的组成要素。这里爆炸的怪兽就像是地球老家的鲸落。”

“什么？”我问。

“鲸落，”阿帕娜坐在沙发上说，“一只鲸鱼死去时，它的尸体沉入海底，反哺整个生态系统长达数月，甚至数年。”她抬头看着尼亚姆，“不算绝对恰当的比拟，但是还行。”

“谢谢你的质量认证，”尼亚姆说完又转头对我说，“你会产生奇怪的感觉，不仅因为你被迫要以全新的视角——一种积极乐观的视角——来思考这场可怕的事件，而且你还不能因此改写自己对我们的地球家园发生核爆的看法。因为在地球家园，核爆仍然是一种可怕的事件。”

“‘一颗核弹可以毁了你的一整天。[①]’”卡胡朗吉引用口号。

“没错，就是这样。你感到认知上的冲突，杰米，对一个主题突然有了两个虽然矛盾但在各自语境下完全合理的想法。人类讨厌这种玩意儿，我们极其讨厌。对我们来说，任何问题最糟糕的答案就是‘看情况’。”

“你在这个问题上思考良多啊。”我过了一会儿说。

“伙计，不论从哪个方面来讲，我的职业生涯就是研究核能，”尼亚姆说，“你说我思考良多简直是太对了。如今我们的日常工作都离不开这个问题，你现在感受到了认知矛盾？这仅仅是个开始。”

所以这是头一件事，第二件事是田中基地的每个人都变得非常非常忙碌。

尼亚姆指出，不是每天都有怪兽爆炸，靠近基地、可以让我们进行有效科研的爆炸就更少了。为了利用这个机会，计划被抛到九霄云外，项目被重新洗牌，资源得到重新分配，我知道这些

①二十世纪八十年代汽车保险杠贴纸上常见的一句反核运动口号，出处未知。

情况是因为我花了很多时间往返生物、化学和物理实验室的仓库搬运物资和设备，有一次瓦尔前脚刚刚卸下的实验材料，后脚我就得取走，因为化学实验室调整了项目优先级，我进入化学实验室正赶上瓦尔往外走，对此卡胡朗吉都有点儿不好意思。

为了观察和实验而提出的飞行请求让马丁·萨蒂和一号直升机驾驶员亚内娃·布莱洛克应接不暇。送走热血队的小美人号飞艇还没有返回，返回后至少还需要几天时间进行维护，这也引起了大家的愤慨。管理人员不得不介入其中，接管飞行时间安排，防止不同科学部门为了争取优先权而互相倾轧。他们最终还是重新安排一架航空器作为临时补充，悬在爆炸地点上方，持续进行空中观察，让萨蒂和布莱洛克有时间休息和维护装备。

实际上，正是航空器重新布置后揭示的信息，让一些拟开展的任务受挫，并催生了其他任务。

“贝拉在爆炸地点附近筑巢。”爆炸发生四天后，蓝调队生物学家艾恩·阿德里努在会上告诉田中基地的科学家和管理人员。我在现场是因为要提供餐饮，也就是说我用小车把一盘盘面包卷和曲奇饼干、水壶和茶壶、餐盘和餐巾送到会场，会议结束时再把它们推走。

阿德里努将航空器拍摄的影像从他的笔记本电脑上投放出来，画面上，贝拉正走在湖岸破败的景象中，接着在爆炸弹坑形成的一个小入水口旁瘫坐在地。

“那可不妙。”蓝调队的物理学家安吉尔·福特说。

“其实，也不好说。”阿德里努说。

“我们有一只飞行怪兽已经决定在两颗地球间壁垒最薄弱的地方打造新家，”福特回答，“以前我们恰恰就是这样受到侵袭的，给我讲讲这样做有什么好处呢？”

“因为她不想穿越，”阿帕娜说。她坐在阿德里努旁边，显然是来会上支持他的。

福特匆匆扫了一眼阿帕娜。“你是新人。”她说。

“我是新人，”阿帕娜接受了这个说法，“我们都曾经是这里的新人。”

“我的看法是，你也许不明白这只怪兽闯入我们的世界有多容易，以及如果她穿越过去情况将会有多糟糕。”

“我当然明白，”阿帕娜说，“我想说那只是物理学，”这引起了一阵笑声，新人阿帕娜鼓足了勇气才跟福特针锋相对。她指着一直在循环播放的贝拉坐下调整到舒服姿势的画面，“而这是生物学，有些事情不那么显而易见。”她停下来，看着阿德里努，“我可以继续讲吗？”

阿德里努宽容地笑起来。“当然可以。”他说。

“我是新人不假，但是我能阅读，我能研究，”阿帕娜说，“诱使爱德华和贝拉交配的任务成功时，我查阅了怪兽保护协会的数据库，找到了我们对怪兽交配之后已有的了解。资料显示，交配之后雄性怪兽就完成了任务，不用扮演额外的角色。不过雌性会立即选择合适筑巢的地点，因为它们会养育后代，而其他种类怪兽会把它们的后代视作点心。交配后的雌性变得极具领地意识，我的意思是，比原本的领地意识更强。”

她又指出：“她选择爆炸地点筑巢也是有道理的。其一，那里的辐射不会伤害她和她的后代；其二，一百公里范围内每一只动物都感受到了爆炸，正赶去那里进食，并寄希望于从辐射尘获得能量。她会击退任何一只过去造访的怪兽，包括爱德华，她对爱德华已经没感情了。”笑声再起，“她需要把更小的动物当作自己和幼崽的食物，”阿帕娜抬头看着阿德里努，“给他们播放寄生虫视频。”

“画面会让人感到非常不适。”阿德里努警告大家，然后调出了另一段视频，视频中贝拉一动不动地像雕像一样站立，与此同时，一群生物蠕动着从她身上离开，另一群生物蠕动着往她身上爬。

“她在进食。”阿帕娜说。

“我以为怪兽是原子能驱动的呢。”我说完才意识到自己在这里只提供推车服务。

“它们的确由原子能驱动，但也具有生物器官，”阿帕娜说，“它们过于庞大，没法自行捕食大多数生物，所以它们身上的寄生虫会替它们捕食。寄生虫离体、出去捕猎、进食，然后再次附着在怪兽身上，分享营养物质，贝拉正在利用这些营养物质来产卵。寄生虫有了安全的环境，她也替孩子们获得了食物，”她把注意力转回福特身上，“所以说她不会去我们那个地球，因为这里有她需要的一切。她会待在原地，同时阻止其他怪兽接近削弱的壁垒。”

福特不会这么轻易就认输：“可是爆炸——”

“发生在这一侧。”阿帕娜说。

“那不重要。”

“你说得对，如果你是人类物理学家，”阿帕娜说，“那么确实不重要。在一位物理学家看来，壁垒的削弱发生在两个世界之间，你关注的是这道壁垒。然而假如你是一只怪兽，壁垒对你没有吸引力，吸引你的是爆炸，爆炸意味着能量和食物，所以它们才会前往爆炸现场。”阿帕娜最后指出，“贝拉已经在爆炸地点了，她不会让其他任何怪兽夺走地盘，也不会撇下自己的孩子不管，等怪兽幼崽成长起来，她才会离开，那时不同宇宙间的裂隙已经闭合。”

福特紧闭嘴唇面对着阿帕娜，然后看向阿德里努：“你同意这种观点？”

“我同意，”阿德里努说，“不过我来讲解的话也许会更友好一些。”

“天哪，你们两个，阿帕娜把她噎得够呛。”我在当天的深夜说，我们已经回到宿舍小屋，我复述了一遍这场针锋相对的争论，“真是赏心悦目。”

“是吗？”尼亚姆问阿帕娜，“确实赏心悦目？”

“还好吧，”阿帕娜说，“我没想那么盛气凌人来着。可是她后来摆出一整个‘你是新人菜鸟’的态度，我就明白如果当时不灭一灭她的嚣张气焰，那我们只要待在这儿就会一直受气。”

“你现在有了死对头，”卡胡朗吉说，“我正式表示嫉妒，我一直都想有个死对头。”

“我当你的死对头。”我毛遂自荐。

“谢谢，杰米，感谢你的好意。可是死对头是从战场上赢来的。”

“如果有用的话我可以揍你。”

“诱人，但是不行。”

“这个提议一直有效。”

“得了吧，你们俩。”尼亚姆说完又转向阿帕娜，“不过他说得没错。福特很可能在本次轮值剩余的时间里对你恨之入骨，唉，至少是她剩余的这段时间。”

“不会有事的，”阿帕娜说，“我会给她烤点曲奇，然后得到原谅。”

“曲奇得多么好吃啊，”我说，“我就在现场，局面剑拔弩张。”

“曲奇以前屡试不爽。”

“这事儿你以前就干过？”

“次数多到我锻炼出了相当高的曲奇制作水平。”

“该死，阿帕娜，”尼亚姆钦佩地说，“你现在正式成为我的新榜样。”

“闭嘴，我就知道。”阿帕娜温和地说。

“现在我想吃曲奇了。”卡胡朗吉说。

“你知道代价是什么。”我说。

“那也值得。或许我应该去帮阿帕娜烘焙曲奇。你们开完会之后，我得到了新通知，看来我不必再调制一缸驱离信息素了，因为贝拉会替我们解决问题。我很感激，因为那些物质太难闻了。”

“比‘到我身边’信息素还难闻？”我问。

“你绝对想不到。不过现在我不用调制了，至少不用调制那么多。而你，”他指着我，“也不用去喷洒信息素了。”

“想想我会有多失望。”我说。

“相信你会另想办法登上直升机的。”卡胡朗吉说。

这一点被他说中了，因为怪兽爆炸还招致了第三个后果：

观光客的来访。

第十三章

“抱歉，什么？”我说。

“观光客。”汤姆说。

“我们这儿还有观光客？”

阿帕娜在会上和安吉尔·福特呛声之后的第二天，我跟汤姆在食堂靠里的位置吃午餐，其实阿帕娜和安吉尔·福特也在食堂，她们正笑着坐在更靠里的一张桌子上，一起吃着曲奇饼干。阿帕娜趁我望向她时挑了挑眉毛，朝我晃了晃手中的曲奇，然后才又把注意力集中到福特身上。那些曲奇肯定特别好吃。

“也许说成观光客有点儿轻视他们了，”汤姆补充说，“也许更恰当的描述是，怪兽保护协会要感谢的特定组织和个人。我们得时不时地以各种方式向他们表达感谢，方式之一就是让他们来造访这个世界。”

“那几乎跟观光客的定义没什么两样，汤姆。”我说。

汤姆叹了口气：“行，他们是观光客。”

“他们是谁？”

“就是你想到的那些人，政客、科学家、资助我们的亿万富翁、权贵名流，等等。”

“我看你是要用‘等等’来避免尴尬。”

“你别揪住不放。”

“不可能的，说明白些。”

“去年，某位总统已经成年的大儿子们过来了。”

我眯起眼睛盯紧了汤姆：“不，是，吧。”

“没骗你，”汤姆确认，“我们也是别无选择。”

“然后呢？”

“他们想捕猎怪兽。”

“你应该让他们去。”

“这个想法很诱人，”汤姆说，“公平来讲，不是只有他们提出了要求，以前有名参谋长联席会议成员想要带上 M1 艾布拉姆斯[①]过来狩猎，”我瞪大了眼睛，“那是坦克。”汤姆追加解释说。

“我知道，”我说，“我只是好奇他为什么会以为坦克管用。”

“他一来到这边就明白那不是个好主意。这也是我们坚持让他们过来的原因，这样他们才明白是怎么回事，明白我们在这里干什么。”

“有多少观光客？”

“全球还是北美洲？”

“都说说？”

“在北美洲我们一年有几十位。我觉得其他大洲的数目也比较接近。”

“所以保守来说，每年有几百名怪兽保护协会工作人员以外的人会造访怪兽地球。”

“差不多吧，不少来访者都不是第一次来，不过你说得没错。”

我摆出受不了的表情：“这……这怎么还能保密呢？”

“每个来访者都有安全级别，知道这里的规矩。”

---

① MI Abrams，美国陆军的主战坦克。

我茫然地看着汤姆："成年的，大，儿子们。"我说。

"我指的是，对于其他所有人来说，他们能泄露什么呢？说他们来平行时空看过真实存在的哥斯拉怪兽？没有人会相信。"

"如果他们拍了自拍或视频，也许有人相信。"

"他们过来之前我们就会收走他们的手机，"汤姆说，"即使他们偷偷带过来什么设备，你也看过我们拍摄的照片和视频了，根本都用不了，看起来就像是高中生用 PS 和 AE 制作的玩意儿。"

"质量差劲的视频对你很重要啊，汤姆。"

"不，不可能性对我们来说很重要。在这方面我们就像 51 区。"

我眨眨眼睛："等一下，51 区真实存在？"

汤姆看起来很恼火："我不知道。我是说即使存在，我们对它固有的看法也已经深入我们的文化共识，以致实际情况已经完全被好莱坞的叙事所掩盖。还记得你参加面试时被问过对科幻小说的看法吗？"

"当然记得。"

"我们问那个问题是因为，看过《哥斯拉》和《侏罗纪公园》的人从根本上对这个地方的现实更有思想准备。我们的大脑已经为此创建了一个模型，所以穿越过来的时候不会崩溃。反过来也成立，我们如果特别习惯于某个情况的虚构版本，那就更容易拒绝实际存在的真实情况。"

"这种思维方式可是更高水平的阴谋，汤姆。"

他点点头："的确。人类的大脑真是离谱。不过我们差不多就是靠这种思维方式才得以在光天化日之下隐藏这个地方。当然我们还有别的事情要做。举个例子，图勒空军基地无法送来我们所需的一切，因为即使存在官方约束和各国协定，到最后格陵兰中部那座人们相信已经关闭的营地显然还是会显得交通过于频繁了。不过总的来说，我们守住了这里的秘密，荒谬到难以置信。"

“所以这是个反向‘灯罩’。”我说。

“不明白你说的‘灯罩’是什么意思，更不用说‘反向’了。”

“那是个文学词汇，意思是把注意力引到不可能的事情上，在文本中承认这件事不可能，然后翻篇儿。”

“那管用吗？”

“比你能想到的更管用。”

“我也猜它也许管用，”汤姆说，“总之，是的，我们有观光客，是的，如果没有的话在很多方面我们都会更舒坦。可是因为我们确实有那些观光客，所以有必要争取让他们对我们有利。所以我现在才跟你谈这些，杰米。”

“唉，要命。”我说。

“我考虑让你干这个活儿的时候查看了你的领英档案，你在美食心语的官方头衔类似‘市场总监’，对吧？”

“市场与客户维护副总监，”我说，“通常意味着我参加会议，聆听别人谈话。当我终于说出自己的想法，却被裁掉了。”

“那不怪你，”汤姆说，“我们交谈后我调查过美食心语的首席执行官，结果我竟然认识他。”

“你认识罗布·桑德斯？”

“实事求是地说，我大体上知道他。他是我在达特茅斯大学里年长几届的师兄。那时候他就有口蜜腹剑的坏名声。他是个富家子，大概是第四代吧，家族主要靠国防合同赚钱，我看美食心语的大部分天使投资都来自家族的创业资本基金。”

“真幸福。”

汤姆点点头：“作为一个成年的大儿子还是值得说道说道的。所以我相信你不是因为能力差而被开除，这就挺好，因为市场和客户维护就是需要无微不至地——”

“你可别说了。”我警告他。

“——照顾来我们这里的观光客。”

“我是搬东西的。”我抗议说。

汤姆伸出双手安抚：“我知道，而且根据我一直以来听说的情况，你表现很好。就连瓦尔都喜欢你，她可是基地投注池里‘最有可能把人扔出树林’的头号人选。”

“得了吧，她人可好了。”

“她是挺不错。可是你如果跟她作对，还是会被扔出树林。”

“是这个地方有什么特别之处吗？每个人都很好，只不过一旦你惹了他们就会被杀掉？”

“没错，特定的人格特征在这里很盛行。”汤姆说。

“可是如果瓦尔喜欢我，我应该继续搬东西，”我说，“这件事你们不能麻烦别人吗？”

“也可以，不过这个人是热血队的，而且她今年就要从怪兽保护协会离职了。”

“希尔维亚·布雷斯怀特？”我问。

汤姆奇怪地看着我：“你认识她？”

“她之前住我那间宿舍，”我说，“她给我留了一封非常暖心的欢迎信，让我照顾她的盆栽。”

“田中基地通常没有观光客，”汤姆说，“还是规模更大的本多基地更适合接待来访者，比如那里的吸血蝇要少得多。不过时不时有些人会来这里，她就陪同他们到处走走，让他们忙活起来，确保他们不被吃掉。就是这类琐事，我们希望你承担这项职责。”

“你在强烈暗示观光客即将到来。”

“我们刚刚见证了一只怪兽爆炸，消息传回地球，请求铺天盖地而来，说是‘请求’，其实是‘要求’。五角大楼、能源部、航天局、好几位参议员、几乎所有亿万富翁，这只是算上美国的。”

“你们如何遴选？”

“我们不选，他们那头选。至少他们精于此道。他们说可以接待三个小型观光团，每周一个，两周后开始。然后，他们需要关闭本多基地几周，进行维护。”

“他们通常都会这么应付吗？关闭大门，我是说。”

“当然，他们通常在每次轮岗之后更晚几周的时候关门维护，不过这样做也没有完全越界，而且有个好处是，停上几周让他们有借口稀释请求。一连三周接待客人不利于我们工作，我们把时间和资源用在他们身上就没法投入工作，不过作为非政府组织和正式的地下组织，我们也只能接受。”

我叹了口气：“所以你需要我当三周导游。”

“是的，更准确地说，是三周里每周两天，每次一组六人，乘坐小美人号到达。我们把三个人塞进二号直升机送去现场，然后安顿另外三个人，两队交替，第二天我们进行实验室展示，你带他们去现场，结束后他们就打道回府。这让我想起来，你需要接受地面培训。”汤姆掏出手机。

“为什么？什么是地面培训？”

“代表你有资格到丛林地面工作。反正你和其他新人都得接受这项培训，只不过本来要你们等几周再开始，我只是让里杜提前给你们培训。”汤姆在手机上打字，停顿，然后又开始打字，“可能还得加上武器培训。”

“武器培训通常跟导游无关。”我说。

“不用在意。”汤姆说，“那么，你同意了？”

“说到底，我有选择吗？”

汤姆放下他的手机：“还真有，你有选择，杰米。我要求你做工作范围以外的事情，主要是因为我相信你会干好，不过还有另外一个原因，希望你别介意我这么直白，原因就是其他所有人都在进行正儿八经的科学研究，假如我找他们来，我们就有可能损失知识。如果我让你来，那么在接下来三周里，瓦尔每周有两天多搬几样东西就行。”

“我看你可以当这个导游。”我说。

“我可以，可我是个浑蛋。”汤姆说，我对此一笑，“而且我会忙着协调实验室展示。别担心，我罩着你。”

“好吧，”我说，“我同意。”

“谢谢。”

“那倒不用，只是答应我别让瓦尔把我扔到外边，因为我增加了她的工作量。”

“她会理解的，”汤姆说，“如果她不理解，我就明说，你要是拒绝这项任务，我接下去就会找她。”

“你信不信我不会让你受到任何伤害？”里杜·塔加克在丛林底层电梯口的大厅问我。大厅和电梯都是开放式的，但围着屏蔽网。电梯和旁边作为其支撑结构一部分的曲折楼梯，是从基地正常活动范围来到丛林地面的唯一途径；另一架电梯在基地外边的机场，二者都大得能容下车辆，而且依靠我难以理解的液力传动装置运行。“你信不信？”

“呃——信？”我说。

塔加克点点头并指着养蜂人防护服一般有夹层的厚衣服说：“那就把它穿上，套在衣服外边就行。”

我犹豫了。“这要是热起来可相当快啊。”我说。

“你不会穿太久的。”塔加克说。

“定义一下‘久’。”

“只要能体现它的重要性就行。”塔加克沉默地等待，我耸耸肩，穿上了养蜂人的工作服。

如我所料，一穿上我就开始冒汗。“这东西要热死我。”我对塔加克说。

“正相反，它会让你活下去。”她说着打手势让我进入电梯，我只好乖乖听话，她紧跟在我后面走进电梯，按了下楼的按键。

里杜·塔加克在田中基地的职务是设施和安全经理，正是因为后面这顶帽子，她此刻才跟我在一起。“你知道我们基地为什么位于丛林高处吗？”她说。能够听出她没指望得到回答。

“知道，”我说，“丛林地面危险。”

“确实危险，”塔加克表示认同，“不过明白不代表时刻记在心上，我知道你这里清楚，”她指着我的脑袋，然后又指着我的心脏说，“现在你得靠这里记住。”

“其实我一直相信丛林危险重重。”我向她表态。

塔加克摇摇头：“还没到时候。”

电梯停下，我们来到了丛林地面。

“现在干什么？”我问。

塔加克指着外面：“出去，走走。”

“你跟我一起吗？”

“过一会儿。快点儿。”

我隔着防护服上不透气的塑料面罩看她，心中充满疑虑。她也盯着我，表情仿佛在说她会一直等我完成指示，直到海枯石烂。我叹了口气，走出了电梯。

眨眼之间我就被各种各样小昆虫团团围住，整个过程中一直都是如此。我一直往前走，边走边低头看自己的靴子，每走一步它们都会陷进去一点点，丛林地面因为潮湿而变得很软。我每走一步，都有生物从地面窜出来，有些生物警觉地飞走了，还有一些跳起来或者落到我的靴子上，其中有几只认为可以在我身上充分进行有氧训练，开始爬上我的防护服，直奔我的眼球——至少看起来是。

“好嘛，无论怎么看都很可怕。”我回头朝塔加克吼道，她一言不发。一个大家伙落在我的塑料面罩上，挡住了视线。我咒骂着抹了一把，差点因此而绊倒，只好伸手扶住旁边的树来稳住自己。

一只苍白巨大的虫子绕过这棵树，飞快地爬向我的手。

仿佛摸到了什么滚烫的东西，我赶紧把手缩了回来。

爬动的虫子停住了，开始晃动一系列触须。我看着那家伙，大脑中的某些部分尝试辨认。过了一会儿，我才弄明白它让我想起了什么：椰子蟹，那种巨大的太平洋岛屿怪兽，能长到一米长，聪明得会从树上扔下椰子，从而将椰子厚厚的壳打开。

只不过你更丑，我对着那个虫子在心里琢磨，丑很多。

它朝我晃着所有的触须，仿佛能听见我心中所想。

“该死。”我大声说。

它叫了一声，发出一只鸽子在咕咕叫时被掐死的声音。

“该死。”我又说。

这棵树的周围又有好几只这种虫子爬进视野。

“糟糕！”这种情况应该返回电梯。就在最前边的一只虫子跃向我的时候，我转回身，可是它钩在了我身上。

我尽力拨掉它，但是没有成功，抬头看时我发现几乎每棵树都爬满了这种虫子，它们全都在盯着我逃跑，就是这样。

我摔倒了——必然如此，结果立即又被虫子淹没——必然如此，我抬眼定睛观看塑料面罩，发现一只虫子张开了口器，带着锯齿的尖锐器官射出来击中了我的面罩，被击中的地方还溅出了某种液体。我相当确定那是一种毒液。尖锐的舌头在我的防护服上发出吱吱吱的声音，我能听见，但是无法感受到类似的攻击。防护服似乎迟早都会被虫子穿透。

我努力起身，但是看不清该往哪里逃跑，此刻这些虫子已经遍布我的全身，让我很难找到下手撑起自己的地方。我开始过度呼吸，这下我死定了。

有人伸手把我从地面上拎起来，从我身上摘下虫子，扔到远处。显然这个人是塔加克。

“别动。”她说着抄起虫子撇出去，仿佛它们没什么特别。此时大多数虫子已经逃走，有几只对我展开了第二波攻势，塔加克把它们大多数都踢飞，一拳击中跃在空中的一只，如果我此时还没有尿裤子，如果一开始不是她害我出来受攻击，我会觉得她太酷了。

不一会儿，只剩下我们两人站在丛林的地面上。

“你没事儿了。”塔加克对我说。

我对她大吼大叫。

“你没事的，”她戳着我的防护服重复了一遍，“碳纤维缝制，它们扎几年也扎不透。”

“你可以先跟我说明白啊！”

“当然可以，”她表示同意，“但我需要你用心体会你此刻的感觉。”

我差点又跟她吼起来，但还是忍住了。“行。第一，你去死吧，”我说，“这种方式太扯了。”塔加克没有回应，等我继续开口，“第二，王八蛋，你说对了。我现在感受到了。”

“好，”塔加克说，“因为还有一件事儿，你会发现刚刚袭击你的林蟹是丛林底层最不危险的生物，更厉害的是那些以林蟹为食的生物——有很多种，再厉害的还会以那些生物为食。最厉害的就是怪兽的寄生虫。”

“不是怪兽？”

塔加克摇摇头：“我们不在它们进食的考虑范围，然而它们的寄生虫却对我们非常感兴趣。”

我要问些什么，但是欲言又止。我看了看塔加克，又看了看四周。“它们怎么不爱攻击我们了。”

塔加克从她的连体服衣兜里掏出一样东西让我看。“超声波，”她说，“林蟹讨厌它。”

“以林蟹为食的家伙呢？食物链再上一层的呢？”

“我们有别的东西对付它们，我会给你展示，”塔加克望向四周，“我知道你被指派去陪同游客，他们总是希望近距离观察丛林，想要有种真正见识到这个世界的感觉。假如我们让他们看到真实的世界，他们全都会丧命的。你知道为什么吗？”

“因为他们内心感受不到危险。”我说。

“我们也没时间让他们亲身体会，”塔加克朝我们所在的地点打了个手势，“所以我们把他们带到这里，这个位置，骗他们说这个世界的真实面貌就是如此。他们应该高兴我们这样做，高兴我们让他们信以为真，”她指着我说，“但是你不能这样想，任何时候都不行。因为你还要踏足这个世界的其他地方，那里不等你发出尖叫就会把你吞噬。明白吗？”

“明白。”我真心实意地说。

“感觉怎么样？”

“实话实说？我敢肯定我已经尿裤子了。”

塔加克点点头：“我们回去脱下防护服，再换身衣服，然后从头再来一遍。”我们开始走回电梯。

“你也经历过这些？”我边走边问，“头一次来到丛林底层的时候？”

“我经历了。”

“表现如何？”

她看着我：“我逃跑时拉裤子里了。”

“这……让我感觉好点儿了。”

她抱怨说：“那些没有被吓得屁滚尿流的人才是你需要担心的。”

第十四章

“今天去观察了怪兽妈妈，激动人心。”从实验室下班的阿帕娜回到宿舍小屋对众人说。她最后一个完成了当天的工作，我们在等她一起去吃晚饭。

“激动到耽误我们吃饭？”我问。跟里杜·塔加克的地面训练已经进行到第二天，所以我早就准备去吃饭了。

“那可不。”阿帕娜打开处于休眠状态的笔记本电脑。电脑启动后显示出此前屏幕上的内容，那是一张从高处拍摄的贝拉的照片，由停驻在她上方的航空器传送回来。我们都盯着那张照片。

“贝拉拉到自己身上了？”过了片刻，尼亚姆问。

“她没有。”阿帕娜恼怒地回答。

“你确定？”我问，“因为尼亚姆没看错，在我看来那就是屎。”

“确切地说是鸟屎。”卡胡朗吉说。

“看上去像有史以来最大的巨型海鸥屎。”

“巨型海鸥屎是个不错的乐队名。”我给出自己的评价。

“差远了，”阿帕娜说，“而且也不是屎。贝拉刚刚下了蛋。”

“以往自己身上拉屎这种方式，”尼亚姆说，“恕我不敢苟同。不过，行吧。”

阿帕娜发出恼火的声音：“那不是屎，行吗？那是怪兽生产时分泌的凝胶，是给她的受精卵准备的富含营养的介质，很奇特，”她指着那堆据说并非史上最大海鸥屎的溅落物，“那种胶质包含胚胎在卵细胞中存活发育所需的一切物质，传输营养和废料，相当于脐带，但是功能又不止于此。”

“一种淋在点心上的配料。”我开玩笑说。

“你说得没错。”阿帕娜说，“我真正想说的是，你错了，大错特错，你应该为自己感到害臊。不过话说回来，其他生物确实会把那当作难以抗拒的食物，这些凝胶本来就要把它们吸引过来。”

卡胡朗吉看起来困惑不解：“贝拉为什么要那样？她的蛋会被吃掉。”

“的确，有些会被吃掉，不过那里面包裹了成千上万个蛋。本来也从没指望它们全都存活。别的生物来大快朵颐的时候，贝拉的寄生虫会一拥而下，吃掉那些生物。贝拉再汲取从寄生虫那儿获得的营养，生出更多蛋。”

“她会跟爱德华再次交配？”我问。想起上次的经历，我可不愿再当一次丘比特了。

阿帕娜摇摇头：“她把精子存在自己体内。”

尼亚姆对此做了个鬼脸：“真恶心。”

“从生物学角度来讲，这种情况比你以为的更常见。”

“生物学就是一门恶心的学科，没有例外。不过把精子存在体内格外恶心，像个精子保温瓶。”

“‘精子保温瓶’是个挺好的乐队名。”卡胡朗吉说。我为他接上了我的梗而跟他击掌庆祝。

阿帕娜对我们所有人翻了个白眼：“重点是，接下来几周内她会把这个过程重复三四遍，我们以前在这种怪兽身上目睹过好几次了，”她指着一团黏糊糊的怪兽蛋说，“不过这将是我们首次得以近距离观看这一种族的早期发育过程。真是激动人心啊。”她啪地扣上电脑，“不过显然你们这群浑蛋没法体会，你们都太差劲了，我讨厌你们。”

“我们是最差劲的，”我表示同意，“现在能去吃晚餐了吗？”

“等等，我这个比怪兽孵化凝胶好看。”尼亚姆说着伸手去够自己的笔记本电脑。

“晚餐？有人去吗？”

“老天啊，杰米，饿不死你。”

“我真的要饿死了。”

“把卡胡朗吉嚼了。”

“那还是算了。”

“谢谢。”卡胡朗吉说。

“不过我们不快点去的话我也许会把他吃了。”

“我长话短说。”尼亚姆调出森林里一段无声的夜视视频，一架无人机或者直升机在那片森林缓缓盘旋，没有什么特别明显的东西可看，接着，画面中出现了一个微小的闪光。“瞧！”

“就这？”我问。

“你是什么意思，‘就这’？”

“那是树而已。”

“不是树，你这个没事儿就爱抬杠的呆瓜。”尼亚姆把视频退到前边，“是那个闪光。”

“什么闪光？”阿帕娜问。

“这个！”屏幕再次闪烁的时候尼亚姆指着说。

“就这？”

尼亚姆眯起眼睛看着阿帕娜。

“我知道我们现在应该折磨尼亚姆，可是我真心想知道那道闪光有什么特别奇妙之处。”卡胡朗吉说。

“谢谢。”尼亚姆说，“这段视频是地球家园的一架加拿大无人机拍摄的。它飞过的地区刚好跟贝拉的位置相对应。这道闪光，”尼亚姆把视频停在了闪光的画面上，“是我们。”

卡胡朗吉说：“果然高度相似。”

尼亚姆轻拍了他一下：“不是说我们几个，而是我们这颗星球。”

我看向阿帕娜：“我记得你说过贝拉不会穿越。”

“她没有，”阿帕娜说，然后又看着尼亚姆，“是吧？”

尼亚姆得意地一笑：“瞧吧，我告诉过你们我的视频能打败怪兽孵化凝胶。对，她没有穿越，不过，”尼亚姆又指向闪光点，“那不意味着她不会同我们那边的世界建立联系。爆炸的怪兽削弱了两个世界间的壁垒。核能的剧烈释放导致壁垒削弱后，壁垒原本会立即开始恢复，可是后来贝拉正好坐在壁垒被削弱的地方——”

“她自己身上也有核反应堆。”我说。

“对，”尼亚姆点头，“通常怪兽四处漫游，自身不会削弱壁垒。要达成那个效果，得发生大爆炸——比如核弹爆炸，或者在一个地方驻留积累——比如世纪营。如果壁垒已经被削弱，它们就会穿越，可是如果一旦壁垒关闭，它们就会被困住，一旦怪物进入了我们那个地球，它们无法返回，也无法适应我们的世界，结果就是死路一条。”

“可是贝拉没有穿越，”阿帕娜说，“她只是坐在那儿。”

“如你所说，她没理由穿越。”尼亚姆支持她的看法，“这里有她需要的一切，她只是坐在那里，往壁垒辐射核能，所以壁垒一直处在削弱的状态。每隔一段时间，”尼亚姆指着屏幕说，“我们就会看到这个。”

“是什么导致了闪光？”卡胡朗吉问。

“我不清楚，”尼亚姆说，“我们以前从没见过这种现象，因为以前从没发生过这种情况——爆炸后反应堆紧接着就出现在核爆地点，让壁垒一直保持削弱状态。至少我们以前没见过。同一天，一只怪兽怀孕，一只怪兽爆炸，而且相隔不远，我猜这种事情发生的概率极低。”

“有我们在食堂关门前把晚餐吃到肚子里的概率低吗？”我问。

尼亚姆看着我，然后对卡胡朗吉亲切地一笑：“你呢？今天做了哪些了不起的科学工作，劳塔加塔博士？”

卡胡朗吉对这个会令我更加饥饿的新企图微微一笑：“唉，不像你们二位这么有突破性，”他说，“我只是在制造一些有气味的物质，可以用来迫使怪兽做事，或者不做，取决于需求。这种工作我做得多了，我都可以根据气味分辨怪兽的信息素了，这种工作真是让人觉得有用但烦躁。”

“有用但烦躁是我的下一个乐队名。”阿帕娜说。

我们都看向她。

“怎么？我不能给乐队挑名字吗？”

“我们能去食堂了吗？”我问，“我真的很快就要死于饥饿了。”

“可怜的杰米，”尼亚姆嘲弄说，“在丛林底层跋涉真把你累坏了。”

“你们也逃不掉，”我向他们保证，“所有人都会经历。好消息是明天我会开始武器训练，不用到处走，只是射击。”

“这算什么好消息？”卡胡朗吉问，“客观来看，一想到你携带武器我就害怕。”

“如果你觉得这让人害怕，”我说，“等着看我低血糖会怎么样吧。”

“你以前使用过武器吗？”里杜·塔加克问。

“在电子游戏里用过，”我说，“不影响吧？”

“你在电子游戏之外是否曾经有理由使用武器？”

“没有。”

“你是否觉得使用武器会改善你的生活。”

“不。”

“那就没什么不良影响，”塔加克说，“有一种特定类型的人，觉得自己白天必须每时每刻都得武装起来，否则整个世界就会与他为敌。在我们那个地球，这是一种很不好的生活方式。可是在这里，一旦离开基地，那会是你唯一的生存方式。”

我们位于田中基地丛林底层的靶场，周围有纱网屏蔽，身前的桌子上摆着一排武器，旁边是各种弹夹和子弹之类的物品。我认识其中一些，但是大部分都不了解。

我指着一把认识的手枪：“我要配备一把吗？”

“你觉得它好使吗？”

“从没用过。”

塔加克点点头，拿起手枪，检查、上膛、解除保险。“这是一把格洛克19式手枪。”她说着便朝十码远的人形靶开枪。我被枪声吓了一跳，耳朵里立即响起了鸣音。

“你现在觉得它怎么样？”过了片刻她问我。

“我们不应该佩戴噪声防护设备吗？”我喊道。

“在丛林里防噪声，你会听不见过来吃你的家伙。回答我的问题。”

“我觉得自己还没准备好使用它。”我说。

“确实。”塔加克认同我的看法。她重新上好保险，取出弹药，又把枪放回桌子上。“没关系，手枪不适合在这颗星球上使用，也不适合来到这座基地的大部分人。使用者需要接受培训，并且通过持续不断的练习来精进射击技巧和准头。这是一种近距离武器，而这里空气稠密，有效射程更短，子弹会早早就开始翻跟头，而生物们的行动又很快，绝大多数射手不是非常善于瞄准近处快速移动的目标。”她指着格洛克手枪说，“假如在这颗星球上必须使用这种武器对付近旁的敌人，你可能已经死了。”

“如果说这种武器如此差劲，你为什么还要展示给我？”我问。

“因为这是你眼中的武器，”塔加克说，“不只是你，每个人。你们不使用武器，但总是看到有人在影视作品和游戏里使用它们，主要是手枪和步枪。”她指着桌上的某种突击步枪说，“虽然并不了解，但它们是你所期待的武器，以为自己会用到。你已经被规训得将它们认定为人类可以使用的最佳武器。我需要你相信，这里有更好的家伙。”

我朝塔加克扬起头。“这种事儿你做过好多次吧，”我说，“‘我需要你相信’这一套。”

“我可以直接告诉你，”塔加克说，“然后你还是想要使用手枪或步枪。不仅是你，我还得帮每个人纠正这种错误观念。这不是我们的世界，我需要你相信这一点。”

“又是用脑子和用心的问题。”

“对，不相信你就会丧命。”

“这种事发生过吗？丢了性命。”

“当然发生过，那会很沉重，让大家难以接受，特别是会让家里人难以接受。”

“为什么？”

“因为通常没有遗骸运回去。”

我思考了一下：“我没有不敬的意思，不过你不怎么喜欢参加派对是吗？”

“我他妈在派对上可开心了，”塔加克说，“特别是有卡拉OK的时候。可这不是聚会，我是在努力救你的小命，也许还会帮你救下别人的。那么，你准备好看看我推荐的武器了吗？”

“是的，请让我看看吧。”我说。

“好，”她伸手把桌上的几样东西摆放到一起。我只认出有一把霰弹枪，其他的都是头一次见。“一件武器往往有两种基本定义。一个是人人都用的定义，那就是引起、施加痛苦或伤害的工具；一个是更适合这里的定义，也就是用来保护自己或获得生存优势的工具。我们对这里的生物有哪些了解？”

“它们很可怕，想吃掉遇到的每个人？”

塔加克摇摇头：“不。它们很可怕，而且想吃掉一切，不只是我们，也不会优先吃我们。如果我们很方便被它们吃掉，它们就会杀死并吃掉我们。可是假如我们比别的东西更难以吃到，那么它们乐于去吃容易猎捕的食物。所以我们要做的有两件事：避免吸引怪兽的攻击，让别的生物更值得它们攻击。”

她从口袋里掏出一个东西：“你还记得这个吗？”

“超声波发生器。”我说。

“我们称它‘尖啸器’，”塔加克说，“对林蟹和其他几种生物有效，你也会领到一个。”她指着一个小罐说，“它会让你闻起来像一只特别恶心的怪兽寄生虫。”

“好处很明显，然而？”

“既然所有生物都以为你闻起来像是会活吞它们的家伙，那么是的，这表示它们闻到你就会往反方向逃跑。”

“跟我气味一样特别恶心的寄生虫会怎么看我？”

“也许不会理你，也许会想要和你交配，也许要吃了你。”

“它们同类相食？”

“这里所有的生物都同类相食，包括怪兽。”

“这可没法让人放心。”

塔加克点点头，又伸手拿了另一样物品：“所以我们有这个，它会发射装有锕系元素和情绪紧张信息素的弹药罐，模拟受伤的猎物。它会在受到撞击后开启。如果你发现有什么要攻击你，就发射这个。”

“朝它们发射？”

“如果你愿意的话。”

“我有得选吗？”

“不是要杀死它们，只需要吸引它们的注意。这种弹药罐会用一切生物听得懂的语言说‘我很好吃’，不管它落在哪里，它们都会忘了你，去追逐它。附近的其他所有动物都会去追。”

“然后它们互相蚕食，而不是吃我。”

“对，不吃你或者你的同伴。”

“如果我朝它们发射，那么周围的一切都会去捕食它们，对吗？”

“你觉得自己会射那么准吗？”

“我明白你的意思了。”

“谢谢。”

“好吧，那么，”我指点着说，“‘尖啸器’、寄生虫信息素，‘来吃我’发射器。都挺好的，可是假如它们还是一直针对我呢？”

塔加克拿起一根警棍。

“你想让我用一根棍子攻击它们。”

她按下棍子上的一个按钮：“这根棍子能释放五万伏高压。”

“明白，厉害多了。”

“电荷不持续，如果你能用棍子直接揍它们，那就先用这招儿。这里的动物也感受得到疼痛，不妨把电击留到需要的时候使用。”

“要是电棍也不起作用呢？”

塔加克露出苦涩的表情，然后拿起那把霰弹枪，它的枪管不长。“它是你最后的机会，子弹出膛后大范围散开，会弥补你约等于零的瞄准能力。它几乎能杀死近距离内的任何动物，对于更远的地方，弹壳里沾了信息素的贫铀弹丸会让被击中的目标染上气味，加上血液，其他所有动物都会把它们当作食物。确保枪口的九十度范围之内没有任何人类。这是我要严格叮嘱你的事情。”

“可以理解，”我说，“要是这也不管用呢？”

“那你就死定了。”

“哦，我还期待别的什么呢。”

“没了，只剩死路一条，被拖进丛林，被吃光啃净，只剩骨头，随后骨头也会被吃掉，什么都不会留下，你会被吃得一干二净。”

“这就是为什么我说你不喜欢聚会。”

“等你结束培训，完成首次丛林地面任务并活着回来，咱俩可以在 K 歌时来一首《心之全蚀》① 二重唱，”塔加克说，“在那之前请你好好学习，”她把霰弹枪递给我，“我们从它开始。”

电梯停止上升，我惊讶地发现阿帕娜和尼亚姆在等我。

“你们需要我帮忙？”我问。

“一点儿都不需要，你这个自私自利的恶魔。”尼亚姆说完朝塔加克指了一下，“我们来见她。”

“我们得到通知要参加地面训练，”阿帕娜说，“接下来这周我们要在怪兽诞生地协助安装摄像头。”

“原来如此。”我说完转向正面无表情看着他俩的塔加克，“对他们的培训一定要跟对我一样全面，”我说，语气好像在开玩笑，其实一点儿玩笑的成分都没有。

“好，”塔加克说完看着阿帕娜和尼亚姆，“我们需要给你们穿上防护服。”

---

① “Total eclipse of the heart”，1983 年英国歌手邦妮 · 泰勒演唱的歌曲，收录于专辑 *Faster Than The Speed Of Night* 中。

第十五章

“安排是这样的，”马丁·萨蒂在前往贝拉巢穴的途中对我们说，“我把你们放下，你们有十分钟时间安装仪器设备并完成其他必要工作。十分钟后回到降落地点，我会下去接你们。”

“你不降落？”阿帕娜问。她、尼亚姆和艾恩·阿德里努坐在直升机的乘客区，我坐在副驾驶座位。名义上由阿德里努负责这次行动，可实际上他和我一起通过武器保护负责安装摄像头和仪器套件的阿帕娜和尼亚姆。阿帕娜和尼亚姆也有武器——里杜·塔加克对他们进行了非常基本的武器培训，内容跟我早他们几天参加的一样，但只有我和阿德里努装备的是重武器。他们有摄像头和仪器要安装。

“乔杜里博士，如果可以选择，我绝对不会降落在丛林的地面，”萨蒂说，“太容易让那些动物钻进直升机后座了。现在，”他敲了敲耳机，“我要保持一个频道开放，如果你们需要紧急撤离，我时刻会来接你们。请不要产生这样的需求，紧急撤离既混乱又危险，还是回到降落点比较好。十分钟，只给你们这么长时间。”

“一般是什么情况？”尼亚姆问萨蒂，“你被迫紧急撤离很多次吗？”

“跟聪明人共事就不会，”萨蒂说，“情况每次都不一样。这是我头一次降落在核爆现场附近，也是头一次落在筑巢的怪兽附近。这些情况也许没什么影响，也许会改变一切。我不清楚，你也不了解。希利博士、乔杜里博士和阿德里努都不知道，甚至这家伙，”他指着我，“一无所知。回去之后我们得把经过记录下来，这样其他所有人就了解了。不过在那之前，我们得放聪明点儿，最好不要紧急撤离。”

“伙计，如果这是你的安抚发言，你可得加把劲儿了。”尼亚姆说。

“本来就不是安抚，所以无所谓，”萨蒂点点头，“我们到了。”

我们都看向外面，贝拉像山一样的身躯栖息在充满水的核爆坑边缘，她周围是那一团孵化凝胶，再往外是一片绿色，延伸并穿过倒下的树木，一层苔藓或藻类在之前被烧焦的土地上蓬勃生长，提醒我们此地生命对辐射的反应跟家园地球上完全不同。

贝拉的东南方大约八十米远的地方，有一小片稍微平坦一点的区域，足以让萨蒂放下我们。我们来到现场后，我看着贝拉，她似乎没注意到我们。

“她睡着了？和上次爱德华一样？”我问萨蒂。

“问专家吧。”他说。

“她正在巢中栖息，保存体力，然后生下更多蛋，”阿德里努说，“待在一个地方，让寄生虫更容易外出进食并回到她身上。根据多年以来其他在巢中栖息的怪兽的行为模式，除非我们直接打扰她，或者她有其他方面的不适，否则，她不会来骚扰我们或直升机。”

“她要是来骚扰，你们就得走回基地了。”萨蒂说。

“不会有事儿的。”阿德里努向我们保证。他望向阿帕娜和尼亚姆，“我们只要像昨天演练的那样开展工作，进入现场，顺利离开，然后回家检查数据。”

他们俩点点头。我们昨天在基地正下方的丛林地面进行了演练，演练的位置和航空器照片表明的安装摄像头和仪器的最佳地点相对应。尼亚姆和阿帕娜已经熟悉怎么打桩、安装仪器套件，以及给摄像头和仪器套件罩上透明罩。我也更善于拿着霰弹枪和信息素罐发射器走来走去，基本上腾不出手拿别的，我还要佩戴电棍和放置霰弹枪弹药、信息素罐以及各种喷雾的弹药带。尼亚姆在演练过程中看了一眼我的弹药带，然后告诉我楚巴卡[①] 打电话想要回他的装备。

“准备降落。”萨蒂说完我们开始下降。

“记住，我和杰米先出去，”阿德里努说，“我会给你们俩发信号，让你们从货舱取出仪器包。等你们全部取出并拿稳货品，杰米再给萨蒂比一个起飞的信号。”阿帕娜和尼亚姆对这个安排点点头，“不会有事的。”阿德里努重复了一句。

地面离我们越来越近，萨蒂悬停在离地几英寸高的空中。“好了，”他说，“注意脚下。”

我点点头，摘下头戴式耳机，换上一副更小的，然后开门往外跳，结果却滑了一跤，屁股重重地摔在地上。苔藓和藻类把地面变得特别滑，落地的过程中我还磕破了膝盖，疼得直骂娘。我能通过新耳机听见萨蒂对我说了什么，但是由于发动机的噪声，很难听清。我决定先不去管他说了什么，（小心地）站起来，拿起发射器和霰弹枪，然后瘸着腿走向乘客舱门。我重重地拍门，阿德里努开门出来。他看见我跌倒了，所以更加小心地踩稳了地面才拿上自己的武器。

我们两个快速地观察形势，没有发现任何会扑向我们的生物，直升机大概吓坏了百米范围内的一切。阿德里努向阿帕娜和尼亚

① Chewbacca，《星球大战》系列作品中的人物。

姆比了个手势，他俩——小心地——下机，然后到乘客舱正后方的小型货舱，取出两个用柔软衬垫保护的大仪器袋，里边放着两套仪器套件、安装支柱，以及“嵌入工具”——当然这只是橡皮锤的花哨叫法。仪器套件罩在亚克力罩子里，看上去就像是小餐馆里罩起来的蛋糕，只不过蛋糕被换成了好几个摄像头和其他科学仪器。

尼亚姆和阿帕娜关好货舱舱门，向我伸出大拇指，然后我们都远离直升机。我一伸出拇指，萨蒂就直接升到百米的高空并悬停在那里。

“小心地滑。”尼亚姆通过耳机对我说。我看了看尼亚姆，然后转向阿帕娜。“你跟我来。”我说。

“安全第一，”阿德里努说着打开子弹带上装寄生虫信息素的隔层，“尖啸器和喷雾。”我点点头，掏出自己的喷雾，然后喷遍阿帕娜的全身，与此同时他也在给尼亚姆喷洒。然后我和阿德里努互相喷洒。

“我们闻起来一股子死人味儿。”尼亚姆说。

“这正是用意所在。”阿帕娜提醒说。

我收好喷雾，从口袋里掏出尖啸器，启动后又放回去，看到阿帕娜也进行了同样的操作，我向阿德里努伸出大拇指，他在自己和尼亚姆的尖啸器打开后也做了同样的动作。

阿德里努看了看表。“只用了一分钟，”他说，“演练时我们用了六分钟。我们五分四十五秒后回来。”我见尼亚姆翻了个白眼，这可不是在创造个人纪录，但尼亚姆还是跟上了阿德里努的脚步。

我看着阿帕娜：“准备好了？”

“我不会急于求成，如果你不介意的话。”她说。

“没问题，”我安抚她，“我们快点儿，但不干蠢事。”我们跟尼亚姆和阿德里努背向而行，走向第一个选定的地点，距离大约有一百米。我们走得小心翼翼，因为苔藓和藻类的湿滑程度并没有随着我们前进降低。

我们的第一个目的地最远，因为我们想沿着撤离的方向开展工作。一边走，我一边注意周围的情况，既要小心附近可能会窜出想要吃掉我们的生物，又要盯紧贝拉高耸的身躯，假如自由女神像随时可以展翅飞翔，那么绕着她行走就像在绕着自由女神像。

阿帕娜追随着我的目光："她很不可思议，对吧？"

"用不可思议来形容真是低估了她。"

阿帕娜点点头："还是感觉不真实，对吧？所有这一切。"

"刚刚摔屁墩时的感觉特真实。"我向她确认。

"是啊，好吧，行，"她说，"不过其他的一切也是，我们站在这个两周前刚刚发生过核爆的地方，滑漉漉的地上布满了生命。"她指向我们身侧的远处，地上堆着厚厚的孵化凝胶，我能看见里边的蛋——类似保龄球那么大的球体，长出藤蔓一样的物质，分散到凝胶里。"那里边的东西会长成那家伙，"她指着贝拉，"恕我直言，长成不该真实存在的东西。可是她就在我们眼前，令人难以置信。"

"你还是觉得怪兽不应该真实存在？"我问，然后注意到周围有东西快速爬动，尖啸器和寄生虫信息素在起作用，创造出了让动物避开我们的冲击波峰，这些动物中的大多数都是昆虫和类似蜥蜴的小型动物，不会给我们造成多大威胁。我怀疑真正的动物行为发生在孵化凝胶里，更大的动物会吃掉怪兽蛋，然后反过来再被寄生虫吃掉。正如丁尼生所说，自然的牙齿和利爪沾满鲜血[①]，《狮子王》里的木法沙也说过，生生不息。

"我读过摘要，"阿帕娜说，"科学上说得通，只是太复杂，怪

①丁尼生诗作《悼念集》（*In Memoriam*）中的诗，原文为 Tho' Nature, red in tooth and claw。

兽为了生存要做的那些事儿太扯了。”

“你是说生物核反应堆。”我鼓励她继续讲。想让她开口不仅是为了交谈，也是因为我隐约觉得她头一次到现场，难免比表面上更紧张。多说点儿话有助于缓解紧张。

“嗯，可那只是一方面，还不是最奇怪的。最奇怪的是它们有风扇。”

我张开了嘴。

“用来自我冷却的风扇，才不是漫展上的粉丝[1]，杰米，我知道你在想什么。”

我再次闭上嘴，微笑起来。

“这一点最怪异的就是，风扇不是它们身体的一部分，而是身上的寄生虫集群——”然后阿帕娜就打开话匣，滔滔不绝地讲起寄生虫怎样将空气引入怪兽体内，冷却它们的内脏，包括核反应堆；这种行为又是怎么刚好能支持热交换；持续吸引空气涌入怎么能保证在怪兽周围总有一股微风；这种不间断的气流交换怎样把怪兽变成了这颗行星上最重要的传粉媒介等问题，我们步行的途中阿帕娜甚至没有时间紧张。

最后，我们来到计划安放第一套仪器套件的位置，发现一群林蟹在食用一具动物尸体上的腐肉，刚好占据了我们准备安装的地点。

“噢，该死。”阿帕娜说着停下脚步。

“继续往前走，”我说，“我们的尖啸器开着，走近时会把它们吓跑。”

大多数林蟹确实被我们吓跑了，它们在我们接近时飞速爬走，但还有五只留在那里，守护着尸体，晃动着触须威胁我们。

① Fans，“电扇”和“粉丝”在英文中用同一个单词表示。

我以前陷入过这种境地，但是不同于以前，此时我已经在里杜·塔加克的指导下，学会了如何对付这些小王八蛋。

也就是你直接走过去，抓住它们盲区的中甲，然后用力抛到远处。

我来到第一只林蟹前，没等它来得及反应就把它猛抛出去，它一边飞一边惊慌地发出叫声。我的林蟹战斗技巧无懈可击。

它的同伙们掉转触须，随着它飞到空中，然后再次落回来，把触须又对准我。

“谁还想试试？”我问。

假如在电影里，它们都会滑稽地逃走；在现实中，我还得把这个抓抛的过程重复四次。然后我还得捡起一具腐烂的尸体，把它拖到远处，如果林蟹回来，就会围住尸体，而不是找我们的麻烦。完成这一切之后，我身上的气味更加难闻，这正好能证明些什么。

我站在计划安装仪器套件的地方，打了个准备就绪的手势，“乔杜里博士，你准备好就可以开始了。”我说。呆住的阿帕娜摇了摇头，迅速投入工作。她打开包裹拉链，掏出支桩和胶皮锤，开始安装仪器套件。

趁她在工作，我手拿着发射器检查了这片区域。即使这里存在一只比林蟹大的动物，那么它还没有暴露出来。假如有人想称之为优点，那么在核爆废墟中到处走动的一个优点便是，很少有什么东西还立着，不会有动物从上方袭击我们。我们要担心的维度少了一个。

“完成。”阿帕娜说着站了起来。仪器套件固定在离地面几英寸的地方，它的摄像头跟一个俯卧的人类等高。

“信号在传输了吗？”我问。

阿帕娜点点头，指着仪器上的一枚绿灯说：“信号传输到最近的航空器了，同时也在接收。田中基地那边可能已经接收到信号了。”

我朝仪器挥挥手，然后看了下自己的智能手表：“用了四分钟。走吧，我们去安装另一个，然后打道回府。”

“目前一切顺利。”阿帕娜说。

“得了吧，阿帕娜，”我说，“这么说不吉利。”

艾恩·阿德里努的的确确说过，比预期进展顺利，然后他在苔藓上滑倒了，黑豹大小的生物从孵化凝胶里扑向他。

我们没想到会这样，阿德里努正走在一座坡度不大的山坡上，尼亚姆在他前方往上爬。照理说我和阿帕娜的注意力都集中在尼亚姆身上，而不太会关注阿德里努，因为尼亚姆是我们的朋友，也因为阿德里努负责安保，因而他是安全的，不像我们其他几个，这不是他第一次出任务，我们觉得他对自己的工作心里有数。所以看到他脚下打滑摔倒、那个生物窜出凝胶扑他，我们都没有任何准备。

这事儿发生时，我和阿帕娜距离尼亚姆二十米远，阿德里努距我们足足三十米。尼亚姆跟我们距离很近，甚至能看见我们的表情变化，他也回头看发生了什么。尼亚姆已经拿出电棍，阿帕娜也是一样。他们一安装好仪器，就进入了自我防卫状态。

这为救下阿德里努提供了便利，因为尼亚姆没浪费一丁点儿时间就冲到了他身边——居然没有打滑摔倒，然后开始猛揍正在把阿德里努拖下山坡、拖向怪兽孵化凝胶的那个生物。我和阿帕娜也跑过去帮忙。

尼亚姆挥舞着电棍从摔倒的生物学家身上赶走了那个生物，它显然已经被激怒，开始威胁尼亚姆。尼亚姆没有在意，再次朝它挥出电棍，这次电棍明显发出“啪”的一声，一道电弧射向那个生物可以被看作面部的地方。尼亚姆已经启动了电击功能，那个生物晃着脸迅速后退，但是没有完全离开。

阿帕娜到阿德里努身边检查他的伤势，我来到气得够呛并准备继续迎战的尼亚姆身旁。

“你还好吗？”我问。

“你现在问这个太蠢了。”尼亚姆这样表示自己没事。

那个生物站在好几码之外打量着我们。

我朝阿帕娜喊道：“伤势怎么样？”

“左腿划破流血。”她说。

“我没事。”阿德里努说着想要站起来。

阿帕娜把手放在他胸前，不让他移动：“他的情况一点儿都不好。”

我对此点点头，把耳机切换到萨蒂的频道：“二号机，快来。”

“不用你说，我都看到了，”萨蒂说，“来接你们紧急撤离。”

“谢谢。”我说。

那个生物开始发出叫声。

“我觉得你应该明白，它的同伴们正在赶来，”萨蒂说，“我看见它们穿过凝胶往这来了。”

“明白。”我说着举起发射器，按照用法，朝孵化凝胶的另一侧射出一罐信息素，它在炸开时清晰地发出了“噗”的一声，散发出一团金属粉尘和信息素。

生物回头看看喷出的烟雾，然后缓慢而坚定地又把目光对准我们。

“好吧，这可不妙，”我说着把霰弹枪交给尼亚姆，“如果这家伙有动静就朝它开枪。”我说。

“这是显然，”尼亚姆说。我又来到阿帕娜和阿德里努身边，后者还在努力站起来。

“我能动。”他向我保证。

“天哪，闭嘴吧。”我说完取下他身上的霰弹枪和发射器，“挑一样。”我对阿帕娜说。她拿了信息素发射器。我重新给自己的发射器装弹，然后拿起霰弹枪，“让直升机来接我们。”我告诉她。

“我知道，”她一边说，一边用脑袋暗示天上，萨蒂正飞往降落位置，“我需要有人帮我把他抬进直升机。”

“我自己能行。”阿德里努说。

“闭嘴。”我们俩同时对他说，“萨蒂到达时我会让尼亚姆过来。”我对阿帕娜说。

她点点头，我又走向尼亚姆。

“那个浑蛋没动。”尼亚姆说。

“确实，”我表示同意，“它在等待后援。”我指着凝胶，里边还有不少同种生物正在往我们这里前进，其中有几只被美味的信息素吸引，掉转了方向，但其他的还坚定地奔向我们。

“万幸我们已经安装好那些仪器套件，”尼亚姆说，“现在基地可以透过高分辨率视频看我们被吃掉了。”

我对此点点头。“去帮阿帕娜抬阿德里努吧。”我说。直升机此时已经近得就要盖过我们的谈话声。尼亚姆走向后方，现在只剩下我一个人站在生物面前，它的两个盟友就在二十米开外，缓缓向我们靠近。

我考虑了一下自己的选择。我收好霰弹枪，取下信息素发射器，面前的生物似乎只是看着我采取行动，等待伙伴们靠近，并没有做出其他反应。

我咄咄逼人地走向生物，缩小距离并威胁一样地叫喊。然后，我在厚厚的苔藓和藻类植物上就快要站不稳了。

眼前的生物等的就是这个时刻——等我失去平衡，没法自卫。它张开大嘴，一声嚎叫被淹没在直升机旋翼的噪声中，它弓起身体就要跃起。

我就在等待这一刻。此刻我脚下还算稳当，只是借助伪装骗过了这个可怕的杂种，现在它的嘴已经张开。

我把信息素罐径直射进它嘴里。

我记得自己和里杜·塔加克讨论过用信息素罐射击动物这件事，她反问我是否对自己的准头有信心。

实际情况是，我的准头仍然不怎么样。

不过，我离目标物非常非常近。

信息素罐在这只生物的嘴里像手榴弹一样爆炸，把已经失去平衡的家伙崩向了正在赶来的同伙。它们一闻到非死即晕的家伙释放出的信息素气味，便完全忘了我的存在，决定选它作为更容易获得的食物。

塔加克说得没错，如果我们更容易吃，它们就会吃了我们，所以要让它们找到其他更方便的食物。

我猜使用霰弹枪也可以达到同样的效果，不过说实话，使用信息素发射器获得的满足感要大得多。

更多生物从凝胶中钻出来，爬向倒下的同类。我把这看作可以离开的提示，缓缓退向直升机，并保持对周围环境的注意，直到我来到副驾驶舱门旁，开门登机。还没等我系好安全带，萨蒂就带我们升空了。

“关于紧急撤离我说什么来着？”他对我说，此时我已经系好安全带并换上了直升机配备的通话耳机。

“抱歉。”我说完便回头看乘客舱，阿德里努躺在地板上，阿帕娜伏在他身上，用直升机急救包里的消毒剂清理伤口。“他怎么样？”我问。

“看起来伤势严重。”尼亚姆说。

“通知基地我们需要医生。”我对萨蒂说。

“接上你们之前我已经通知了。”他说。

我看向阿德里努，他没戴耳机，正在说些什么，但是他的声音被舱内的噪声掩盖，看起来像是“我没事”。阿帕娜不顾他的说法，仍然继续为他处理伤口。她是我们之中最理智的人，我看了看似乎仍在生气的尼亚姆，我们的情况不怎么样，但是大家都还活着。我会把活着当作一种胜利。我转回身面对前方，看向直升机外，颤抖着吐出长长的一口气。萨蒂虽然注意到了，但是什么也没说。

直到几分钟后，好奇心战胜了他。“嘿，我没看清楚，”他说，“老天，你刚才真的用信息素枪射中了一只生物的脸？”

第十六章

等我们回到基地，迎接我们的是等着抬走阿德里努去就医的担架。田中基地有两名医生和两名护士，其中一名叫伊琳娜·加林的是外科医生。我想阿德里努也许很快就会去见她。阿德里努从直升机上高效地被抬下来，匆匆忙忙地被运走，一路上抗议说他真的没事。

“真高兴他现在安全了，不过等他好转以后，我可能会揍他一拳。”尼亚姆看着他离开时说。

“可以理解。”我说，“你怎么样？”我还想问问阿帕娜的情况，“你们两个怎么样？”

“我需要喝一杯。”阿帕娜说。

“一杯？”尼亚姆高呼，“我需要好几杯。”

阿帕娜笑道：“我就是这个意思，但是不想被当成酒鬼。”

“管他的，有了今天的遇险经历，我要喝个烂醉，还在脑袋上套一个该死的灯罩当帽子。”

“第一轮我请，”我说，“然后你再想法去弄灯罩。”我们跟萨蒂告别，并答应等他收工后会请他喝一杯，然后沿着通道走向基地。不料，基地里几乎所有人都在迎接我们，为我们欢呼。

卡胡朗吉跃出人群，挨个拥抱我们每个人。“谢谢你们没有丢了性命。”他说。

“什么情况？”我看着四周问。

“伙计，每个人都通过视频目睹了你们仨救回阿德里努的全过程。”

“每个人？”

“嗯，今天没什么别的大新闻嘛。”

我又环顾四周：“显而易见。”

卡胡朗吉热情地一拳砸在我肩上：“享受胜利吧，杰米，今天你们仨是英雄。”他轻轻地把我推进等待的人群，阿帕娜和尼亚姆跟在我后边，拥抱和拍背接踵而至。

原来尼亚姆说得没错，仪器套件里的摄像头已经开始工作，多亏了它们被安装在合适的位置，才从各个角度拍下阿德里努受到袭击和我们对他的保护。航空器也拍下了经过，提供了俯拍视角。所有不同视角的信号通过航空器实时传回田中基地，萨蒂直升机上的视频传输结束后，还会补充额外的画面。等回到基地时，我们的经历已经成为必看的画面。所有人都看见阿帕娜去帮助她倒下的同事，尼亚姆电击了那个生物的面部，我把信息素罐射进它的嘴里。

“我到了另一颗星球才火起来。”阿帕娜在我们回到宿舍小屋观看那个惊险的视频时指出。我们三人得到通知，可以休息半天，卡胡朗吉估计也在逃班。

“你在一百五十个人里非常出名。”尼亚姆对她说。

“和我曾经的期待差不多相符。”

“你开始猛揍那家伙时在想什么？”卡胡朗吉问尼亚姆，我们正看到视频里尼亚姆击打那个生物，但是还没到电击的部分。

“我像是在想什么？我被惹怒了。”

“你的愤怒深不可测，我的朋友。”卡胡朗吉看得出来。

“你都难以想象。”

“你呢？”卡胡朗吉问我。

“我主要在思考萨蒂会怎么生我们的气，”我说，“他告诉我们别搞出紧急情况，然后我们就搞出了一个。”

“不是你们，是阿德里努。”卡胡朗吉把视频倒回生物学家跌坐在地的画面，那个生物显然不知道从哪儿跳出来攻击了他。

“老兄，我也曾脚下一滑摔倒了，”我说，“这是我下直升机后的第一个遭遇，膝盖到现在还疼呢。虽然是他受到了攻击，但是我们任何人都有可能步他的后尘。”

“不会是我。”尼亚姆说。

“确实，你深不可测的愤怒绝对会让你在摔倒时免于受到攻击。”我说。

“你说得一点儿都没错。”

我们的电话都发出提示音，阿帕娜先看了自己的消息。“阿德里努情况更新，”她说，“肌肉撕裂，但是没有撕裂韧带，也没有伤及主血管。他已经注射了广谱抗菌素，配备了一副拐杖，并被告知本次轮值余下的时间里不必再出现场，他会没事的。”

“就跟他的口头禅一样。”我指出。

尼亚姆把眼睛一眯：“别跟我再扯了。”

“抱歉。”

“还有，”阿帕娜继续说，“今天晚餐后会有一个表彰我们的特别仪式和聚会。我指的是我们三个。抱歉了，卡胡朗吉。”

卡胡朗吉微微一笑：“考虑到你们都经历了什么才得到一场聚会，我很高兴错过。”

“‘特别仪式’是怎么回事儿？”尼亚姆问。

阿帕娜又看起通知：“通知说我们要被授勋。”

尼亚姆皱起眉头：“你觉得那到底是什么意思？”

“不管在哪里，我们团队中总有人一次又一次在非凡时刻取得非凡成就。”布琳·麦克唐纳在食堂致辞，她在刚刚用过餐的桌子旁站起来，不折不扣地吼着让大家闭嘴听她讲话。如果这也属于特别仪式的安排，那它简直一点儿都不正式。“那种情况出现时，我们该怎么办？”

“为他们授勋！”全体回答。

“没错！就是这样！今天就是这样一个日子，”麦克唐纳继续说，“我确信此刻你们已经看过艾恩·阿德里努差点儿被分食的视频，然后田中基地的三名新成员挺身而出，把他救下。为了纪念这次事件，我们应该为他们授勋。首先，有请蓝调队的队长简妮巴·丹索。”

麦克唐纳坐下，丹索从自己的桌旁站起时，响起一阵掌声。

“今晚第一位接受授勋的是艾恩·阿德里努，”丹索说着指向艾恩·阿德里努坐的地方，让他站起来，阿德里努只好撑着拐照做。丹索手里拿着一样东西，稍微细看就会发现那是绑着缎带的一块廉价塑料奖牌，“我们的首席生物学家已经来田中基地驻守五次，他在自己的任内已经发现、识别和分类了这颗星球上的数百个物种。不过我们今天了解到，在那么长的时间，有一件事情他还没弄明白，就是他识别和命名的任何一种生物都乐于把他当作盘中餐！”

大家笑成一片，为什么不呢？阿德里努没有死，趁你活着时开玩笑还是挺轻松的。

“为了表彰他逃离真正意义上的死亡之颚，并提醒他下次更加小心，我今晚自豪地授予艾恩古老而神圣的美味小蛋糕奖章。”掌声响起，丹索走到阿德里努身前，把奖章挂在他脖子上，然后亲了一下他的面颊。

“那是一个古老而神圣的勋章？”我鼓掌的同时问挨着我坐在同一桌的卡胡朗吉。

“我猜随着颁奖进行，他们会现编出一些古老而神圣的勋章。”他说。

“谢谢，简妮巴，感谢田中基地，”掌声平息后，阿德里努说，“我很骄傲能成为一种获得认可的小点心，”此处引发了一阵抱怨，就是那种你老爸说了不该说的俚语时你发出的声音，“我也希望这是最后一次有什么东西把我看作小点心。”

掌声更加热烈。

“不过等一下！原来我是下一位颁奖者，当我跌倒成为它们想要吃掉的目标，那只非常野蛮的生物从我的腿上被赶走时，阿帕娜·乔杜里博士对我给予了无微不至的照顾，她先是保护我免受进一步啃食，然后一直照顾我直到返回基地，我记得曾告诉她我没事，我也记得她的反应，用她的原话来说就是‘闭嘴’。”

更多的笑声爆发出来。

“结果她是对的，我不是没事，她早就看出来了。我讨厌成为关注的焦点，哪怕作为一只怪物的美味糕点。可是她一直关注我的伤情，直到我安全归来。为了感谢她对我的照顾——尽管我几次尝试假装受到撕咬的大腿没什么大不了——我高兴地为乔杜里博士颁发古老而神圣的‘不屈不挠南丁格尔勋章’。阿帕娜，你得来我这儿一下，我的腿脚还不好使。”

掌声响起，阿帕娜快速走过去，得到那个廉价塑料奖章和一个拥抱，然后以最快的速度坐好。在一百五十个人中声名鹊起确实是她的极限。

阿德里努费力地回到座位，麦克唐纳又站起来。“现在轮到我授勋，”她说，“尼亚姆·希利博士已经加入我们——天哪——才两星期。然而在这两星期里，任何一个跟希利博士相处过的人，都学会了欣赏此人对‘扯淡’和‘离谱’绝不容忍的态度，我敢打赌的确如此。所以那只寄生虫攻击艾恩时，希利博士一如既往行动起来，就好像在说‘这太扯了’，然后出手搞定了所谓这么扯的事，用的是一根电棍！”

此处响起掌声。

“为了奖励希利博士不愿容忍人类和可恶的大型寄生虫的捣乱，以及对战斗武器显而易见的娴熟运用，我无比高兴地授予希利博士古老而神圣的‘极致扯淡勋章’。”

更多掌声响起，尼亚姆得到了自己的奖牌和拥抱，然后转身面对聚集的众人，单手举起用缎带挂在脖子上的奖牌。

“太扯了！”尼亚姆说完坐回去时，欢呼和叫喊再次响起。

汤姆·史蒂文斯见此情景站了起来。

“我相信我已经给你们不少人讲过，我是如何招募了杰米·格雷，”他说，“我告诉他，事关外卖配送和基地对搬运货物人员的紧急需求，”笑声响起，“就这样我交到了好运，不过我认为杰米也交了好运。我们中还有谁在头两周就被一只怪兽追赶、勉强逃过一次核爆炸，然后作为一个高水平全能型队员，用信息素发射器一枪射中寄生虫的脸？我想说，这是我第三次来轮值，上述任何一件事我都没经历过，”他看着我，“我得承认，杰米，我嫉妒得要死。”

“你是该嫉妒。”我的话引起了笑声。

“不管谁跟里杜·塔加克进行武器训练——也就是说目前的所有人——都知道她在武器方面的训诫是‘你真觉得自己要那么做？’可是我们的杰米，面对要高兴地吃掉外派队伍所有成员的寄生虫，大步走到它面前，朝它大吼，然后往它嘴里射了一罐信息素，精准命中那张该死的嘴，同事们。”

“我会跟杰米谈谈这件事。”里杜·塔加克在食堂的某个地方说，引发了一阵大笑。

“所以，杰米在压力之下保持冷静，给这支外派队伍里的其他同伴争取到足够的时间，把艾恩安全地送上直升机；杰米还拥有不容小觑的勇气，敢于忽视里杜·塔加克的教导。为了表彰我们这位同伴，我骄傲且高兴地授予杰米·格雷——古老而神圣的——‘杰米用信息素罐发射器正中寄生虫口内奖’。”

“绝对是现编的。”卡胡朗吉对我说。我微微一笑，接受了奖章和拥抱，然后向大家致以感谢。接下来麦克唐纳宣布聚会正式开始，音乐奏响，大家纷纷去拿酒喝。我向前来祝贺的人道谢，等热闹的氛围稍有缓和，我仔细看了一下自己的奖章，上面写着“绝世好老爸[1]”，怎么看都不是很准确，但是我明白，心意最重要。

有人结结实实地拍了一下我的肩膀，我转身看见里杜·塔加克不苟言笑的表情。

“我可以解释。”我脱口而出。这不是真话，我可解释不了。

塔加克伸出一只手：“之后再解释吧。今晚我们另有一件事要做。”

“是吗？”

“是的，”塔加克说完，笑得都露出了牙齿，“卡拉OK！”

时间来到第二天，一切回到正轨。阿帕娜和尼亚姆返回工作岗位，去查看仪器套件传回的视频和数据了。我觉得让他们优先的原因是他们在安装仪器时受到了生物攻击，所以有资格率先使用那些仪器的成果。

同样，我也获得了我的“古老而神圣”的勋章，但是大家也

①原文为 World’s Okayest Dad。

仍然需要我们来配送、拆卸和搬运东西，所以没必要让瓦尔以为我还在沉浸在自己的荣光里。聚会结束的第二天，大家还会祝贺我，并给我简述他们自己获得的勋章的故事。再过一天就没有人在乎了。

这没什么，“绝世好老爸”是个沉重的负担，我没必要每时每刻都想着这件事。

又过了一天，我吃完午饭走出食堂，看见汤姆凑过来，手里还拿着平板电脑。“首先，这不怪我。”他说。

“这句开场白可真不怎么样。”我说。

“我们的第一批观光客几天后到达。”

“没错，我知道。”我已经拿到随后三周要来这里的贵宾的名单，我确信那些人的身份相当高规格，有军队高官、观光政客，以及也许会对我们的工作真正有所帮助的科学家。

“最近一周的队伍在最后出发的时候发生了变动，他们正从本多基地赶过来，本多基地也的确刚刚从家乡地球接到他们。”

“好吧，那又怎么样呢？”

“他们把普雷特博士换成了一位新近的投资人。”

“好吧，那么我要照看一位亿万富翁。我很熟悉这类人。”

“呃，问题就在这里。”

“该死，汤姆，别跟我闪烁其词。”

他把平板电脑递给我：“再次提醒，我跟此事没有任何关系。”

我接过平板电脑，浏览更新后的访客名单。

“你肯定是在跟我开玩笑。”我说。

第十七章

小美人号滑入停靠站台，紧接着，田中基地飞艇职员开始投入工作，固定飞艇，开始卸载飞艇上的各种生命供给设备——我们往返本多基地和真正地球的生命线。一旦货物卸空，小美人号会被再次装满，一小部分是科学样本，以及其他基地要求我们田中基地生产的物资，比如一罐罐有专门用途的怪兽信息素——田中基地的设备更有利于生产这类产品。

不过往小美人号上装的大部分是我们没法处理、回收或堆肥的垃圾，需要先送回本多基地，再送回我们的地球妥善处理。空运并借助空间通道处理垃圾看似相当奢侈，但这都是怪兽保护协会的付出，我们的宗旨是尽量减少在这个世界上留下痕迹，我们都在严格遵守这一宗旨。

然而这趟旅途中却发生了小小的改变，小美人号正把“垃圾”带到田中基地。

通往田中基地的踏板延伸出来，乘客舱舱门打开。因为这次主要运输货物，乘客舱已经被重新改造，但仍然留了几把椅子供来我们这儿观光的人就座。头一位观光客终于在门口现身，沿着踏板走下来，后边跟着第二位，然后是第三位——显然也是最后一位：

罗布·“屎猴子”·桑德斯，美食心语的前首席执行官。

“他怎么会成为该死的观光客到这里来？”前一天汤姆把他要来的消息透露给我时，我毫无遮拦地质问他。

“我也不清楚，”汤姆说，“你说过他通过抛售美食心语赚了几十亿美元，我唯一能猜到的就是，他把一部分资金捐给了怪兽保护协会，所以他们才允许他过来。”

“所以就是这么回事？给怪兽保护协会砸几百万，他们就让他撸怪兽。”

“呃，其实没错。”汤姆承认道。我瞪了他一眼，他看得一清二楚。“游戏规则就是如此，杰米。在我们公开自己的身份和工作内容之前，愿意资助我们的组织为数不多。获得互联网经济大亨的赞助——”

“我明白你们这是在干什么了。”

“——也是我们工作的一部分，基本上能保证我们不会曝光。”

“这种集资方式太不体面了。”

“那位亿万富翁给我们的赞助至少有一部分属于政府资金，等你明白了这一点再说吧，”汤姆说，“政府跟那位亿万富翁的公司签署高额非招标合同，并达成共识，佣金的一部分投到这里。”

“亿万富翁替我们洗清政府资金？”

“本质上是。”

“我再说一遍，这一切仍然能在某种程度上保密真是让我大跌眼镜。”

“我懂，”汤姆说，“想想我们最开始谈论这件事的时候。这是机密，但又没有那么机密，”他指着自己的平板电脑说，“有时候这意味着你不希望接触秘密的人掌握秘密。”

此刻，看着罗布·桑德斯走在踏板上，我作为包括布琳·麦克唐纳在内的迎接团的一员，向身旁的汤姆凑近。“我无法保证不把他喂给林蟹。”我说。

“抵制住诱惑，”汤姆建议，“把我们的赞助商喂给动物可不是什么好事。”

“也许只贡献出他身上的某些部分。”

“杰米啊。”

“好吧，”我说，“我会让他活下来，我说到做到。”

三位观光客来到我们站的地方，麦克唐纳问候了第一个人。“蒂普顿少将，”她说，“欢迎回到田中基地。”然后对桑德斯和另外一位观光客点点头，“听说现在跟你一起过来的同行人员只有原计划的一半。”

“是的，”他说，“本来还有一位来自能源部的盖恩斯博士，但我们来到本多基地之后，她突发严重哮喘，正在医疗机构接受治疗。跟她一起的另外两名成员决定留在她身边。”

“希望她早日康复。”

“她会没事儿的，我相信他们会给她的人找些事儿干。”蒂普顿朝桑德斯和另一个人指了一下，“这位是我的副官大卫·琼斯上校，另一位是我们主要承包商张量公司的代表罗伯特·桑德斯，他从父亲手中接任了这一角色。”

我眨眨眼，想起汤姆几周前提到桑德斯所在的家族靠国防合同赚钱。我猜这意味着他在过去几周里回归了家族产业。

“幸会，”麦克唐纳说，“这是我的副手汤姆·史蒂文斯，这位是你们停留期间的联络人杰米·格雷。”

桑德斯指向汤姆。“不知为何，你看着有点儿眼熟。”他说。

“我们在达特茅斯有过交集，”汤姆说，“我比你晚几届。”

“哟，世界可真小，”桑德斯说，“要说起这——”他转身面对我，“瞧瞧这是谁啊！”

“是我。”我也认同了他的说法。

“你认识罗布？”蒂普顿问。

“杰米在美食心语时是我的一位高管。”桑德斯告诉他。

“喔！优步收购你的公司时，你一定非常高兴他们回购了你的股票。”蒂普顿对我说。

“唉，”我看着桑德斯说，“收购时我已经离开公司，而且没有任何股票。”

蒂普顿哈哈一笑：“我打赌你现在后悔了。”

“哦，我得到了杜安·里德连锁店的八五折优惠，所以也不是很糟糕。”

蒂普顿指着桑德斯：“这位刚刚凭借收购成为亿万富翁，要是我有他那么多钱，我会手拿大杯果汁躺在坎昆的沙滩上。这位却回去为他爸打工。”

“实事求是地说，我在担任美食心语首席执行官时，就已经加入了张量的董事会，”桑德斯说，“那时候就参与其中，所以现在才会来到这里。”

“对，还出了一身臭汗，”蒂普顿说，“这里没有比我上次来时更凉快。”

“确实，我估计没有，”麦克唐纳说着又指向我，“你们在此停留期间，杰米负责接待，所以有任何需求，可以直接——”

“实际上——抱歉打断你，麦克唐纳博士，”蒂普顿说，我这才知道麦克唐纳也有博士学位，“我的任务是全面了解卡卡苏瓦克[①]事件——”

“什么？”

“这是我们对这次怪兽爆炸事件的称呼，”蒂普顿说，“我的任务是尽快全面了解这次事件并尽快返回，”他朝琼斯点点头，后者

①原文为KakKasuak，在拉布拉多半岛的因纽特语中表示“山”，此处应为地名。

把手伸进拎包，递给麦克唐纳一个夹着文件的文件板，“以上是你需要向我们简要说明的情况，我们需要今天就了解。”

麦克唐纳接过文件板，看都没看就递给汤姆。“我们把完整的情况说明会安排在明天——”

蒂普顿摇摇头：“再次抱歉，麦克唐纳博士，可我们明天早晨就得返回。”他以为麦克唐纳要表示反对，立马举起一只手，“我向你保证，不是我逼你干这干那，打乱你的安排，是上司的要求，也是他们的上司和上司的上司的要求，直到最高层。”

“我不明白，”麦克唐纳说，“又不是说我们以前没遇到过怪兽爆炸。”

“的确如此，”桑德斯说，“但以前在加拿大的领空看不到。”

我想起尼亚姆曾指出，加拿大无人机从空中发现的闪光对应着贝拉在时空壁垒这一边的位置。

“那不构成威胁。”麦克唐纳说。

蒂普顿笑了：“你可能说得没错，但它迟早会被发现，不论是商业航班、游客——”

“纽芬兰有游客？十月？疫情中？”我脱口而出。

“——还是附近的居民。”蒂普顿说完不悦地看着我，他被人打断可没有打断别人时开心，“没有不尊敬你们的意思，麦克唐纳博士，地球上不是所有人都深信一只怀孕的怪兽跨在两个世界的壁垒上不会构成威胁。我相信你是正确的，但我需要信息去说服别人。而且我今天就需要，因为白宫方面要求我周一一大早赶到那里。”

“白宫。”麦克唐纳怀疑地说。

“我要向参谋长汇报，他会视情况向他的上司汇报。”

麦克唐纳点点头：“那么汤姆会安排今天的会议。”

“谢谢，”蒂普顿说，“我们什么时候能看看现场？”

麦克唐纳把目光转向我。“马丁已经准备就绪，”我说，“我们原本就准备尽快带领一组人出发，不妨把‘尽快’看作现在。”

“琼斯上校会留在这里看管我们的行李，并跟这位斯蒂文斯先生共同协调。”蒂普顿说。

“好的，”麦克唐纳再次把目光投向我，“他们就都交给你了，杰米。大约九十分钟后我们再见。”她、汤姆以及琼斯上校转身离开，后者已经开始指点日程上的事项。

我回头面对要陪同的这两个人：“你们以前乘坐过直升机吗？”

“当然了。”桑德斯说。

“您呢？”我问蒂普顿。

蒂普顿看了我一眼：“我是美国空军少将，你觉得呢？”

离现场不算太远的时候，趁着萨蒂和坐在副驾驶座位的蒂普顿不停谈论直升机，桑德斯拍了拍我的肩膀，摘下他的通话耳机，示意我靠近他。我摘掉耳机，立即意识到一副好的航空耳机会屏蔽掉多少直升机引擎的噪声，然后我凑近他。桑德斯说了句什么。

“什么？”我说。

桑德斯凑得更近，几乎是在我耳边大喊：“我说，希望你别怨我在三月开除你。”

真的吗？你现在谈这个？这就是我心里的想法，但是我没说出口。他转头让我对着他的耳朵大喊，我说：“我也没想到那次考核会导致我离职。”我们的对话要这样进行，显然桑德斯不想让别人听见。

“我能理解，”他说，“不过你还是换了份相当好的工作。”

“我不介意回购我的股票。”

“股票回购只适用于 A 股，你和大多数员工持有的是 B 股，只会被兑换成优步的股票。”

“所以我没法成为百万富翁。”

“除非你已经是百万富翁。感觉好点儿了没有？”

“并没有。”

“还是这样更好，”桑德斯说，“其实我很羡慕你，你有机会天天待在这里，而我只是头一次来。”

“可是你以前就知道这里？”

桑德斯点点头：“张量公司及其前身投资了核能技术，听说过同位素温差发电机吗？”

“同位素什么？”

“一种核能发电机，我们制造的，怪兽保护协会会用到它们。”

“我们在使用吗？”

“不在你们的基地，在其他地方。我想说的是，几十年了我们一直在跟怪兽保护协会合作。小时候我爸就和我说过。”

“你相信他？”

桑德斯摇摇头：“一开始不相信，过于异想天开了，对吧？不过等我意识到这是真的，我告诉他我想亲眼看一看。”

“他怎么说？”

“他说‘等你赚到十亿美元再说吧’。于是，我创立了美食心语。”

“你为了来这里才创立了美食心语？”

“我爸跟我做了个交易。”

“美食心语也有可能失败呀。”

桑德斯对此一笑：“我压根儿没想着成功，本来就是为了卖个好价钱。”

“我不明白。”

“创立一家公司的目标可以是在某个领域称霸，也可以是让竞品公司感到难受，迫使他们收购你的这家公司。我创立美食心语就是为了让选餐中心和优步外卖感到生意难做，其中一家公司把我们收购了，出价几十亿美元。”

我思忖了一下他的意思，以及这个计划有多么自私。然后我想起了被炒鱿鱼的那次对谈中，我给他提的几点建议。他都用上了，这已经够糟心了，可他采纳我的建议居然只是为了惹恼别人，好让他们付钱。我的商业天赋唯一一次发挥作用，居然只是为了惹恼另一家公司来收购原本就无意竞争的对手。

“如此看来，你不就是个大浑蛋嘛。”我在直升机的咆哮声中轻声说。

“什么？”桑德斯说。

“我说‘你真是棋高一筹’。”

“这就是经商的艺术，我的朋友。”

脑海里浮现出一句回应，但我没有说出口，而是换了一个话题。“那么你为什么辞退我？”我问，“既然我们都在这里，但说无妨。”

“不是针对你个人，”桑德斯说，“你记得卡妮莎·威廉姆斯吗？”我点点头，“她跟我聊过这场疾病及其对经济的影响。她说但愿不会太严重，我说情势非常严峻，甚至工作优渥的人下一周也甘愿去当速递员。她觉得不会，于是我跟她打了个杜克赌。”

“什么赌？”

“我跟她赌了一美元。你知道的，就像《颠倒乾坤[1]》里的杜克兄弟。”

我绞尽脑汁回忆那部电影：“老艾迪·墨菲演的那部电影。”

“对。我跟她打赌，然后让她调出员工目录，我从中随机挑了十个名字，叫他们来我办公室，然后当场把他们开除。”

---

① *Trading Places*，1983 年上映的喜剧电影。

“其中就包括我。”

“抱歉，卡妮莎还为你据理力争来着，你应该知道她的好意。”

“我们是朋友。”我说。我们之前是。

“她当时也这么说，于是我说她可以用自己把你替换下来。但她没有。”

“我不希望她那么做。”我说。我知道她的薪水不仅需要养活自己。

“于是我让她发誓保密，并告诉她如果名单里的半数员工一周后转为速递员，就算我赢。”

“结果呢？”

桑德斯扬扬自得地笑了：“有六个。”

“你一定很自豪。”我说。

“我只是知人善任。”

“是吗？”

桑德斯没来得及回答，蒂普顿就挥手示意我们戴上通话耳机。

“你觉得飞行员会让我们落地，然后四处走走吗？”戴上耳机之前桑德斯问我。

“但愿不会。”我说。

“想打个杜克赌吗？”

“不怎么想。”

“我还是会试试，瞧着。”他戴上耳机，然后很快摘下，又凑近我，“飞行员叫什么来着？”

“马丁。”我说。

“好嘞。”他又戴好耳机。在巢中的贝拉隐约可见时，他重新进入了通话系统。

“唷，真是个不得了的家伙，”蒂普顿看着贝拉说，“她已经在那里待了两周，只是坐着。”

“不仅坐着，”萨蒂说，“还在下蛋。第一批会在下周孵化出来。很多小怪兽即将诞生并吃掉自己的兄弟姐妹，然后溜进森林。贝拉将继续下蛋。重复几次之后她才会结束生育。”

“这期间，她一动不动。”

“她没有必要动，替她干活的生物忙着呢。”

“我们会离她多近？”蒂普顿问。

“取决于你的胆量，将军。”萨蒂回答。

蒂普顿轻轻一笑。

“让我们出去四处看看怎么样？”桑德斯说。

“我不推荐。”萨蒂说。

“为什么不？”

“杰米知道。”

“大约一周前，我跟几名科学家在这里降落，有一位同伴差点儿被吃掉。”我说。

“我不介意冒险。”桑德斯说。

“你没被嚼在嘴里，说起来当然轻松。”萨蒂说。

“降落五分钟，我付你一万美元。”

“你身上有一万美元吗？现金？”

“没有。”

“那么不行，”萨蒂说，“再说，一万美元在这里对我来说有什么用呢？怪兽地球是一座乌托邦乐园，桑德斯先生。”

“十万美元，马丁，”桑德斯说，“转到你在老家那边的账户，我们一回去就转。”

萨蒂回头看了一眼桑德斯，桑德斯也看着他，脸上还挂着微笑——他确信自己刚刚摸清了萨蒂的价码。萨蒂转回去整了整自己的仪表。桑德斯瞅瞅我，似乎在说，*瞧见没有？*

直升机猛地下降，要不是系着安全带，我们早就撞上了顶板。

萨蒂带着我们一直下落，差点儿撞到地面才停下来，我们就悬在倒下的树木和新生的植被上方几英寸的高度。

萨蒂回头面对桑德斯。“好了，出去。”他说。

桑德斯看看周围，我们离贝拉还有一段距离。“什么？在这里？”

“在这里着陆再好不过了。”

“呃，我愿意支付十万美元，拜托让我离她更近一些。”桑德斯指向贝拉说。

“我不要你的钱，”萨蒂说，“只是让你出去。”

“我不明白。”

“我知道你不明白。出去。”

桑德斯瞥向副驾驶员座位：“蒂普顿将军——”

“你不是在跟他对话，”萨蒂打断他，“你是在跟我商量，他一个字也甭跟我说。这次任务以及这架直升机的负责人不是别人，而是我。我现在让你出去。”

桑德斯明显感到困惑：“我不明白出了什么问题。”

“你侮辱了我，桑德斯先生。”

“给钱是一种侮辱？”

“你给我钱没有侮辱我，你以为我可以被钱收买侮辱了我。”

桑德斯听完眨了眨眼睛，没有说话。他显然不理解这二者的区别。

我望向窗外，在不远不近的地方，生物们正避开螺旋桨的强风朝直升机的方向观察，它们显然对它感到好奇，想知道它能不能吃。

“你第一次提出给钱，我希望你只是开玩笑，”萨蒂说，“你不是第一个我开直升机送来送去的亿万富翁，我知道你们这些人有多喜欢把钱当成阳具挥来挥去，看看谁愿意来跪舔。如果你在我给你机会的时候乖乖闭嘴，我也不会往心里去，可你非要得寸进尺，想看花多少钱才能让我不顾包括我在内的所有人以及这架直升机的安全，任你支配。所以眼下这就是我的回答，桑德斯先生。我会让你免费出去，不过在这颗星球或者别的地方，任何人付我多少钱，我都不会让你再登机。”

桑德斯目瞪口呆，他看看蒂普顿，又看看我，然后又看看窗外，我相信他头一次看见窗外稀奇古怪的生物。

“快点，你出去。”萨蒂指着舱门说。

桑德斯又把目光落回到萨蒂身上：“我改变主意了。”

“你还是没明白，”萨蒂说，“现在你要改变的不是自己的想法。”

“马丁——”

“萨蒂博士，请你这样称呼，”萨蒂说，我才知道他也有博士学位。我短暂地疑惑了一下，这颗星球上是不是真的只有我没获得某个学科的最高学位？

桑德斯打起精神：“萨蒂博士，我显然冒犯到你了，为此我深表歉意，”他说，“我为自己说过的话真心且坦诚地道歉，请你接受。”

“我接受的条件是，这趟旅途余下的时间里我不想听见你发出一丁点儿声音，”萨蒂说，“对我，对蒂普顿将军，对杰米都不能出声。你给我老老实实地坐着，桑德斯先生。你接受吗？接受的话你就点点头。”

桑德斯点点头。

“那么我们就说定了。”萨蒂转回身，不再看桑德斯，“现在我们去看一只该死的大怪兽，你们觉得如何？”他带我们高高升起，继续向贝拉飞去。

我看了一眼桑德斯，他满头是汗，面色苍白。

该死，我想，我本来可以赢一美元。

第十八章

现场观摩结束，到了解释说明的时间。

“有一件事让我感到困惑。”罗布·桑德斯说。我们为他、蒂普顿将军和琼斯上校安排了第一次讲解，我们的科学家和工作人员也都在场。几个小时前桑德斯才刚受到驾驶员的羞辱，即使他因此而落下了心理创伤，这会儿也没有流露出来。亿万富翁的厚脸皮的确令人叹为观止。“我们知道体形巨大的那些怪兽具有生物核反应堆。可是我们今天飞跃贝拉的时候，看着那一片怪兽的蛋，我忽然想起从没听说过怪兽宝宝的体内也有核反应堆。它们有吗？”

“有又没有。”阿帕娜说。她负责从筑巢地点收集数据，而这次会议看似与之沾边，所以她是生物实验室的主要汇报人。除了她和观光客，布琳·麦克唐纳、汤姆·史蒂文斯和我也参加了这次介绍会。我们挤在行政大楼里一间很小的会议室里，会议氛围亲切友好。除了担任到访者联络人，我重操旧业，为众人派发零食。

“这个答案很模糊。”桑德斯笑着说。

阿帕娜摇了摇头：“十分明确。有，是因为即使在特别初期的阶段——哪怕作为卵中的胚胎——怪兽体内也有某种先驱结构，会在之后的生长阶段中发育出核反应堆。没有，是因为这种先驱结构还不是核反应堆。它还得经历一些其他的过程。”

“比如？”蒂普顿说。

“首先是特定的荷尔蒙变化。”

“怪兽得先活到青春期。”桑德斯说。

“如果你非要这样理解的话。”阿帕娜说，她的语气表明她本人很排斥这种说法，“然而，把怪兽的发育过程假想成哺乳动物甚至地球上脊椎动物的发育过程都是不对的。实际情况远比那复杂。”

桑德斯点点头：“请告诉我们如何复杂。”

“好吧，仅举一例。核反应堆的发育不仅取决于年龄——所以青春期的类比不对——还取决于寄生虫的载量。如果一只怪兽没有足够的寄生虫，或者缺少某种特定的寄生虫，那么核反应腔就不会生长发育出来。”

蒂普顿皱了皱眉：“也就是说这些家伙没长合适的跳蚤就不会核能化？”

“再次强调，你可以这样理解，”阿帕娜说，“但实际上比这更复杂。”她向麦克唐纳示意，“我初到这里时，麦克唐纳博士告诉我们，不要把怪兽当成动物，而要把他们看作独立的生态系统，很难向你解释清楚这种描述的准确性，我们所说的‘怪兽寄生虫’不是严格意义上的寄生虫。这些生物有些是寄生虫，但是更多的是跟怪兽形成共生关系，余下的则处于一种互惠互利的关系之中。不仅仅是跟怪兽，它们之间也是。它们生活在怪兽身上，又跟其他生物一起共存。”

“了不起，但这意味着什么呢？”桑德斯说。阿帕娜让他难以理解的地方显然不少。

“如果怪兽不从环境中染上合适的寄生虫，某些特定的发育阶段就不会开始。”阿帕娜说，“以核反应腔为例，一只发育中的怪兽必须——在满足其他许多条件的同时——与充当它体内散热系统的那种寄生虫共生，它们从外界导入空气，让气流流经怪兽身体，带走热量。正是那些寄生虫创造出了怪兽继续生长的环境，长身体会给发育中的怪兽带来压力，因为它们依靠新陈代谢来维持生命的能力很快便会消耗殆尽。这种压力会导致怪兽释放出特定的信息素，引发更多另外的变化，其中就包括长出并激活核反应腔。”

“如果它们没找到合适的寄生虫呢？”

“那它们就不会成为怪兽，要么死于体形过大——成为平方－立方定律的受害者，”桑德斯闻言又皱了皱眉，我猜他从没听过那个定律，“要么停留在发育的早期阶段。简单地把巨型怪兽看作这种生物唯一可成活的生长阶段也不是十分恰当。它们可以非常快乐地一辈子都处于生长发育的初期阶段，大小‘只有’大象和霸王龙那么大。在所有怪兽中，其实只有小部分会长成我们所谓的真正的怪兽级体形。”

“所以如果你想得到一只怪兽，你需要一些寄生虫。”蒂普顿说。

阿帕娜点点头：“不仅仅是一些寄生虫，而是可以与特定品种的怪兽共生的特定寄生虫。关于贝拉和令她受孕的爱德华，一个非常有趣的情况是，它们现身的地点不合理。从地域分布来看，它们这个物种来自我们所认为的墨西哥和中美洲，一些对于它们的生长发育至关重要的寄生虫并不会在如此偏北的地方生存，也就是说它们是作为成熟的怪兽从南方迁徙至此地，因为在这里它们根本无法生长发育。”

“这对它们的后代有什么影响？”桑德斯问，“幼崽会发育成全尺寸的怪兽吗？”

“看情况，”阿帕娜说，“如果在它们生长发育的过程中贝拉仍然守在原地，或者如果它们能接近爱德华，但不被爱德华和它身上的某些寄生虫吃掉，那么幼崽也许可以从贝拉和爱德华身上获得那些关乎生长发育的寄生虫，长成大怪兽。如果爱德华和贝拉离开，它们就会停留在生长发育的初期阶段，要知道，大多数幼崽甚至连那个阶段都活不到。”

“你的意思是它们会被吃掉。”

“对，或者饿死。每一个生长阶段的怪兽都是捕食者，它们长得越大，就越接近生态系统的顶端。一个生态系统只能支持固定数量的捕食者，如果多出一只成熟怪兽，情况会变得更糟。”

“为什么？”蒂普顿说，“它们是核能驱动，不用捕食。”

阿帕娜摇摇头：“它们从核反应过程获取能量，但是仍然需要给自己的生化系统提供营养素之类的物质。它们还得捕猎，捕猎其他的怪兽——欠发育的怪兽。但是从生态系统的角度来看，更重要的是，它们还有自己的寄生虫大军，其中很多寄生生物都要捕食，所有的寄生生物都有新陈代谢。一只怪兽就是由嘴巴组成的行走的山峦，它们和它们的寄生虫能够——也将会——吃光自己的一亩三分地。或者说必将吃光，如果那一亩三分地里没有什么反抗力量的话。”

“反抗力量？”桑德斯说。

“噢，当然了，”阿帕娜说，“这里的一切都极度致命，因为不属于怪兽寄生虫的一切物种都已经进化出抵御怪兽寄生虫的能力，有些甚至直接捕食寄生虫。那会演化成一场持续的战争，有时候一亩三分地里的家伙甚至会取胜，然后赶跑寄生虫。”

“然后会怎么样？”

“要记住：怪兽不是动物，它们是生态系统。”阿帕娜说，“毁掉一个生态系统中的关键部分会怎么样？其他部分很可能也会随之崩溃。”

“从化学的角度来看，正是这种激烈的竞争让这个版本的地球引人入胜。”卡胡朗吉说。这是接下来的议程，他向桑德斯和蒂普顿介绍了化学实验室的最新情况。“一切都在向周围的一切发出信号，而且大多数信号都是‘别惹我，否则废了你’的某种变体。”

“这跟我们的地球有什么不同呢？”蒂普顿问。

卡胡朗吉微微一笑：“主要是音量。这里的一切都在大喊大叫。”

“那我们怎么喊回去？”桑德斯问。

“我们不喊回去，而是把它们的说法喊出来。我不知道你有没有参与过丛林底层的工作——”

“还没有。”桑德斯冷冷地说。没错，他绝对还没从刚才的羞辱中恢复过来。

“——我们的一项工作就是利用气味和信息素模拟怪兽寄生虫，这样所有生物都会离我们远远的。”

“你的同事乔杜里博士告诉我们，这里生活着猎杀寄生虫而不是逃离它们的生物。”蒂普顿说。

“她没有欺骗你们，”卡胡朗吉说，“不过跟在家园地球一样，需要资质。有些生物是那些寄生生物的猎物，它们会逃离。有些想要猎杀寄生生物，它们就会凑近瞧瞧。不过跟所有捕食动物一样，它们会审时度势，如果太费事，它们就会放弃，我们会给它们多制造麻烦，但也不能算是高枕无忧。”他向我示意，“杰米刚刚出过一次任务，一只捕食者以身试险。”

“那件事我们有所耳闻，”蒂普顿转向我，“是怎么回事？”

“杰米命中了它的面部。”还没等我回答，卡胡朗吉就骄傲地说。

蒂普顿仔细打量我：“你看上去不像是会射击面部的角色。”

“人不可貌相嘛。”我说。

“所以，如果有合适的化学物质，我们就能控制那些家伙。”桑德斯把大家拉回到正在讨论的话题。

“控制？不，”卡胡朗吉回答，“我们谈的不是控制。”

“为什么？”

“因为它们不是人，我们不会跟它们交谈。那些家伙嗅到信息素或气味，收到的并非指令而是建议。假如我们有一种会唤起战斗或逃跑反应[①] 的信息素，那么我们希望它们逃跑，而且百分之九十的情况下它们会逃跑，然而还有百分之十的可能是它们想战斗。”

“没法再优化了？”

“不能啦，”卡胡朗吉说，“即使可以，我们仍然无法保证它们每次都按我们的想法行动。它们是生物，不是机器。打个比方，我们可以对别人清晰而准确地说出我们的想法，对吧？我们不必朝他们喷洒化学物质什么的，只跟他们交谈，他们就能理解我们的意思。但是他们每一次都会按我们的想法去做吗？”

“不会。”桑德斯承认。

“那就对了。”

“我换种说法。我们能麻醉一只怪兽吗？”

卡胡朗吉再次微微一笑：“你想让一只怪兽变得神志不清吗，桑德斯先生？”

“我不想对怪兽做任何事情，只想知道理论上有没有可能？”

“我相信有这个可能，不过据我所知，我们还没那样干过。”

“从来没有？”

---

① fight-or-flight response，心理学、生理学名词，美国心理学家怀特 · 坎农（Walter Cannon，1871—1945）于 1929 年提出，他发现压力状态下机体经一系列的神经和腺体反应将处于高度戒备状态，做好防御、挣扎或者逃跑的准备。

“这个嘛，我是新人，所以得去核实一下，”卡胡朗吉坦言，“不过再次说明，从更大的范围来看，即便主要由核能驱动，它们也是生物。我确信你可以设计出会对它们产生特别效应的化合物。”

“也可以设计出对这里其他生物有效的化合物。”

“当然，不过每种化合物的反应不同，该死，有些药物对成人有效，对小孩就不好使；反之亦然。而且我们需要一名勇士去给怪兽甚至怪兽的寄生虫用药，这样才能看出他们发明的合成药物的效用。”

“你们朝它们喷洒激素时就已经做到了。”蒂普顿指出。

卡胡朗吉再次笑笑：“是，可接下来我们一般会逃得远远的。”

“在你们当前的气味和信息素库存里，有能够让怪兽留在一个地方的吗？”桑德斯问，“贝拉正坐在我们两个世界之间强弱波动的壁垒上。如果她起身，也许会走到壁垒错误的一边。”

卡胡朗吉摇摇头。“没有，”他说，“不过就我理解，贝拉不可能越到另一边，她的行为是在防止别的怪兽靠近。”

“此话怎讲？”

“说到信息素，她从筑巢开始就一直在释放大量信息素，所有信息素都对那片地区的另一只怪兽传达了同一个信息。”

“什么信息？”蒂普顿问。

“‘离我远点儿！’”

“如果她真的行动起来会发生什么？”蒂普顿问尼亚姆。这是当天的第三段情况汇报，工作人员向两位客人介绍了现场物理学工作的最新进展。

“你指的是，她会不会闯入我们的地球？”

“对，这是令人担忧的问题。”

“哦，稍后我会讲到。即使她能，那么也会产生这样一个问题：她为什么要闯过去？”

“因为她是一只愚蠢的动物，起身时也许会倒向错误的一边。”桑德斯说。

“首先，她可不是一只愚蠢的动物，”尼亚姆说，“这些生物都不蠢。”

“它们不聪明。”

“它们当然聪明，”尼亚姆说，语气中透着失望，觉得这么明显的事实居然还得专门解释，“你觉得贝拉不聪明是因为她没有参与证券交易，或者不符合某个和智力完全无关的标准。然而实际上，在自身需求驱动下，她是绝顶聪明的生物。此时此刻，她需要待在一个地方下蛋，没有必要起来。只有受到骚扰她才会起来。总之，如果她真的要起身，那也是为了回应壁垒这一侧的突发情况，比如另一只怪兽闯入了她的领地。那种情况一发生，你的壁垒问题就会得到解答。”

“这，”蒂普顿突然指着尼亚姆说，“这才是我需要了解的。给我解释一下这种情况。”

“怪兽爆炸时壁垒一度被扯开，”尼亚姆说，“这只是大量释放出的核能带来的部分效果。问题在于，无论你在空间壁垒中砸出一个多大的洞，它立即就会闭合。”

“为什么？”桑德斯问。

“因为削弱壁垒的核能一停止释放，周围的核辐射就开始衰减。壁垒的闭合跟那片地区的环境核辐射度息息相关，而且可以预料。除非注入更多能量，否则壁垒终究会完全闭合。”

“可是这个壁垒没有闭合。”蒂普顿说。

“没错，因为你有一座活生生地喘着气的巨型核反应堆正好坐在那里，”尼亚姆说，“贝拉受核能驱动，那股能量让壁垒处在薄弱状态，或者说至少比应有的状态薄弱。然而她一旦动起来——”

"她的能量就会随她离开。"

尼亚姆对蒂普顿点头："即使现在，她补充进去的能量也不足以让她在这一点上穿越过去。也许爆炸发生后的头几天可以，现场的环境辐射水平仍然足够高。可是现在已经过了几周，辐射水平大大降低，她削弱了壁垒，但不足以让她或其他任何一只怪兽凭借自己的力量穿越。"

"可是闪光怎么办？"桑德斯问。

"啊，那才是真正有趣地方，"尼亚姆兴致勃勃地说，"我本以为闪光是两个世界之间的壁垒被短暂撕开所致，也许有什么东西能穿越过去。可是我们在那里安装了一些仪器。结果实际情况是，她坐在那里，往壁垒输送能量，类似静电荷的东西积累起来，到了某个时刻，它刚好会被引爆，所有的势能砰地一下在壁垒两侧释放出来。"

桑德斯在此处打断："只是静电？"

"不，那东西要不可思议得多，"尼亚姆说，"我们以前从没见过那种现象，因为从来没有一只怪兽长时间一动不动地坐在核爆现场。由于我是描述该现象性质的第一人，所以我称之为希利效应。等到有一天，我终于可以发表关于它的论文，我会获得诺贝尔奖，三一学院的其他所有物理学博士后不得不接受这个事实。"

"你刚刚带给我们一个了不起的体验。"桑德斯嘲笑着说。

"请让我享受属于自己的时刻。"尼亚姆回复说。

"我想确认自己明白了你的意思，"蒂普顿说，"此刻我们两个世界间的壁垒很薄弱，怪兽正在导入能量，但是壁垒又没有薄弱到允许这只或其他怪兽穿越的程度。如果其他怪兽过来，贝拉会起来跟它打斗，这样让壁垒保持削弱状态的能量就会降低。"

"理解对了。"

"但是壁垒有可能再次打开吗？"桑德斯问，"足以让她穿越？"

“除非她自己发生核爆炸，”尼亚姆说，“没有证据表明她有那种危险。”

“所以你的意思是，得发生一次核爆炸才能促成穿越。”

尼亚姆思考了一会儿：“不是吗？不过在壁垒的这一侧确实需要，因为我们这边没有任何浓缩核裂变物质。不过假如贝拉在这边爆炸，你们的问题就彻底解决了，她死掉了，别的怪兽只有在另一侧发生核爆时才会穿越过去”

“太奇怪了。”蒂普顿说，似乎是在跟自己发牢骚。

“什么奇怪？”尼亚姆说。

“这边的东西能够感知我们那个地球；这世上存在一个平行宇宙的地球，而我们居然要通过原子弹才能发现它的存在。”

尼亚姆笑了：“老兄，如果你真想把自己的大脑烧掉，那不妨这样想：每次我们摆弄核能，我们不仅削弱了阻隔这个世界的壁垒，还有每一个平行宇宙中潜在地球与我们之间的壁垒。”

蒂普顿皱起眉头：“什么？”

“每一个壁垒，”尼亚姆说，“浩如烟海，数不胜数。”

“你怎么知道？”

尼亚姆耸耸肩：“只是数学罢了。”

“那为什么我们只能看见这一个？”

尼亚姆笑得更狂放了：“接下来的内容你会很喜欢的。因为据我所知，只有我们这两颗地球上都存在核能，怪兽天生就有，我们靠大脑获得。”

“那为什么直到怪兽越过壁垒我们才了解到这个世界的存在？”桑德斯问。

“因为我们自以为是。”尼亚姆说。

“再说一遍？”

“我们自以为是，”尼亚姆又重复，“因为我们只看自己想看的东西，没有想过把目光投到更远处。我们着眼于制造原子弹，没想过核能会如何扰乱多元宇宙。我们没考虑多元宇宙的存在，它就没集成在我们的模型里。”

“怪兽确实考虑过呗。”桑德斯半信半疑地说。

“当然没有，”尼亚姆说，“难以相信这我也得解释”的语气又出现了，“它们不考虑那样的问题，也从没想过创建一个平行世界存在或不存在的宇宙模型。它们只是在满足自身需求的前提下，明智地采取行动。它们感知到食物来源就会向那里移动，不会考虑是否穿过了平行宇宙之间的壁垒，它们踏足我们的世界，因为它们从没想过自己不能这么做。”

第十九章

“如果你不介意，我有几个问题想问你。”布琳·麦克唐纳对蒂普顿将军说。此时尼亚姆已经完成陈述并先行离开，我们即将结束今天的会议。

“当然可以，麦克唐纳博士。”蒂普顿说。

“首先我好奇你有哪些收获，以及你要回去汇报什么？”

蒂普顿瞄了一眼桑德斯：“我认为你的手下显然了解自己的领域，”他说，“这确实不容置疑，怪兽保护协会总是能找到优秀的人才。不过这次事件不同寻常，你能理解为什么在现实世界的我们会有些担心。距离上一次怪兽穿越已经过去了几十年，在此期间世界发生了变化。让一只怪兽就坐在壁垒上？这是安全问题，或者说一开始似乎就是个安全问题。”

“现在你觉得问题没那么严重了。”汤姆·斯蒂文斯说。

“对，”蒂普顿指出，“我明说了吧，这些讲解需要数据支持，这样我才能分享给后方的科学家们。如果他们通过数据得出不同的结论，我会通知你们，而且坦白讲，那样会非常遗憾。不过既然你们从没有捏造过数据，也就没理由认为你们这次会有什么动作。”

“谢谢你的恭维，将军。”

“不用客气，当然了，麦克唐纳博士，如果你们能想办法赶走贝拉，让壁垒上的破口完全闭合，你们就帮了我们所有人一个忙。用信息素什么朝她喷一喷，你们一直都在那么做。”

“我们也考虑过，”汤姆说，“不过因为她没有穿越的危险，我们就觉得那不成问题。而且孵化怪兽容易动气。”

“动气？”桑德斯问。

“如果贝拉觉得其他怪兽威胁到自己的蛋，她会把那只怪兽撕碎。如果我们派直升机过去驱赶，她会把我们视作威胁并尽力捣毁直升机，她可能会无休止地追逐直升机，搞不好还会把她引回田中基地。”

“我们可不喜欢被贝拉踩死。”麦克唐纳不动声色地说。

“所以我们认为暂时最好让她待在原地，”汤姆继续说，“我们用摄像机和仪器设备监视她，还会驾驶直升机实时观测。如果出现需要担心的状况，我会通知你们的。”

“她还要在那里待多久？”桑德斯问。

“直到她不再下蛋。估计她很快会下一窝，然后再下一窝。”

“所以是几星期？几个月？”

“至少再逗留一个月。”

“我知道你对这些生物感到好奇，桑德斯先生。”麦克唐纳说。

“当然了。”桑德斯说。

“好奇到你甚至想要贿赂我的飞行员在贝拉附近降落，”麦克唐纳继续说，“你要明白，你们降落后不久，萨蒂博士就上交了一份事件报告。因为飞行期间只要发生异常情况，他就有责任上报。”

桑德斯显得有点儿不安，但也没有过分不安。他回到了地面，身处会议室中，这里通常是他的赛场。“麦克唐纳博士，现在我已经认识到自己的热情超出了限度。”

“没错，确实如此，”麦克唐纳说，“请你解释一下。”

“我头一次来到这里，”桑德斯说，“见到这种奇景，见到所有的一切，激动得不能自已。错都在我，我很抱歉。”

麦克唐纳平静地看着桑德斯：“对于田中基地，你知道你家族的声誉不怎么光彩吧？”

桑德斯显得困惑不解：“我……还真不了解。”

“在六十年代，怪兽保护协会起步阶段，你的祖父把你们公司的同位素温差发电机作为电源推广到基地里来，其中包括第一批兴建的田中基地。一份报告表明，这里的怪兽似乎特别喜欢那个版本的同位素温差发电机，会专门去寻找它们。不过当时它得以批准使用，”麦克唐纳指向蒂普顿，“很大程度上是因为你的祖父贿赂了蒂普顿将军的前任。你愿意猜一猜接下来发生了什么吗，桑德斯先生？”

“我猜有很多怪兽造访基地。”

“对，包括一只核反应堆有缺陷的怪兽，它炸毁了基地，”麦克唐纳说，“原本田中基地建在水边，核反应堆有缺陷的怪兽常常会前往水中，也许是为了在达到临界状态之前进行冷却。这只怪兽到了水里，然后又去了基地。即使达到了临界状态，它也禁不住诱惑去寻找自己以为的食物。桑德斯先生，数十人失去了性命，讽刺的是，那些同位素温差发电机保留了下来，被埋葬在瓦砾之下，当然已经停止工作。”

“我不知道该说什么，”过了一会儿，桑德斯说，“只能说我不会贿赂蒂普顿将军。”

“我可以发誓我没有收受贿赂，我还在交着按揭贷款和三个孩子的学费呢。”蒂普顿说。

“我从没觉得你会受贿。”麦克唐纳对蒂普顿说。

“谢谢。”蒂普顿回答，语气中充满了讽刺。

麦克唐纳又把注意力转回桑德斯身上："不过我们知道你为达目的，不惜行贿，跟你的祖父一样。所以我再问一遍，桑德斯先生。告诉我，你为什么想要贿赂我的飞行员让你着陆？"

"麦克唐纳博士，我向你发誓，纯粹出于我个人的好奇心，"桑德斯有些恼火地叹了口气，"听着，我知道我可能偶尔会给人留下很差劲的印象，听听杰米怎么说。"他指向我，所有人都将目光向我投来。

"没错，他就是那样，"我确认了他的说法，"如果我没记错，被他解雇那天我就是这么对他说的。"

"对嘛！谢谢。"桑德斯对我说，然后又看向麦克唐纳，"今天一早我还处在自以为是的讨厌模式，所以被讽刺也是罪有应得。而且，我已经得到了教训。在这里做一个自以为是的讨厌鬼是行不通的，这一点在你们的直升机飞行员身上已经切切实实地得到了证明。抱歉，我可以保证以后再也不会发生这种事了。"

麦克唐纳盯着桑德斯，然后又看看蒂普顿："将军？"

"话说，跟他相处了两天，我可以发誓他的确是一个讨厌鬼，"蒂普顿说，"跟你们的飞行员一样，他的请求也让我大吃一惊。我没有理由相信那不是一时的冲动。"

"杰米？"麦克唐纳转向我。

"啊？"我说，因为我就是那么八面玲珑。

"马丁说他看见，桑德斯企图贿赂之前就跟你在直升机里窃窃私语。你们在说什么？"

我忽然有了一个想法，然后又暂时把它封存了起来："我们在谈《颠倒乾坤》。"

麦克唐纳显得不解："你们两个要交换位置[①]？"

①电影《颠倒乾坤》的英文原名 *Trading Places* 有"交换位置"的意思。

“不是，”我说，“有一部电影名叫《颠倒乾坤》，八十年代的老片子了。”

“艾迪·墨菲演的。”汤姆主动补充。

“就是那一部。”我说。

“为什么要谈论那部电影？”麦克唐纳问。

“只是碰巧聊到了，罗布是艾迪·墨菲的热心影迷。”

麦克唐纳看向桑德斯寻求确认。“没错，”他说，“早期的艾迪，不是后期的。不过《我叫多麦特》[①] 相当好看。”

“你们没谈别的？”麦克唐纳对我说。

“在那之前我们聊了聊美食心语，那是他创立的公司，我在那里工作过，后来被他不由分说地解雇了，”我说，“他想要告诉我，解雇不是针对我的个人能力。”

“你怎么看？”汤姆问。

“实际情况是，我突然丢了工作，也没有钱，接下来的六个月就一直在艰难地送外卖。”

“你告诉他了吗？”

我看着桑德斯：“其实，他已经知道我当他是个讨厌鬼了。”

麦克唐纳点点头。“好吧。”她说完又转向桑德斯，“恭喜你，桑德斯先生，你已经一振[②]，没有进一步的过失。如果再次越界，再次惹恼或干涉怪兽保护协会的员工，我不在乎你有多少钱或者有多么硬的关系，我会让你的生活变得痛苦不堪，你肯定再也不会来这里了。你听明白了吗？”

“明白了，”桑德斯说，“谢谢你们，我很抱歉。”

“好，”麦克唐纳看看自己的智能手表，“晚餐前我们还有几个

---

① *Dolemite Is My Name*，艾迪·墨菲主演的传记片。

②表示棒球比赛中击球手一次挥棒落空或相应的失误，三次挥棒落空或相应的失误，击球手自动出局。

小时，所以如果你们没有别的需要，我建议休息一下；如果你们愿意，我很乐意陪你们共进晚餐。”

“那太好了，谢谢。”蒂普顿说。

麦克唐纳点点头。“那就定在六点半，”她说，“我让杰米去住处接你们。”大家纷纷起身离开会议室，只有我还得清理茶点。收拾妥当后，我把它们放在餐车上，然后走向食堂。

路上，我看见蒂普顿和桑德斯站在一旁交谈。我朝他们走过去，蒂普顿很激动，他正用一种很刻薄的方式戳着桑德斯的胸脯。蒂普顿见我走近，便结束了跟桑德斯的交谈，朝我点点头后径直离开了。

“没事吧？”我问桑德斯。

“今天所有人都在教训我。”他说。

我点点头：“将军怎么说？”

“他刚刚说，作为来到壁垒这一侧的观光客，我今天的所作所为是他见过的最蠢的，怪兽保护协会不在乎我是谁的儿子，也不在乎我有多少钱，你们总能找到别的亿万富翁来资助，因为你们有该死的哥斯拉，有钱的书呆子会为那玩意儿在门口排队。顺便说明，‘该死的哥斯拉’是他的原话。”

“毫不怀疑，”我说，“恐怕‘有钱的书呆子’也是。”

“倒也不是不可能！”桑德斯可怜地笑起来，“所以，没错，今天不是我的幸运日。”

“受点儿羞辱也不是什么糟糕透顶的事儿。”我表示。

“这我还是头一回听说。”桑德斯说完又想起了什么，“你今天在会上为我撒谎，没有揭穿我们在谈论我要贿赂飞行员的事情。”

“我没撒谎，”我说，“我只是有选择地交代了我们的谈话主题。”

“你为什么要那样做？”

“我为什么不那样做呢？”

“嗯，首先，你认为我是个讨厌鬼。”

“你的确是个讨厌鬼，”我重申了一遍，“不过我认为批评已经达到目的了，再多的话就是火上浇油。我觉得你已经真心悔过了。”

“今天我当然已经受到了足够多的教训，”桑德斯说，“这里跟我想的不一样。总之，谢谢你。”

我再次点点头：“你现在有什么打算？”

“问倒我了，”桑德斯说，“这里也没有多少活动。我可能要回去面壁思过，等待晚餐。为什么要问这个？”

“是这样，”我说，“你今天过得很糟糕，是吧？”

“是啊，所以呢？”

“我想补偿你一下。”

“怎么补偿？”

“等我把这些处理好，”我指了一下餐车，“我们可以出去走走。”

“我们会惹麻烦吗？”我们踏着楼梯下到丛林的底层时，桑德斯问我。我们本可以乘电梯，但是在基地不停地搬运了几个星期，再加上我先前在东村无电梯公寓送了半年外卖，所以走楼梯对我来说不成问题。不过桑德斯有点儿喘，我们俩下楼梯时就是这种状态。

“完全不会，”我说，“反正按照你们原本的计划，我明天也会带你们来这里参观。不过你们取消了这个安排，这项活动就不在日程之中了。我只是把它重新放进去。”

“也许我们应该告诉蒂普顿一声。”桑德斯说。

“不用。他以前来过多少次来着？我想他应该见识过了，”我们来到楼梯最底部平台，我站在闩住的门前，“对你来说这是全新的体验，准备好了吗？”

“准备好了。”桑德斯气喘吁吁地说，我抽出门闩，打开门，在口袋里启动了尖啸器。我们来到外面的丛林底层。

“不可思议。”桑德斯看着四周说。

“是啊。”我表示赞同。

“这里安全吗？”

“安全这个词我们在这儿不怎么常用，”我说，“但是已经最大限度地保证安全了，只是你要知道，别走得离我太远。”

桑德斯笑了：“那么你成了我的保镖。”

“差不多吧。”我再次附和他的说法。

我们出门向树林溜达了一段距离，接近树林的时候，我把手伸进兜里关闭了尖啸器，大约十秒钟之后，第一只林蟹突然从一棵树后绕出来，把触须指向了我们。

“哇哦。”桑德斯居然真的愚蠢到向那家伙伸出了手。我又启动了尖啸器，那只林蟹急忙逃走了，“你看见没有？”

“我当然看见了。”我说。

“这些是什么？”

“我们称之为林蟹。我知道，没什么想象力。”

“它们危险吗？”

“它们有毒。”我说。第一次与它们交锋后，我了解到林蟹的毒液基本对人类无害，它会让你产生疼痛感，足够多的话还会让你难受一整天，但是不可能令你丧命。这也是里杜选择由它们来把新人吓得屁滚尿流的原因之一。不过我不会告诉桑德斯。

“所以我或许不应该去摸它。”他说。

我关掉尖啸器。“你随便，”我伸手指向那棵树，林蟹又从后边飞快地爬出来，这一次桑德斯吓得直往后退，离我的距离也稍微远了一些。

我悄悄往远离桑德斯和那棵树的方向迈了一步。“小心。”我说。

“为什么？”

“它们往往成群结队地行动。”我指向那棵树，又有三只林蟹飞快地爬了出来。

“好吧，我觉得已经看够了。”桑德斯表示。他的目光没有离开林蟹，反过来林蟹的触角也没有离开他所在的方向。

我又朝远离桑德斯和树的方向悄悄迈了一步：“罗布？”

“干吗？”

“在野外的时候，你为什么想出去？”我问，“我指的是你的真实目的。”

“我已经说过原因了。”他说。此时出现了更多的林蟹，它们已经开始叽叽喳喳地互相交流。

“不是，”我说，“你撒谎了。他们问我的时候，我不停地打岔才让他们对你编造的理由信以为真。可我知道你在撒谎。”

“是吗？你怎么知道？”说这话时桑德斯看着我，一只林蟹趁机从树上快速地落到地面。它用一条腿小心翼翼地敲着地面，仿佛是在试探坚固与否。桑德斯用眼角的余光看到这个动作，注意力又全都集中到爬满林蟹的那棵树上。

“因为你想打一个该死的‘杜克赌’，”我说，“你信心满满，以为可以让马丁唯命是从，我觉得你很可能早有准备，也就是说你一早就制订了计划。”

“你的猜测可不少啊。”桑德斯说。

“好吧，你自己看着办。”我说完就转身走开，在我身后，我听见一个落地的声响，一只林蟹从树上掉了下来，完全落在了地上。

“等等！”

我转过身，桑德斯极为短暂地向我投来一个六神无主的表情。此时地上有三只林蟹，其中一只已经向他爬去，步伐轻松而平稳。

“此事只能你知我知。”他说。

在即将被吃掉或者自认为即将被吃掉的时候，他还想讨价还价，虽然不情愿，可我还是羡慕他这种定力。“继续说吧。”我说。

“我想获取一个样本。”他说。

我对此皱皱眉，发现离他最近的林蟹已经可以跳到他身上，于是快速开关了一次尖啸器，林蟹迷惑地停下脚步，站立起来。

“什么意思，你想获取一个样本？”我问。

“我随身带了一支注射器，”桑德斯说，“并告诉他们这是用于注射胰岛素。”

“你有糖尿病？”我问，同时再次短暂地启用了一下尖啸器。

“没有，只是跟他们那么说。”

“注射器现在在哪？”

“在我口袋里。”

我又开关一次尖啸器：“给我看看。”

桑德斯从连体服口袋掏出一个密封的袋子，里边装着一套注射器和针头，型号很小。我笑了起来。

“怎么了？”桑德斯说。

“你是不会把这东西扎到贝拉体内的，我的老兄。”

桑德斯看起来很气恼，或者说在恐慌状态下，已经尽可能地显得愤怒：“不是给贝拉用的。”

一切在我脑海里都解释得通了。“噢，我明白了，”我说着又开关了一次尖啸器，也许是我一直在想象，可我觉得林蟹已经被激怒了，“你想从她的蛋里面取样。”

“是的。”桑德斯说。

“可我们已经记录了怪兽的遗传物质。”

桑德斯摇摇头："另一边可没有。我们有基因的数据，但是没有基因。"

"你以为你能带着样本畅通无阻地回去？"

"我有胰岛素瓶。"桑德斯说，最前边的林蟹终于等得不耐烦，扑向桑德斯。他尖叫着侧身，林蟹从他身旁掠过，还没落地我就把尖啸器的效力启动到最大，林蟹落地逃跑，其他几只也一样。

我走向桑德斯："所以你觉得自己只要在充满核辐射的怪兽活动区降落，轻松走到孵化凝胶旁边就行了？那里爬满了类似的生物，"我朝林蟹逃走的方向一挥手，"但是要可怕得多，你采集样本，我们任何人都察觉不到。你计划神不知鬼不觉地把样本带回我们的地球。"

"对，基本上是这样。"桑德斯说。

我关闭尖啸器，林蟹再次从树后探出来。

"能有这种自信肯定很了不起。"我说。

"事后来看，我发现这个计划有缺陷。"桑德斯瞄着林蟹说。

"是有几个漏洞。"我表示同意，同时启动了尖啸器，林蟹仓皇逃跑，桑德斯脸上缓缓领悟的表情表明，他终于察觉到林蟹的行动似乎过于同步了。我笑着从口袋里掏出尖啸器，"它可以驱赶它们，"我说，"除非我把它关闭。"

"你故意带我下来的。"他眯起眼睛说。

"当然了。"我承认。

"为什么？"

"因为我比其他人更了解你，而且我很好奇。另外，你对我的恶劣行径我必须以牙还牙。"

"好吧，干得漂亮，"桑德斯说，"你绝对是大仇得报了。"

"还没完呢。"我摇晃着尖啸器，没等桑德斯冒出把它一把夺走的想法，我就把它揣进兜里。他抢不到——我比他更加灵活敏捷，因为我干的就是体力活——不过，为什么要让他有那种想法呢？

“你还想怎么样？”桑德斯问。

“说到要怎么惩罚你。”我说。

桑德斯瞪大了眼睛：“不是吧？”

我看了他一眼：“怎么，把你扔在这里让林蟹吃掉？不怎么巧妙。我是说，也不是不可以，而且我可以让他们相信我是无辜的。毕竟你都已经傻到要在怪兽活动区降落了。假如我说你直接跑进了树林，只留下一具骸骨，也不会有人怀疑我。”这当然不是真的，虽然林蟹乐于把他的尸体吃得只剩下骨头，但它们不会杀死他。我没有如实说明，“不过那时你已经死了，也就得不到什么教训了。”

桑德斯翻了一个白眼：“老天啊，别学电影里的大反派，有话赶紧说。”

“你已经失去了在怪兽地球的特权，”我说，“这是你第一次也是最后一次来访。”

“你无权过问，”桑德斯说，“这里麦克唐纳说了算。”

“只是你我之间的事情，”我说，“除非你想让我把你的阴谋告诉麦克唐纳。”

“我们两人各执一词。”

“听我给你分析，麦克唐纳已经对你有所了解，所以我会赢得她的信任。不过我还留有后手——”我把手伸进连体服身前的口袋里，掏出手机给桑德斯看，手机显示正在录音，“录音已经上传至我的本地云账户，所以不用费心来抢了。”

“所以你想让我再也别回这里。”

“对啦，基本就是这样，”我说，“否则我就把录音交给麦克唐纳，她能让你再也回不来。此外，你恐怕还得为偷带物品或者他们对你提出的任何指控紧张焦虑——我说不好，不过听上去挺有意思——我猜他们会通过秘密法庭之类的机构解决，毕竟这里是保密的。”我挥手示意周围的整个世界，“你自己选吧。”

“你真是个浑蛋。”桑德斯说。

“我能说什么呢，有你做榜样啊，”我对他说，“那么抓紧时间，我们得抓紧回去让你吃晚饭呢。”

“等等，”桑德斯说，我能感觉到他要给自己找补，“这一回合你获胜，心服口服，你真行。不过——如果你能放弃这个念头，我会好好补偿你。”

“诱人，”我说，“但我不接受！现在我要走了，还会关闭尖啸器。你可以跟上我，也可以留在原地，随你便。”我迈步要走，过了片刻，桑德斯跟上了我，尖啸器我倒是一直都没关，毕竟即使林蟹不会杀死你，它们也不是啥好惹的。

当我们走到门口，桑德斯抬头看了看楼梯。“没有电梯吗？”他说。

“没有，”我说，“对，没有。”

第二十章

第一批观光客的闹剧过去之后，接下来的两批平静得让人高兴，他们都是科学家和政客，只有一名亿万富翁，谢天谢地，他的行为还算规矩，不需要我用林蟹来威胁。按照要求，我担任他们的导游，好好招待他们，充分利用时间。我回答他们提出的问题，确保他们准时到达需要去的地方，我还在某个场合下主动跟一位腼腆的诺贝尔化学奖得主共唱了卡拉OK二重唱《压力之下》[①]。照料火箭科学家并不需要像搞火箭科学那样掌握高精尖的技术。

不担任导游的时候，我就尽量追赶搬运工的工作量，因为在我四处运送我们的观察者时，瓦尔承担了大部分任务。对于我因为要忙其他工作，而让她接手我的烂摊子这件事，瓦尔从不抱怨，但这并也不代表我不觉得难受。

我沉溺于愧疚之情和搬运工作，别人也不是没有察觉。“你在过度消耗你自己，”汤姆提醒我，“这次驻守你才度过了一个月，再这样下去，五个月之后你就被掏空了。”

我考虑了一下：“真的只过了一个月？”

---

①大卫·鲍伊和皇后乐队合唱的一首歌曲。

"一个月零一周，约等于一个月。"

"哇哦。"

汤姆微微一笑："觉得不止一个月？"

"那倒不是，"我说，"只是感觉好像这辈子我一直都在这里。"

汤姆点点头："时间在这里有不同的尺度，我们跟人类隔绝，关于他们的一切事务我们都了解不到。还记得新闻吗？比如你上次想起病毒是在什么时候？选举呢？"

"这个嘛，我投过票了。"我说。送桑德斯过来时，怪兽保护协会给田中基地的美国公民送来了邮寄选票，他们离开时也把我们的选票捎了回去。

"那是当然，可是你还在意选举吗？"

"不怎么在意，"我承认，"其实我稍微有点儿奇怪选举怎么还没开始。"

汤姆又点点头："我想说的就是这个意思，时间在这里几乎没有任何意义。等到三月你回纽约，回去之后的头两个星期基本都是在补新闻，一边补一边说'他们干了什么？！'"

"我不确定自己是否期待那样的生活。"

"毫无疑问，过去几年情况格外糟糕，也就是说时间在这边的确还在起作用，你应该调整自己的节奏，我们在这边所做的一切几乎都没那么至关重要，你不必耗尽自己的精力去完成。"

我震惊地看着汤姆："你这新教徒式的职业道德是从哪学来的，年轻人？你读的可是商学院啊！"

"我明白，我明白，我让资本主义蒙羞了。可我宁愿稍微增加自己的日程来削减你的日程，这样我自己会感觉好点。"

"你要替我搬东西？"我问。

"哦，那不可能，"汤姆说，"我要把你从出现场的任务调走，然后把自己加进去。"

“真的吗？”过了三周，现场的大多数仪器套装要么没电，要么出现故障，或者图像无法使用，因为说不定哪只生物会撞翻它们或者蹭上去黏液。科学同人准备在最后一批观光客离开后更新仪器套件，本多基地一关闭穿越通道就会进行维护，我们会护送科学家过去。“你为什么要这样做？”

“我想说因为我是个好人，而且我关心你。不过实际原因是里杜·塔加克觉得轮到我来重新审核地面和武器培训的成果了。假如你在重审之后立即执行实地任务，你的重审过程会持续更久。”

“没人告诉我。”我说。

“过了审核才会执行任务，所以这是一种暗示。”

“不，我完全没领会。”

“好吧，祝贺你，杰米，从现在开始再来这里驻守两轮你才需要重审。我替你执行完任务，就会获得同样的资格。除非你非常想去。”

“不，你去吧。我想让你抓住这次机会。你去现场的时候，我刚好可以搬运物资。”

“你在故意忽视我的建议。”汤姆说。

“不，不是。我收到你的建议，充分且严肃地考虑过了。”我说，“然后我拒绝接受。”

“我提供帮忙竟然得到了这样的结果。”

“你要是想帮忙，我这里有东西需要你帮我运送。很沉。”

“我还是别了。”

“懦夫。”

“该死，信号又没了。”尼亚姆生气地盯着物理实验室的显示器，引发怒火的导火索——屏幕——一片空白。

“什么信号？”我问。我来物理实验室取走要送往仓库的设备，田中基地的实验室很小，不在使用中的设备都要被运走，为正在使用的设备腾地方。

“来自怪兽现场的信号。”尼亚姆指着屏幕说。

“好吧，也该停止传输了，不是吗？”我说，“他们正在那里更换设备。”时值我们送走最后一批观光客之后的那个周二，也就是观光客被送回人类地球的第二天，本多基地关闭穿越通道并进行维修的当天。怪兽地球将在两周的时间里跟外界失去联系。

尼亚姆很快纠正了我的误解。“不，不会停，”尼亚姆说，“反正不应该停。个别仪器套件在我们更换时会停机，可我说的这个信号是由航空器传输的，它的摄像头和仪器设备是单独的。航空器没有被更换，结果却断线了。”

“经常发生吗？”

“发生得越来越频繁。航空器跟其他任何机器设备一样，可娇贵了，大概应该多加维护保养。”我被逗笑了。“怎么了？”尼亚姆见我笑便问道。

“听你这么抱怨，好像六周前你就知道它们的存在似的。”

“听着，伙计，这边的时间很诡异的。”

“汤姆前几天也刚刚和我这么说过。”

“我也没说错，”尼亚姆继续说，“自从贝拉蹲坐在那里开始，我们就一直在使用同一架航空器。时间过去很久了，如果我们失去那架航空器的信号，仪器套件的数据我们就都收不到了。”

“你们会丢失数据？”

“不会，如果信号中断，数据会被记录在本地设备上，不过最终存储器会爆满，然后我们就会丢失数据。”尼亚姆对此来了脾气，因为上次他去安装了设备，自然就成了反馈数据的所有者。

我点点头：“信号失效多久了？”

“刚刚的事儿，”尼亚姆说，“我在观察空中信号，等待检查新仪器的连接情况。直升机刚刚放下所有人员，他们正在更换仪器。然后你进来分散了我的注意力。等我再去观察时，就没有信号了。”

“真遗憾。”

“你最好是真心的。”尼亚姆对着屏幕若有所思，“信号通常最多中断几秒钟就会恢复，这次的时间更长。真讨厌，我想要更多数据，没有被蹭上寄生虫黏液的仪器套件发出的数据！”

“我会路过行政办公楼，”我说，“你希望我告诉他们航空器停止传输信号吗？他们通过无线电跟一号直升机联系，可以查看是否存在明显的故障。”

“我确定会没事儿的，”尼亚姆说，“当然去跟管理人员投诉一下更好，这样他们讨厌的人就会是你，而不是我。”

“我这就去。”我说。

我到了行政办公楼，发现阿帕娜和卡胡朗吉也在。“航空器的信号没有了。”阿帕娜对我说。

“我知道。尼亚姆让我来投诉呢。”

卡胡朗吉指着布琳·麦克唐纳的办公室。“还有一个问题，”他说，“无法联系上一号直升机。”

我皱起眉头：“有多久了？”

“从我们来这里投诉航空器反馈的信号消失开始。”

“所以不是太久。”

“对，可是航空器信号消失加上直升机失去联系，这两件事同时发生挺奇怪。”卡胡朗吉说。

“尤其是在一只怪兽附近。”阿帕娜补充说。

我点点头，自己原来还没有把这些情况充分联系起来，有什么东西或什么人也许骚扰到贝拉，导致她从孵化的静默状态被唤醒。假如情况果真如此，那么对于航空器、直升机和每个执行任务的成员来说可就太糟了，后者包括卡胡朗吉和尼亚姆的蓝队同僚。

我刚刚想起来，还有汤姆·史蒂文斯。

麦克唐纳走出她的办公室，面露不悦。她正要跟阿帕娜和卡胡朗吉说些什么，看见我也在场，便停住了。

“我知道信号和直升机的问题。”我对她说。

“那么我想你应该去飞机场跟马丁·萨蒂谈一谈，”她说，“保持低调，谨慎行动，飞机场有自己的无线电设备，也许他可以从那里联系一号直升机。”

“要是他联系不上呢？”我问。

“走一步看一步吧。”麦克唐纳说完朝阿帕娜和卡胡朗吉转过身，“你们先别跟其他人透露这件事。”

“尼亚姆·希利也知道有事发生，”我说，“我正是和他聊完了才过来的。”

“我们可以跟尼亚姆说明情况。”卡胡朗吉说。

“不过这件事儿我们无法保密太久，”阿帕娜提醒说，“可以获取航空器信号的不仅有我们，艾恩很快就回到实验室，查询那个信号。”

“我担心的不是航空器，”麦克唐纳说，“它们时不时就掉线。困扰我的是一号直升机失去联络，”她看着我说，“你怎么还在这儿？快去。”

我奔向门外，前往机场，匆忙得差点忘了拿上帽子和手套。

马丁·萨蒂见到我似乎没有吃惊。“你从行政办公楼过来？”他问。

“对。”我说。

“他们也联系不上一号直升机了？”

“对，航空器的信号也中断了。”

“中断了多久？”

“跟一号直升机失去联络的时间一样久。”

“信号中断之前传输了什么内容？”

“我没看见，当时正跟希利博士说话。信号中断前，希利博士正在查看，但也没看到什么。”

萨蒂点点头：“好吧。那么，我们走。”

“什么？”

“我们有一架直升机失去联络，有一架航空器掉线，都发生在一只怪兽附近，”萨蒂说，“我们需要用眼睛观察，而你就有眼睛。”

“你也有眼睛，”我说，“我还要回去汇报。”

“也是，”萨蒂掏出手机点亮屏幕，打了几个字，“好啦。”

“什么好啦？”我问。

“我刚给麦克唐纳博士发信息，我要临时借调你。”

“她明白那是什么意思吗？”

萨蒂看着我：“麦克唐纳博士派你来这里而不是给我发信息，就表示她希望这件事暗中进行，她也想找出答案。我告诉她我要借调你，就说明我会给她答案，不管是谁偷看到这条信息，都不会知道到底发生了什么。我总是借调人员。”

“明白了。”我说。

“但愿你能明白。”

“你觉得是怎么一回事？”

“我也不知道，所以我们要出发去现场。不过假如我们发现那只怪兽动了起来，我就清楚地知道我们会怎么做了。”

“怎么做？”

“在被她发现之前逃离那里。假如她起来四处活动，肯定有什么东西把她气得够呛。她要是发现我们，势必会把我们追赶到坠毁为止。”

“告诉我你看见了什么？”我们在现场盘旋时，萨蒂说。

我看见了如下画面。

一号直升机在湖岸附近坠毁，仍在燃烧和冒烟。

丛林生物在怪兽领地和坠毁现场附近的地面上爬行。如果有人在坠毁中生还，那些生物也会杀死他们。

我们的朋友牺牲了。

我这样告诉萨蒂。

他不动声色地点点头。“那么，”他说，“告诉我你没看见的。”

“我没看见航空器。”我说。

“还有什么？”

“我没看见贝拉下的蛋。”

“还有呢？”

“我没看见贝拉。”

她不见了，她的蛋也不见了，她所有的寄生虫和伴生生物也不见了。

一切都不见了。

“这不对劲儿。”我说。

“确实。”萨蒂同意我的看法，“那么，和我说说原因。”

原因是：我向下观察着贝拉原来所在的位置，那片区域看起来不像是贝拉曾经待过又离开的地方。

当我仔细观察，结果贝拉仿佛从始至终根本就没来过。

第二十一章

“那么，她去哪儿了？”布琳·麦克唐纳问。我们在行政办公楼的会议室：布琳、简妮巴·丹索、阿帕娜、尼亚姆、卡胡朗吉，还有我和马丁，我们俩参会是因为去过现场，需要回来汇报。我的朋友们参会是因为现场数据主要由他们使用，而且尼亚姆和卡胡朗吉在蓝调队的同僚显然已经在一号直升机坠毁时丧生，他俩成了各自实验室名义上的负责人。

实话实说，跟基地里的所有同事一样，我们还深陷震惊之中。我和萨蒂一回来，麦克唐纳和丹索就向田中基地的人员报告了这场事故，当时尽管我的朋友们闭口不谈，但是流言已经满天飞。没道理让流言继续乱窜。

每个人都感到悲伤，在我们这样小规模的基地里，大家彼此都认识，我们刚刚失去五位同事。会议室里每个人至少都有事做，可以让自己忙起来。

“我们一无所知。”阿帕娜这样回答，她将笔记本电脑里的画面投在会议室巨大的壁挂显示屏上。画面似乎是一张“本地”怪兽地图，覆盖了拉布拉多半岛几百公里的范围。“贝拉受到严密的监视，她的身上安装了电子标签，即使航空器在现场坠毁，我们仍然可以从其他已知设备接收数据。但是有一块小小的盲区，坏掉的航空器原本覆盖了那里，跟其他设备的覆盖范围没有交集。所以她可能就在那片盲区，不过如果真是这样，马丁和杰米应该能够看到她。”

“我们什么都没看见。”萨蒂说，我点点头。我们在空中勘察过现场，同时也进行了拍摄，我们在那片区域绕了一大圈，想要找到贝拉。“她不在那里，没有任何线索指向她可能会去哪里。”

“她真的飞走了，”丹索指出，“她不会留下痕迹，也不会像其他怪兽一样在路上走。”

阿帕娜点点头：“她不会留下痕迹，但是不管去了哪个方向，她都必定出现在我们的地图上。即使去了航空器最少的西南方，至少也会几分钟闪现一次。”

“她身上的追踪器可能掉落了，”卡胡朗吉说，“我们第一次来基地时看见的那只怪兽就出现了这种情况。”

“凯文。”我说。

“就是那一只。”卡胡朗吉应和道。他没有笑，怪兽的常用名头一次显得没那么滑稽。

“所以你认为她突然离开，还弄丢了追踪器。”萨蒂对卡胡朗吉说。

“不确定，但似乎有这种可能，”他对阿帕娜点点头，“既然我们现在有一个追踪盲区，那么如果追踪器在那里掉落，就很容易解释了。”

麦克唐纳看着萨蒂：“我们多久才能往那片地区再调一架航空器？”

“我们随时可以把西南方的那一架调派过去，”他说。作为田中基地首席飞行员和飞行器主管，他也负责这座基地名下的航空器，“但是它们行动缓慢，最近的一架飞过去需要大半天时间。”

“我们需要更快知道答案。”

“它们没法飞得更快，”萨蒂说，“不过如果你愿意的话，我们可以同步安排小美人号飞艇充当临时航空器，它眼下没在执行其他任务。把航空器里的设备放进飞艇，让飞艇漂浮在那里，直到我们操纵真正的航空器就位。”

麦克唐纳看着丹索，后者点了点头。“就这么干。”她说。

阿帕娜举起手：“还有一个问题。”

“怎么了，乔杜里博士？”

“要么贝拉可能藏在我们的盲区，要么她的追踪器也许掉在了那里，”阿帕娜认可此前的分析，“但这些都没有解答她的蛋都去哪儿了。所有蛋都不见了，一个也不剩。”

“她离开后被别的生物吃掉了。”丹索表示。

“我确信别的生物会去吞食，”阿帕娜说，“但是没有那么快。”她转向我，“你说你没看见蛋，也没看到孵化凝胶。”

“对，”我向她证实。萨蒂也点点头，“我们飞得很高，所以也许没有看得真切。不过我们知道贝拉所在的位置，那里一无所有。没有贝拉，也没有蛋。”

“贝拉不会抛下自己的蛋，除非出现紧急情况或者迫在眉睫的威胁，”阿帕娜对麦克唐纳和丹索说，“我们知道怪兽物种有基本的营巢行为。不过假如她脱离在巢中栖息的状态，她不会——也不能——带上自己的蛋，”她指着屏幕，“贝拉不见了，这件事很奇怪，可是怪兽蛋完全消失？这不可能。”

丹索看向尼亚姆。“除非……”她提示了一句。

“除非贝拉穿过了壁垒。”尼亚姆说出了丹索的想法。

“有这种可能吗？”

“应该没可能，”尼亚姆缓缓地说，“她的营巢行为削弱了平行世界间的壁垒，但不足以让她穿越过去。开始孵化以来，她的身体状态也没有发生变化，没有任何数据表明发生过变化。即使有变化，”尼亚姆指向阿帕娜，“她说得没错，蛋仍然会在原地，不会随她消失。”

“为什么不会？”卡胡朗吉问。

“因为说到底它们还没有长出自己的小核反应堆。”尼亚姆说。

“可是贝拉的寄生虫会随她离开，”麦克唐纳说，“它们也没有生物核反应堆。”

“如果它们当时在她身上，当然会是这样，”尼亚姆说，“它们的确会一起离开，可是贝拉生下的蛋不再附着在她身上，自然也不会随她一起穿越到另一侧，就跟它们不会随她在这一侧飞走一样。”

“所以问题不是‘贝拉在哪儿’，而是‘贝拉的蛋在哪儿’。”麦克唐纳说。

“正是。”

“那么，她的蛋在哪儿？”

“不知道，”尼亚姆说完停下来重新思考了一下，“不，不对。我有个想法，但我不怎么喜欢这个念头。”

“跟我们讲讲。”

“你们也不会喜欢的。”

“到底是什么？”

“贝拉和她的蛋确实穿过了平行宇宙间的壁垒。”

“你刚刚说她不能穿越。”丹索说。

“她不能，”尼亚姆确认，“她的蛋显然也不能。凭一己之力无法实现穿越。”

“别卖关子了，希利博士。”麦克唐纳说。

“我不是故意拖拖拉拉的，我发誓。”尼亚姆说，“我只是还在大脑里试图厘清这件事的来龙去脉。不过无论如何，这都是明摆着的事，如果壁垒这一侧没有条件促成贝拉和她的蛋穿越，那么就是另一侧的某种情况导致的。我只是想不明白会是什么情况。”

“一场核爆。”卡胡朗吉说。

“伙计，假如现在有核弹在加拿大的乡村爆炸，那我们早就彻底完蛋了。”

“不是核弹还能是什么？”我问。

“我不知道，”尼亚姆的回答和刚才一样，“穿越平行宇宙间的壁垒需要大量核能，要么一次性释放，要么在一段时间里持续积累。”尼亚姆指向壁挂显示器映出的地图，“壁垒另一侧与贝拉所在处——或者说曾经所在处——对应的位置什么都没有，只有森林，没有城市和道路，没有人，绝对没有核能量可以把贝拉和她的蛋吸引过去。”

“所以她没道理穿越到我们的世界。”麦克唐纳说。

“是没有道理，”尼亚姆表示赞同，“但也只有这个观点能解释我们观察到的现象。”

“除非我们错过了什么，”卡胡朗吉说着指向阿帕娜的电脑，“我可以借用一下吗？”

阿帕娜点点头，卡胡朗吉接过电脑，访问了我们这次会议专用的保密文件夹，萨蒂已经把我们那次飞行拍摄的视频放在了里边。卡胡朗吉细致梳理了视频，播放到直升机摄像头清晰拍摄的一段地面影像，画面里一些生物聚集在地面上。

“我们要的是看什么，劳塔加塔博士？”丹索问。

“我之前看过这段视频，画面里有些东西让我感到不解，但我又没法明确辨别，”卡胡朗吉说，“我忽然想到一个不协调的地方——所有这些生物都聚在一起，没有一只互相攻击。”

“所以呢？”

“如果我说得不对，请直接纠正，可是这些生物里至少有一些是其他生物的猎物，”他看向阿帕娜，“对吧？”

阿帕娜眯起眼睛仔细观察屏幕，努力分辨不同的物种："看起来是这样。"

卡胡朗吉点点头，又指向屏幕。"这就等同于鳄鱼不去吃河边无助的瞪羚幼崽，除非鳄鱼认为周围有更好的食物，否则不会出现这种情况。"他看向我，"你发射过信息素罐，知道它爆炸时这些生物有什么反应。它们不顾一切去追逐它。"

"差不多吧，"我说，"不过也别让我说的'吧'字打折扣。"

"这不是精密的科学，"卡胡朗吉同意我的说法，"但是原则上站得住脚。"

"你是说有什么东西在释放信息素？"麦克唐纳说，"即便如此，那与希利博士的说法有什么关系呢？"

"跟信息素无关，"卡胡朗吉说，"信息素是我们能放进罐子的成分之一，另外的成分还有锕系元素，这里的动物群落会为之疯狂。当然它们最喜欢的是铀元素，"他把画面暂停，"附近有很多铀元素或者它们以为附近有很多时，就会出现这种情况。"

"另一侧相同的位置是否存在大量铀元素？"尼亚姆问。

"不清楚，得查一下地图。"卡胡朗吉说。

"你还自称地理学家呢。"

卡胡朗吉对此一笑，我想这大概是开会以来第一次有人露出真正的笑容。"就在几周前刚刚发生核爆的地方，"他说，"所以仍然对本地生物有很大的吸引力。我们推断这贝拉选择在这里孵化怪兽蛋的原因就在于此——她的寄生虫会找到足够的食物。不过现在的现象表明，还有某个我们不知道的事件要么直接给这一区域带来了更多锕系元素，要么暂时造成了那样的假象。"

"会是什么事？"麦克唐纳问。

"不确定，"卡胡朗吉说，"然而无论发生了什么，我敢打赌那不是自然发生的，而是我们造成的，我们人类造成的。"他对尼亚姆点点头，“未必是核交战，但肯定跟人类有关。”

“时机挺巧。”萨蒂说。

我领会了他的意思，转向麦克唐纳和丹索：“我们跟另一侧失去联络多久了？”

“本多基地关闭通道时联系就断了，通常还要持续几周。”丹索说。

“能缩短吗？”

“这可不像扳开关那么简单，”她说，“他们需要拆开设备维护，而且已经开始了。即便是紧急情况，仍然需要几天时间才能完全组装回去，恢复工作状态。”

“眼下的情况是有点儿紧急。”尼亚姆说。

“我们现在遇到的问题还不足以让他们加快速度。”丹索说。

尼亚姆难以相信：“一只该死的怪兽穿越到另一边还不够紧急？”

丹索指向阿帕娜：“乔杜里博士说我们还有盲区，所以我们需要先检查那些盲区的情况。眼下我们可不想当喊狼来了的孩子。”

“等一下，”我说，“世纪营不是穿越到这边的唯一通道，其他大洲还有别的通道。”

“没错。”麦克唐纳说。

“我们不能把消息通过它们传送回去？”

麦克唐纳摇摇头：“我们的航空器网络没有覆盖那么广，只覆盖附近地区——我说的‘附近’是指北美大陆。如果需要发消息到欧洲、亚洲或大洋洲，我们通常通过世纪营发送，再从另一侧转发。”

“一定还有我们可以采取的措施。”

“我们可以利用小美人号，”麦克唐纳说，“派它去欧洲的怪兽保护协会基地，不过归根结底，它也不会更快。而且我们还要用到小美人号。不管怎么样，至少要一周我们才能跟另一侧说上话。”

“到那时，假如贝拉真的穿越过去，他们早就已经知晓了。”阿帕娜讲得有道理，一只怪兽终究是会被人类察觉的。

“我们仍然需要找出答案，”丹索说，“就算不是为了别的，也是为了我们自己。我们必须弄清我们的同伴遭遇了什么？我们必须尽可能了解到底发生了什么以及背后的原因。”

“仪器套件，”我说，“它们还在运行吗？”

“也许吧，”尼亚姆说，“看情况。前一批电量即将耗尽，而且已经被野生动物弄脏，不过理论上它们还在工作，除非任务小队更换新仪器时把它们关掉了。新的一批应该可以正常运转，可是它们还没有开机。旧仪器也许已经丢失，如果它们在坠毁的一号直升机——”接下来的内容比较沉重，尼亚姆停在这里，等了一会儿才继续说，“可是不管怎么样，在小美人号赶到现场、接收仪器的数据并回传之前，我们都无法获得更多信息。如果仪器还在发射信号的话。”

我看向萨蒂：“小美人号要准备多久？”

“至少几小时。”他说。

我点点头，站起身来：“那么，我们走吧。”

他又笑了，一整天我头一次看他笑。“那是我的台词。”他说着也站起来。

“怎么回事？”麦克唐纳说。

“我们需要找出答案，”我说着朝丹索点点头，“离天黑还有几小时，所以我要去一探究竟。”

“去现场一探究竟。”麦克唐纳说。

“对。”

“你知道那里爬满了想要吃掉你的生物。”卡胡朗吉说。

“知道，”我说，“想一起来吗？”

“想吗？不想，不过我会跟你一起去，”他说，“因为你需要有人盯住你的身后。等我先去实验室一趟，我一直在研究新的信息素配方，制造出了一些新东西，你也许愿意试试。”

“你要在我身上试试吗？”

“不，我应该是对照组。”

我眨眨眼睛：“真的吗，哥们儿？”

卡胡朗吉又笑了，一边摇头一边咯咯地笑。“对不住了，”他对我说，“度过了如此糟糕的一天，我现在真的需要看看你脸上的这种表情。”

第二十二章

“这是新东西。”我们去往现场时卡胡朗吉对我说，他从二号直升机后面的乘客舱向前探身，递给我一个带有涂抹棒的瓶子，里面装的也可能是美黑乳。

我接过来。“这是什么？”我问。

“你不想要一个惊喜？”

“真的还是别了，我不想。”

卡胡朗吉对此点点头：“这些信息素会让所有生物认为你是一只真正的怪兽。”

我皱起眉：“为什么我会想要达到这样的效果？那些家伙里也包括寄生虫，大个儿的，有些几乎跟我一样大。”

“确实，”卡胡朗吉说，“不过贝拉身上的寄生虫此刻都跟她在一起，至少其中大多数是，这里的其他生物会把你当成一座大山，你只是景观的一部分，它们不会注意你。”

“你最好确定是这样。”我说。

“在基地时我用林蟹试过一批信息素，它们的表现如同我根本不在那里。”

“好吧，可是林蟹不会杀死你。”

“如果可以的话，它们会的。”卡胡朗吉指出。

“如果这片地区有寄生虫呢？”我问，“你懂的，比如贝拉离去时落下了一些。”

“我猜你会令它们迷惑。它们也许会接近你，不过既然你不是怪兽，它们会对你不予理会，而去寻找附近某处真正的怪兽。”

“你在猜测。”

“本来很快就要进行实地验证的，”卡胡朗吉说，“现在情况紧急，给你。”

“你可没有为我增添信心。”我说。

“好吧，所以我还有这个，”他举起另一个瓶子，“你已经了解并且使用过的物质。而且我还有这家伙。”他举起一个信息素罐发射器。

“你们俩准备好了吗？”萨蒂问我。

我看了看卡胡朗吉，他点点头。

“我们准备好了。”我说。

“别浪费时间，”萨蒂说，“快点儿去检查。不管你们发现了什么，都要弄回直升机，然后我们返回。小美人号今晚就会赶到，接管数据收集工作。无论这里发生过什么，我都不希望悲剧有重演的可能。”

“我们速战速决，”我保证道。萨蒂点点头，我们往下降落。萨蒂驾驶直升机悬浮在地面，我和卡胡朗吉下了直升机，抓起喷罐和武器，从存储舱只取出一套仪器套件。不管别的仪器套件遭遇了什么，地面上总得有往回发送数据的设备。我向萨蒂伸出大拇指，他驾机飞起，刚好飞到不会让我们被旋翼强风吹得东倒西歪的高度。如果我们需要紧急撤离，他绝对会给我们提供保障。

“好了，别动。”卡胡朗吉说着朝我喷洒他的怪兽伪装剂。

这气味让我窒息。“天哪，真难闻。”我说。

“闻起来像花一样香也不会起作用，”他说着继续从头到脚、从前到后为我喷洒，等他喷完，他又递给我说，“轮到我了。”我依样画葫芦般给他喷了一遍，他也跟我一样直犯恶心。

“要是不起作用，它们把我们吃掉时至少会大倒胃口。”我说着把喷罐还给他。

他把罐子塞进包里。“去哪儿？”他问。

“我记得阿帕娜安装仪器套件的地方，”我说，“我们从那里开始。”我知道第一个仪表套件的方位，便朝那个方向走去。

几分钟后我们找到了那组套件，以及原本要替换掉它的那一套。“告诉我眼前的一切不是我的想象。”卡胡朗吉对我说。

我摇摇头：“你不是在想象。”两套仪器套件都被摔碎了，里边的仪器都已损坏。“数据存储器不见了。”仔细地检查之后，我得出结论。

“有可能散落到别处了，”卡胡朗吉说，“这些东西看上去都被挪动过。”

“你觉得看起来像是本地生物所为吗？”我问。

“不知道，”他坦言，“我知道仪器套件在设计上能应付这颗星球丢给它们的一切。几年来工作人员一直在完善设计，不过有可能它们只是被踩碎了。”

下一个安装地点的两套仪器套件也是一样：碎了一地，数据存储器丢失。

“好吧，这绝不是巧合。”卡胡朗吉说。

“我们可以把新的仪器套件装在这里。”我提议道。卡胡朗吉点点头，开始在我的守卫下安装仪器。这么久了，通常我们已经吸引了周围生物的注意——它们不是因为捕食者信息素逃离我们，就是不计后果地打量我们。这次除了从不离开人脸（或其他部位）的会咬人的小昆虫，就没有别的生物躲避或跟踪我们。它们只是……把我们晾在一边。

“真让人意想不到，”我意识到了什么，“你的鸡尾酒信息素起作用了，哥们儿。”

“嗯，目前看来是有用的，”卡胡朗吉一边费劲儿地安装着仪器，一边说，“这其实是第二版，第一版的效果一塌糊涂。”

“你指什么？”

“它把每个生物惹得大怒，可不是让它们对闯入者视而不见。我猜我制作出了怪兽受到攻击的信号，那次差点儿没能逃回楼梯，林蟹仿佛变作一群僵尸。”

“谢谢你没把信息素罐搞混。”

“不客气，”卡胡朗吉说，“只是千万不要给我用第一版喷你的理由。”

我对此一笑，然后看了看贝拉曾经所在的位置，刚好看见有什么东西……发出一大团闪光。

“哇哦。”我说。

卡胡朗吉抬起头看：“那是什么？”

“不清楚，”我用头戴式耳麦联系萨蒂，“你刚刚看见什么没？”

“除了你俩慢得要变成那些生物的零食？没了。”

“注意贝拉曾经栖身的区域。”我说。

“我要注意什么？”

“看见的时候你就会明白了。”

“你俩快弄好了吗？”

“我们还有另外两个地方要去看看。”我说。

“别浪费时间跟我讲话了。”萨蒂说完退出了通话。

“搞定。”卡胡朗吉说完看向贝拉曾经所在的方向，“看什么呢？”

“我好像看见了一道闪光。”

“现在还是白天。”

“我知道，”我说，“所以我只是觉得依稀看到了什么，也许是想象出来的。”

“我们一边走一边留意吧。”卡胡朗吉说。

“你注意着点儿，”我说，“我要警惕那些想吃掉我们的生物，以防你新制造的这批信息素失效。”

下一个地点只有一套仪器套件，是以前安放的，果然也被砸坏了。

“另一套在哪儿？”卡胡朗吉问。

我扫视这片地区，在几米外有所发现。“跟我来。”我说。我们走向那个东西，它正是准备更换的新仪器套件，也没有幸免于难。

不同的是，一颗子弹嵌在破碎的仪器套件里。

“啊哈。”我说着把子弹拿给卡胡朗吉看。他看了一下，然后用一个词总结了我们俩此刻的感觉。

“该死。”他说。

“你觉得里杜·塔加克会允许我们带上能发射子弹的玩意儿来这里吗？”

“不会。霰弹枪？会。步枪？不会。他对我们的瞄准能力没有太大信心。”

“那么你说对了。”我说，“有人穿越过来，有人穿越过来枪击了这套仪器。”

卡胡朗吉点点头：“很可能还击落了那架航空器，以及一号直升机。该死。”他厌恶地移开了目光。

我转身扔下破碎的仪器套件，与此同时，余光里有什么东西在反光。

“该死，我想我看见你说的闪光了。”卡胡朗吉说。

我转头看他，他正望着我发现反光的反方向，而我朝着反光的地方走去。

“你要去哪儿？”卡胡朗吉说。

“好吧，刚刚我的确看见异样了，”萨蒂通过耳机说，“到底是什么？”

我没有回答他俩的问题，而是在一棵倒下的树前蹲下。那里有一个东西，被苔藓和藻类遮挡住了一部分。我把它捡了起来。

一部手机。

这部手机似乎是故意被放置在此处，镜头对着贝拉曾经所在的方向。

“啊哈。”我用更加淡定的声音再次说。

“杰米？”卡胡朗吉走过来，低头看向我。

我转身给他看手机。

“手机怎么会出现在这里？”他说。

“我猜它是故意被留在这里的。”说着我按了一下电源键，没有反应，电量耗尽了。我打开一个频道联系直升机。“马丁。”我说。

“我看见那个闪光的东西了。”萨蒂重复说。

“好的，”我回答，“问个无关的问题，二号直升机上有手机充电器吗？”

“什么？”

“手机充电器。”

“你想要打电话还是怎么着？”

我看了一下手机的底部：“最好是 USB Type-C 接口的充电器。”

“二号直升机有两个 USB 充电接口，我有一根多功能充电线，包含 Type-C 接口。怎么了？”

“我们大约在两分钟后完成任务，准备好来接我们。”我关闭通话频道，看着卡胡朗吉，“我已经知道我们在最后一个安装区域会发现什么了，但还是必须去确认一下。”我说。

他点点头：“好吧。”

我们小跑到最后一个安装地点，发现了两个破碎的仪器套件，都没有停留，确认它们已经破碎损毁之后便立即返回登机地点，萨蒂正在那里等着我们。我们跳进直升机，萨蒂立即驾驶它升空。

我在副驾驶员座位上绑好安全带，带上头戴式通话耳机，他指了指我们俩座位中间的控制面板：“充电线和充电器都在这儿。”我拿出手机接入电源时他瞄了一眼，“你为什么这么着急给自己的手机充电？”

“不是我的手机。”我说。

“那是谁的？”

我摇摇头：“不知道，但是我敢打赌不管手机属于谁，他明智地录下了那个地方发生的一切。我希望手机的主人还采取了其他的明智之举。”

“什么？”

“关闭锁屏功能。”

“接下来我们会看到和听到的内容可能并不愉快。”我提醒会议室里的每个人。

大家纷纷点头。听说我有所发现，先头部队被集合过来。但是只有卡胡朗吉和萨蒂知道我发现了什么。我打开笔记本电脑，把画面投射到壁挂显示器上，然后调出第一个视频文件。在最初的静止画面中，汤姆 · 斯蒂文斯看着已经被安放好的手机摄像头，一套仪器套件并排放在他旁边的地上。

我开始播放视频。

“我想我没有多少时间了，”汤姆对着镜头说，“我们降落后开始安装仪器套件，只听“砰”的一声，航空器被什么东西击中，直升机也被击中了。我们看见类似士兵的人带着装备朝贝拉赶来。一看见我们，士兵们就开始向我们射击。我们赶紧逃命，此刻他们正在追捕我们。我想他们打算杀死我们，但不知道他们是谁或是从哪里来。我把这部手机对准贝拉，让它一直处在拍摄状态，希望别被他们发现，希望田中基地的人会找到它。我不知道还要说些什么，现在我要离开了。”

接着他拿过仪器套件，果断地起身从手机前离开，走出了画面。

几秒钟后另一个人穿着迷彩服，端着某种军用步枪，切入画面，高喊着让汤姆停下。这名士兵穿过画面，仍然在大喊。我按下了暂停。

“从这里开始，声音有一点儿难以分辨，所以我会提高音量。”我说。所有人都点点头。我调高音量，然后继续播放视频。

环境噪声更嘈杂了，可是接下来的人声几乎难以分辨。

先是汤姆说：“我没有武器。”

士兵发出难以理解的咆哮，汤姆接着说：“我来自田中基地，你是谁，为什么会在这里？你从哪儿来？”

又是一些难以理解的人声。

“我们来这儿做科学研究，你们来这干什么？”汤姆说。

“他是故意的。”尼亚姆说。

“什么？”麦克唐纳问。

“把每个字都说清楚，努力确保自己说的话被录下来。”

麦克唐纳正要有所反应，这时汤姆又说：“你们是怎么过来的？你们怎么知道这里？”

回应他的还是咆哮。

“我只是想弄清楚这里发生了什么。”汤姆说。

那个士兵还是像在自言自语一样念叨着什么，然后继续含混不清地发声，充满了攻击性。

“我无法拆掉这套仪器套件，”汤姆说，“我们在基地就把它们封装起来了，以防受损，这样无论发生什么，我们都能获得数据。你为什么想让我把它拆开？”

有叫嚷声回应，这一次明确夹杂着脏话。

“我不是在争论，”汤姆说，“我只想告诉你我能做什么，不能做什么。”

又是一阵抱怨。

“好吧，我这就把仪器套件放下，然后从它旁边走开。”汤姆说。

一阵寂静，然后是“砰”的一声——步枪射击时发出的枪声。

“我告诉过你它们结实着呢。”过了几秒，汤姆说。

又是一声枪响。

“现在我要回到队友身边，”汤姆过了一会儿说，“我知道他们被吓坏了，我也吓坏了。你已经毁掉了我们的数据，我们没法跟基地联系了。我们根本无力阻止你们要在这里实施的任何计划。我们不会找麻烦。”

含糊的低语，几秒钟后那名士兵又出现在画面中，一边后退一边用武器对准汤姆，急迫地对着耳麦讲话。

“听着，你到底想让我怎么处理这家伙？”他在讲话，此时因为离得更近，所以能够听清他的声音，“我们拿到的消息是这里不会有人，我们离开很久他们才会出现。现在我逮住了这个浑蛋，其他人在看着他的同事。”

他站在那里，听耳机里的指令。

“嗯，不过我另有看法。”这名士兵回答跟他通话的人，“我们已经击落了直升机。我们不必理会这些王八蛋，只需要把他们扒光再扔进丛林，不等同伙过来，他们就死了。”

又是一阵停顿，然后是一声叹息。

“老天在上，好吧，”这名士兵说，“这得额外给我们加钱。而且因为击落了直升机，我得要更多。”

房间里所有的目光都投向萨蒂，后者沉了脸坐在那里，他早已听过这段对话了。

“行，行，好吧，没问题。”这名士兵说着又走出了画面。

几秒钟后，汤姆说：“你不是必须这么做。”

又一声低沉的枪响，然后是第二声。

除了少数压抑的啜泣声，众人陷入沉默。所有人都知道刚刚画面之外发生了什么。

出人意料的是，那名士兵又回到画面中，四处张望。

“这个浑蛋在查看自己是否被拍下来了。”尼亚姆说。

没等找到这部手机，他就遇到了另一个问题。受到噪声和鲜血的吸引，丛林里的生物正汇聚过来。士兵举起步枪，匆忙向远离镜头的方向逃跑，几秒钟后，视频中出现忙碌的四肢，那些生物正朝他追去。

“我真希望它们抓住他，把他吃掉。”丹索说。

“你们在那里没有看见一丁点儿汤姆的痕迹。”麦克唐纳对我和卡胡朗吉说。

我们都摇摇头。

“我们没看见汤姆的残骸，不管入侵者是谁，我们也没看见他们的残骸，”我暂停视频说，“士兵说得对，那些生物会把捕获的一切带回树林。”

麦克唐纳不悦地点点头。

“他们到底在干什么？”丹索问，“那群人究竟为什么出现在那里？”

“我找到了答案，”我说着关掉了正在观看的视频文件，然后调出另一个，“在我们刚刚看过的视频和我要给你们播放的这个视频之间，还有几段，”我说，“为了节省存储空间，这部手机自动把视频分割成五分钟左右的片段，好处是电量耗尽关机时不会丢失所有的视频。”我调出要找的那一段。

“我们要看什么？”我播放视频时麦克唐纳问。

我指着视野里好几个桶状物，它们分别相隔几米排开。“这些东西。”我说。

“它们是什么？”

“不知道。不过我认为它们的用处在于在贝拉和她的蛋周围设置一道边界。”

“好吧，可是为什么呢？”丹索问。

“原因在这里。”我指着视频说。

视频里，那些桶状物突然开始发光。然后一道闪光淹没了摄像头的传感器，如同刚刚闪过一道闪电。

等摄像头的光学传感器恢复正常，贝拉、她的蛋、那些桶以及所有的入侵者都消失不见了。

“好吧，”视频停止后，尼亚姆说，“该死，他们到底是怎么做到的？”

第二十三章

我这一天过得漫长而疲惫，支离破碎的内心也难以言表。勉强吃了一口晚饭之后，我决定自己需要早点上床，尽量睡一会儿。结果这导致我几个小时都睡不着，盯着希尔维亚·布雷斯怀特送我的盆栽，在脑中回想白天的事情。

“这不管用。”我对植物说。植物无疑对我表示同情，但是什么也没有说。

我的房门打开了，尼亚姆出现在门口：“嘿。”

“有种做法叫敲门。”我说。

“我知道，只是没敲而已。”

“我可能已经睡着了。”

“今晚无人入眠。”

“也不会有人自慰。”

“绝对不会有人干这种事。”

“你说得有道理。”

“我们需要你来客厅。”

“什么事儿？”

“需要你帮忙处理点儿事情。”

“什么事情？”

"你起床来客厅就知道了，不是吗？"尼亚姆转身离开，但没有关门，客厅的灯光仍然照射进来。为了向尼亚姆表示我不接受指手画脚，我又多躺了一分钟，然后起床来到客厅，我的室友们已经在客厅里铺满了文件和笔记本电脑。

"让我猜猜，你们要我跟在你们屁股后面收拾残局。"我说。

"话说，搬东西确实是你的活儿，"卡胡朗吉，"但这里不是那么一回事儿。"

"我们需要你的建议。"阿帕娜说。

"也没有多少可以建议的，我们只需要你听听我们的看法，然后告诉我们也不是完全异想天开。"尼亚姆说。

"好啊，"我说着在桌旁坐下，"是什么事儿？"

阿帕娜也坐下来："贝拉必须返回到壁垒这一侧，不管用什么办法，可能就是今晚。"

"为什么？"

"因为如果我们不采取行动，她将会爆炸。"

"你的意思是，像原子弹一样爆炸。"

"对。"

"在加拿大。"

"对。"

"要把她弄回到这里……挺有挑战。"我过了一会儿说。

"绝对不是闹着玩，"尼亚姆说着也坐下来，"不过我们也许有办法，勉强吧。"

我伸出一只手。"你先等一下。"我对尼亚姆说完，又把注意力重新集中到阿帕娜身上，"请跟我解释一下'贝拉将会爆炸'是怎么回事。我以为她没事儿呢。"

"她在壁垒这边，"阿帕娜强调说，"本来是没事的。可她此时不在这里，而是在我们的地球那边，环境条件相差太大。我们的大气没有这么稠密，氧气也没有这么丰富，而且那里要比这边冷得多，特别多，拉布拉多半岛的十月末真的会冻死人。”

“这些会对怪兽产生干扰。”

卡胡朗吉抬起头：“当然，但是对寄生虫的影响更大。”

“温度已经在摧残它们了，”阿帕娜抓过一台电脑并打开一个文件给我看，就好像我要完全通读一遍似的，“确切地说，死掉的是充当她冷却和通风系统的寄生虫。那些寄生虫在多种怪兽身上都很常见，所以我们对它们很了解，它们的一个特性就是极易受低温影响。温度降低十摄氏度，它们就开始相继死亡。”

我直愣愣地看着阿帕娜。

“大约五十华氏度。”她勉强压抑住自己的愤怒说。

“明白了。”我说。

“不仅仅是温度，”卡胡朗吉说，“一只怪兽和所有寄生生物习惯于浓密的大气以及含量更高的氧气。它们在我们的地球上就相当于我们在六千米的高海拔地带跑马拉松。”

“所以缺氧也会杀死它们。”

“不会直接杀死，而是会极大降低它们的效率。”尼亚姆说，“而且那样会影响怪兽，影响贝拉。”

“贝拉是一种会飞的怪兽，”阿帕娜说，“会飞的怪兽有着格外复杂的导流系统，这会为它们的飞行提供部分保障。那些导流系统最初与体内反应堆的冷却机制相联系。削弱和逐渐杀死控制导流系统的寄生虫——”

“贝拉就会爆炸。”我替她把话说完。

阿帕娜点点头：“对。”

“今晚。”

“一定不会超过明天。”

“怎么知道的？”

“这得由我来解释，”尼亚姆说，“多亏了你的帮助。”

“是吗？”我吃惊地说。

“只帮了一点点，不用因此自我陶醉。”

“没问题，那更好。”

尼亚姆笑了：“你和卡胡朗吉在现场时都注意到了那个闪光，马丁·萨蒂也看见了，跟我们先前看到的闪光类型相同，只不过现在强烈得多——就连白天都可以看见——而且它闪现得更频繁。我们正从你们白天安放在地面上的仪器套件获得数据，还要谢谢你们——”

“不用客气。”

“——当然数据也得通过小美人号中转。那道闪光是贝拉的核反应过程，结合他们把贝拉拽过壁垒到达人类地球所使用的任何能量，产生的放电现象。”

“闪光正变得越来越强，发生得越来越频繁，”卡胡朗吉说，“尼亚姆认为原因在于贝拉的核反应堆正在变得越来越热、压力越来越大。”

“对，就是那样，”尼亚姆说，“还有一个原因，就在闪光出现之前，平行世界间的壁垒处在最薄弱的状态，这些闪光如此强烈，数学计算结果表明，就在亮起之前，壁垒几乎不复存在。”

“几乎。”我说。

“壁垒还在，”尼亚姆强调，“不过我打赌它很容易被破坏，那里的能量再多一点儿，人就可以走过去。”

“或者被传送过去。”我考虑着贝拉说。

“看见没？”尼亚姆对卡胡朗吉说，“我告诉过你杰米不完全是个糊涂蛋。”

我看了看卡胡朗吉：“你说我是糊涂蛋？”

“我没有。”卡胡朗吉辩解说。

“问题在于，”卡胡朗吉对污蔑我人格的辩解显然站不住脚，尼亚姆勉强回到最初的话题，继续说道，“随着闪光现象变得强烈而频繁，它们指向的是贝拉的反应堆过热，然后你们懂的。”

“闪光的出现或者说变得更强烈是随机的吗？”

“多妙的问题！”尼亚姆说，“你再一次超越了卡胡朗吉对你的判断。”

我看向卡胡朗吉。“没有的事。”他小声说。

“它们不是随机的。”尼亚姆说，“随着闪光间隔缩短，强度在增加。我一直在记录，从现在开始大约十六个小时后绝对会有情况。”

“什么情况？”

“你听见阿帕娜说了。”

我点点头：“边界上那个东西在这些事件中起了什么作用？”

尼亚姆看起来感到厌恶：“噢，那个该死的东西。”

“这属于我的研究领域，”卡胡朗吉说，“关于它，我有一个理论。”

“他有一个猜想，”尼亚姆说，“跟理论不是一回事儿。”

“你只是生气我拓展了你的比喻。”

“我生气是因为这个想法太离谱了，特别是作为一名物理学家，你是一位相当卓越的地理学家。”

“幼稚。”我说。

“其实只能算是一个过得去的地理学家。”尼亚姆把自己的话说完。

我看向卡胡朗吉：“怎么讲？”

“在尼亚姆的描述中，那道闪光有点儿像静电放电，”说到这儿，卡胡朗吉盯住尼亚姆，挑战一切对自己的反驳，但是尼亚姆没有，“不完全和静电相似，不过作为一个比喻，这么理解还是挺恰当的。我看见在那个视频中，边界装置激活并带走了贝拉和她的蛋，我曾考虑过电磁场生成电流。我猜这里正在发生的情况与之类似，但不是生成一股电流，而是让我们的地球和这个世界间的壁垒塌缩，而且不涉及核反应。”

“垃圾假设。”尼亚姆说。

“可是它符合现有的数据。”卡胡朗吉反驳道。

“所谓‘现有的数据’只是十秒钟的小视频。”

“还有现场聚集的生物身上覆盖着铀尘埃的事实。”

“还有一个情况是，有证据指出壁垒被削弱的程度远大于贝拉的核反应堆单独产生的效果。”阿帕娜补充说。

“我看出来了，”尼亚姆，“你在帮他说话，为什么不呢？”

“他有数据支持。”

尼亚姆倒吸了一口气。

“你……不是真生卡胡朗吉的气，是吗？”我问。

“显然不是。我只是生气他比我先得出一个合理的假设，”尼亚姆对卡胡朗吉眯起眼睛，“水平欠佳、无足轻重的化学家。”

卡胡朗吉微微一笑。

“那么我们有什么打算？”我说完对阿帕娜点点头，“你告诉我们，假如我们不把贝拉弄回来，她就会死掉，而且她还会炸掉一块加拿大的版图，”我又看向尼亚姆，“你向我们说明了距离她爆炸不到一天的时间线，”我指向卡胡朗吉，“你说我们把她弄回来的唯一方法是动用最初把她送去另一边的那套边界装置。”

卡胡朗吉眨眨眼：“我没那么说。”

“你暗示过。”我说，“我猜那东西现在没启动，但是贝拉的反应堆把壁垒保持在薄弱状态，只是即使像现在这么薄弱也还是不够。如果她要回来，需要再次启动边界装置。”

“当然，”尼亚姆说，“你提出了一个问题，我们还面临着其他所有问题。”

“比如，我们首先就没法穿越过去这个实际情况。”阿帕娜说。

“假如我们真能穿越过去，那边会有一个欢迎委员会。”卡胡朗吉补充说。

“你是指偷走贝拉、杀人越货的那伙人？”我说。

“对，正是他们。”

“即使我们能穿越回去，麦克唐纳和丹索也不会同意。”阿帕娜指出。

我点点头。上次会后，她俩同意向本多基地发送加急消息，通知他们田中基地的事件，并请求他们优先组装好穿越通道。即使本多基地同意请求，也得等几天才能恢复传输。与此同时，麦克唐纳和丹索封闭了贝拉所在的地点，只允许小美人号的人员留在现场，等新的航空器重新就位才离开。

“我们今天失去的同志，比六十年代以来的都多，”麦克唐纳当时说过，“那些人受过杀戮训练，毫无愧疚之情。我们不能冒险等他们再回到现场时再次撞上我们的人。”

麦克唐纳和丹索的想法当然有道理。即使我们这边有人能穿越过去，那些刽子手也在等着他们到达。穿越的企图很愚蠢，是潜在的自杀式行为。

只可惜如果我们没人过去的话，贝拉会死，还会炸掉拉布拉多半岛相当大的一片土地，好在那里基本没有人类。

除非贝拉移动。

“贝拉在那边能飞吗？”我问阿帕娜。

“不太好飞。”阿帕娜过了一会儿说。

“所以，能飞。”

“她不想飞，”卡胡朗吉说，“她还守着蛋呢。”

“她不想飞，不过如果受到威胁或者觉得身处险境，她还是会飞，对吗？”我问，“比如，由于她身上的寄生虫正逐渐死于低温和缺氧，她会感觉自己缓缓窒息、浑身发烫。”

“在另一侧，她没有多少地方可以去，是吧？”阿帕娜问。

“田中基地差不多就在拉布拉多半岛的欢乐谷－古斯湾，那里大约有一万人，”我说，“此外还有一座加拿大军事基地，这两地紧邻一条河边和入海口。”

阿帕娜点点头：“而贝拉会去找水。”

“找？”尼亚姆说，“她现在就紧挨着水呢。”

“在另一侧可不一定，”我说，“她如果在那里待得不舒服，就会去找别的地方。如同几百公里内唯一的一块光斑，紧邻一片巨大的水体。”

“加拿大军事基地受到一只怪兽攻击，听起来不妙啊。”卡胡朗吉坦承道。

“接下来她还会爆炸，”尼亚姆说，“夺走一万加拿大人的生命。”

“她有可能移动吗？”我问阿帕娜。

“说不好，”她说，“我们以前从来没遇到过这种事。不过卡胡朗吉说得没错，她不会动，除非迫不得已。所以如果她动了，可能用不了多久就会爆炸。”

“如果我们把她弄回来会怎样？她还会爆炸吗？”

“如果她回来，寄生虫停止死亡，它们至少可以让更多空气吹过贝拉的身体，”阿帕娜说，“如果我们及时把她弄回来，她就死不了。我认为虽然她会抑郁一阵子，但她会活下去。”

“我们在乎吗？”尼亚姆问，“她是否活着。”

“这个嘛，”我说，“我们是怪兽保护协会。”

他们一起盯着我看了一会儿。

“你好像在用那个破名头拔高我们的境界，杰米。”最后，尼亚姆说。

“抱歉，”我口是心非地说，“那么我们一致同意这么做，对吗？把贝拉带回来？”

“还有个无法穿越回去的小问题呢。”卡胡朗吉说。

“以及首先就没法进入现场。”阿帕娜继续说。

“再加上如果我们过去，还会遇上想要杀死我们的士兵。”尼亚姆终结了这个话题。

“这才是你们让我加入的原因，”我说，“你们知道必须要做什么，都在你们的数据里呢。你们只需要我来大声讲出来。所以我告诉你们，你们的想法没错，不是异想天开。贝拉需要回到这边，今晚就得回来，既然她自己没有这个能力，我们就得帮她，必须是我们，因为我想你们谁都不愿意拿别人的生命去冒险，也不愿意去请求许可，因为这个计划不会被批准的，对吧？”

他们面面相觑，然后一同看着我。

“我不知道为了拯救一只怪兽，自己是否真的做好了今晚就会牺牲的准备，”卡胡朗吉说，“不过为了救一只怪兽和一万加拿大人，我也许愿意迎接潜在的死亡。”

“现在我们知道是什么在激励你了，”我说，“一万加拿大人。”

“把我也算上。”阿帕娜简单地说。

我点点头。

“听着，不是说我不想加入，”尼亚姆说，“我愿意加入，为什么不呢？可是在眼下这个组建团队的幸福时刻，我们还是无法改变一个事实——我们仍然不知道如何进入该死的事故现场以及如何穿越。”

“你们仨解决第二个问题，”我说，“第一个我有办法。”

马丁跟其他航空人员共住一栋宿舍，他来到门口，从脸色和应门的速度来看，他显然也还没睡。

“我正等你呢。”他说。

“是吗？”我说。

他点点头：“我跟你们干。”

“你还……不知道我找你干啥呢。”

“不，我知道，”萨蒂说，“我不知道你具体要怎么说，但我了解你，了解你的朋友们，我知道你们不会放弃贝拉，果然没有。你们需要有人送你们一程，所以一定会需要我。我加入。”

“我不知道该说什么了。”

“你可以说‘对不起。’”

“我为什么要说‘对不起’？”我问。

“我以为你会早点儿来，”萨蒂说，“为了等你，我可是一直没睡。本来我可以打个盹儿的。”

第二十四章

“你们看。”我们靠近现场时，阿帕娜通过耳机说。

整个现场都被照亮，笼罩在淡淡的金色里。闪光出现时，亮度也增加了，然后光亮消失，再次逐渐加强，直到下次闪亮。小美人号悬浮在现场上方，飞行器底部平面又把光无力地反射回来，增强了闪光的效果。

“看样子我们用不上手电了。”卡胡朗吉说。我们带着手电，背包里还有套头衫、各种信息素罐、急救用品和紧急补给、蛋白质棒和饮用水、尖啸器、电棍、信息素罐发射器和霰弹枪。发射型武器根据个人的擅长分配，我拿上了信息素罐发射器，因为如今我已经名声在外。

“我们会用到的，”尼亚姆说，“即使不用别的功能，我们还可以拿它们当棒子挥舞。”

“你似乎挺紧张。”卡胡朗吉对尼亚姆说。

“我当然紧张，”尼亚姆反唇相讥，“我们的计划太愚蠢了。”

“只不过因为这是我的计划你才这么说。”

“是，但我这么说不仅因为这是你的计划。”

我留下他俩斗嘴，转头面对萨蒂。“你要处理的事情搞清楚了吗？”我这么说更多是为了让自己安心，而不是真的想提醒他。

在仪表背光的映衬下，我看见他点了点头："要是真的能跨越过去，我会在此等候。如果你们都跨越过去了，我就返回田中基地。如果只有一部分人跨越过去，我会接上剩下的队友返回田中基地。如果都没能成功，我就等你联系我，然后接上你们返回田中基地。要是你们都顺利去了另一边，我就把你们的计划告诉麦克唐纳和丹索。要是只有一部分人来到另一边，不管谁剩下，都由他来通知上级。"

"她们不会给你好脸色。"我说。

"她们已经对我不满了，"萨蒂说，"我全程切断了跟基地的无线电联系。她们恐怕从我们离开就一直在呼叫，小美人号船员肯定对我们早有提防。"

"记得让他们躲开。如果我们把贝拉带回来，我不希望他们出现在那儿，他们也许会吓到她。"

"我会告诉他们，他们听不听就是另一回事儿了。"

"抱歉让你也惹上了麻烦。"

"你们的麻烦更大，我只是送你们一程。"

"还是要谢谢你。"

"我们没有选择，"萨蒂说，"或者说我们应该这么做。我也曾像你们一样失去朋友。从夺走了贝拉和我们的朋友那些人手里救回她，肯定也是他们期待我们去做的事情。"

"我相信也是。"

"如果你们也想开枪撂倒几个人，我不会介意。"

我对此微微一笑："这你得跟卡胡朗吉说，他拿着霰弹枪。"

"如果到了那种程度，我不会用这支霰弹枪。"卡胡朗吉说。他一直在偷听，因为二号直升机乘客区的通话耳机处在同一个开放频道。"我还为咱们准备了一些别的。"

"真够充分的。"萨蒂说，此刻我们几乎来到现场的上空，"现在把你们放下去。”

他驾驶直升机载我们下降，进入现场时小心地避开了小美人号。下降过程中，我望向那艘飞艇，我觉得自己会看见上面的船员拼命朝我挥手，于是我也向那边挥手。

直升机一飞走，我和卡胡朗吉就先给阿帕娜和尼亚姆喷洒“我是怪兽”信息素，然后我们俩再互相喷洒，毫不吝啬地喷在身上和背包上。

“伙计，这玩意儿臭死啦。”尼亚姆对卡胡朗吉说。

“别埋怨我，”卡胡朗吉说，“怪兽生理学又不是我说了算，我只是利用一下。”

“整点儿基因改造，让怪兽好闻些，这颗地球闻起来就像一只落水狗。”

“你知道啥东西好闻吗？让怪兽和寄生虫开启杀戮模式的信息素。如果闻到橘子的气味，你就可以逃跑了。”

“我会记住的。”

“务必。”卡胡朗吉把喷雾器放入背包，又把背包背在身上，然后四处观望。“真不可思议。”他说。

确实，地上的“微光”不是单独的一层光芒，而是数千个——甚至数百万个微小的光点飘浮在空中，以同样的节奏逐渐变亮。

“看起来像萤火虫。”阿帕娜说。

“不像萤火虫，”尼亚姆说，“仔细看。”

我们仔细观察，那些光点根本就不是点，而是不规则的环，我们观察时，大小和形状还在改变。我一动，这些光环就随着我动。

我指给尼亚姆看，尼亚姆点点头说：“它们不是在随着你动。”

“它们是三维的。”我说。

“不止三维，不过你只能看见那么多。”

“书呆子。”

“物理学家。”尼亚姆纠正他并指出，“距离贝拉的位置——原来的位置——越近，它们就越大。”

我追随尼亚姆手指的方向望去。还真说对了，光洞逐渐占据更多的空间，它们变得越大，同步照亮的范围就越广。

“这些都是壁垒被削弱的地方。”卡胡朗吉对这些光洞做出说明。

尼亚姆点点头，把手伸进一个光洞，没有任何反应。“不过还不够。”

“暂时不够。”尼亚姆表示赞同。

它们同时闪亮，然后同时熄灭。

“现在我们需要手电了。”阿帕娜说。

光芒又开始出现，现在亮度很低。

“好吧，”尼亚姆阴郁地对卡胡朗吉说，“你想在哪里对你愚蠢的猜想进行愚蠢的尝试？”

卡胡朗吉挥手示意贝拉应在的位置：“贝拉曾经的位置效果似乎更强，去那儿试一下。”

我们一起出发，周围的生物表现得仿佛我们不存在一样，只有昆虫一刻不停地想要吸光我们体内的每一滴血。

“这儿看起来就很适合。”卡胡朗吉说，光洞在我们旁边依稀可见，直径接近小臂那么长，“从这儿再往前似乎就一样大了，有人反对吗？”

阿帕娜和我没有意见。“我非常反对。”尼亚姆说。

“那你继续把反对意见都讲清楚。”卡胡朗吉说着从背上取下背包，拉开拉链，从中翻找。

“首先，或者更准确地说是第二次提起了，这甚至不是一个猜想，而是一个猜测，”尼亚姆说，“仅仅基于一种直觉，它没有任何基础，而是你拍脑袋想出来的。”

“没错。”卡胡朗吉接受这个看法。他从背包里掏出一个小帆布袋。

“其次，这是差劲的科学研究，我们即将开展的不是实验，反而像是通灵仪式，如同顺势疗法的物理学研究，我讨厌自己不得不参与其中，我同意加入进来只是因为我们都觉得应该做点儿什么。”

“好吧。”卡胡朗吉说着打开布袋的拉链，把手伸到里边。

“最后，出于之前提到的所有原因，如果这真有效果，我绝对会讨厌你一辈子。”

“我记住了，”卡胡朗吉说，“你把手伸出来。”

尼亚姆听从了他的要求，同时也发出一声抱怨。卡胡朗吉往尼亚姆的手中放下四个不大的圆柱形物体。

铀燃料颗粒。

“这太愚蠢了。”尼亚姆还在发牢骚。

“我们知道壁垒因为核反应而削弱和消失，”卡胡朗吉说着又掏出四颗圆柱体，“我们还猜测，带走贝拉的人找到了一个实际上不使用真正的核反应，而是利用核原料把她推送过去的办法，”他向我示意，我伸出手，“我们知道此刻的壁垒比贝拉单独作用时更加薄弱，这意味着某种残留效应在起作用。”他在我手中放入圆柱体，它们手感冰凉，呈现出单调的灰色。“所以猜想某种精炼核燃料对壁垒有显著影响也不是没有道理，甚至也许足够推动我们穿越过去。”

尼亚姆露出痛苦的表情：“我讨厌这么干。”

“另外，你也没提出更好的办法。”

“那是，受制于真正的科学，我真应该害臊呢。”

“如果这不起作用，至少我们努力过。”卡胡朗吉说着又掏出四个圆柱体，交给阿帕娜。

“再跟我保证一遍，要是我接过这些东西，我的手不会掉下来。”阿帕娜说。

卡胡朗吉笑了，“这些是未使用过的颗粒。如果被用过，它们有可能杀死你。像现在这样，只要按照我们的用法，它们是可以安全掌握的。”

阿帕娜看了看尼亚姆，“卡胡朗吉在各方面都很差劲，不过就这个问题而言，他说的的确没错。”尼亚姆向阿帕娜保证。

阿帕娜点点头，伸出手，接过给她的燃料颗粒。然后卡胡朗吉掏出最后四个颗粒，迅速放在地上，再把帆布袋放回背包，拉好拉链，重新背好。然后他取回自己的四个颗粒，又站起来。

“准备好了吗？”他问。

“准备好干什么？”尼亚姆说，“拿着燃料颗粒站好，等着看我们的手是否会伸回我们的地球家园？”

“大体上是。”

“呃——这最让人受不了。”

“我知道。”卡胡朗吉说。

“名副其实最差劲了。我觉得他们会因为这个行为撤销我的博士学位。”

“我无法相信是我跟你说这个，”阿帕娜对尼亚姆说，“不过，哇哦，你现在抱怨得还真多啊。”

“差劲的科学研究对我就是有这种影响！现在你明白啦！”

“行，好吧，够了，”我说，“这个想法挺疯狂，可能是个糟糕的主意，可能不会起作用。如果不起作用，我们就返回基地，去面对怒不可遏的上司们。在那之前，我们不妨心怀期待，仅仅是期待，行吗？”

“我觉着行。”卡胡朗吉说。

阿帕娜再次点点头，尼亚姆翻了个白眼，但也点点头。

“好，”我说着攥紧了手里的燃料颗粒，“撞拳吧，大伙。”

卡胡朗吉笑着靠过来。

“爱你们，怪兽迷。”阿帕娜说，一边演绎电影《完美音调》里的标志性动作，一边伸出自己的拳头。我很高兴自己领会到了她的用意。

尼亚姆叹口气，也靠过来。在飞逝而过的几秒钟里，我们把拳头碰在了一起。

世界像烟花表演一样被点亮。

“噢，可真他妈的得了吧。”尼亚姆大喊，随之而来的是一个巨大的噼啪声，仿佛是一棵红杉被闪电击中后拦腰折断。

阿帕娜指向上方，动了动嘴，好像在说“看”，我们都向上看。

一根巨大明亮的光柱似乎不知从哪里射出，直冲云霄。光柱底部附近，我们可以看见一个非常微弱的轮廓，似乎刻画出了贝拉的嘴，周围跨越宇宙的孔洞真的在变亮、增长，在孔洞的中心我们看见了另一个世界。

壁垒被打破，穿越的通道打通了。

随着怪兽地球的热空气被吸进人类地球寒冷稀薄的大气，风刮了起来。热空气遇冷立即凝结，形成了一团水蒸气。

我朝附近四处观察，在几米外看见一个氤氲的洞口，大得足以让人类穿过。我一路小跑。

“快来！”我大声喊道，然而只能勉强听见自己的声音。我希望其他三人都跟上来了，可我没时间停下来确认。

就在我快到洞口时，光突然熄灭。面前氤氲的洞口随即开始关闭。

我双眼一闭，跃入其中。

然后我穿了过去，摔在地上，地面柔软而下陷，为我形成了缓冲。

接着，我被飞过来的尼亚姆踢中了脑袋，随后是阿帕娜和卡胡朗吉。令我高兴的是，他们俩谁都没有踢到我。

“抱歉。”尼亚姆说。

“没关系。”我安抚说，抬头看看我们穿越到了哪里。

洞口消失了。

“大家都没事儿吧？”我问。

“没事？”卡胡朗吉说，“我可是好极了。我们过来了，办法起作用了。”他张开拳头，掌心躺着他的燃料颗粒。

“没起作用，”尼亚姆说，“我们得以穿越是因为贝拉打嗝释放了核能，让壁垒陷落。”

卡胡朗吉点点头：“燃料颗粒也有贡献。”

“我们穿越的地方离你该死的燃料颗粒好几米远呢。”

“那也算数。”

尼亚姆伸出一只手：“我不会再跟你谈论这个话题了。”

“嘿，”阿帕娜说，“瞧我们在哪儿。”

我们定睛一看，贝拉就在旁边。她一百多米的身躯拔地而起，全身上下都有生物在腾挪移动，那些都是她的寄生虫和个人生态系统。贝拉把空气抽向自己，产生了一股微风。我们周围有一层厚厚的弹性物质——孵化凝胶。

“我们落在一堆黏糊糊的东西里。”尼亚姆看着下面说。

我站起来，谢天谢地，凝胶没有粘在我身上。我伸手从兜里掏出手机，自从我们九月去了怪兽地球，我还是第一次打开它的移动网络，看能否收到信号。

没有信号。

我也没有感到很意外，毕竟我们深处拉布拉多半岛的森林里，不管这片森林有多大规模，最近的入口也在一百千米之外。树木不需要手机服务，太让人遗憾了。如果真的存在一个需要加拿大皇家骑警的时刻，那么就是现在了。

我看了下时间，凌晨两点二十分。

“真冷。”阿帕娜说。她在自己的背包里摸索套头衫，我们也都在翻找，一边翻包一边取出武器，然后给它们上膛。

“我们在深夜两点二十来到这里。”我对阿帕娜说。

她明白了我指明时间的用意，点点头。我们在等着计算贝拉排气的时间间隔。

“还有人感到有些头晕吗？”卡胡朗吉问。

“你已经习惯了另一边的大气，”阿帕娜说，“呼吸。”

“嗯，明白。”

我四下观望，贝拉庞大的身躯被西边一轮满月照亮，我们离她太近，什么都看不见，但我听见远处传来微弱的喧嚣声。

“我想我们落在了贝拉的远端，”我说，“我的意思是抢走她的那些浑蛋在另一边。”

“真是走运。”尼亚姆说，“我们本来要杀他们个措手不及，没有突然出现在他们面前可真不方便。”

“那么我们要怎么做？”阿帕娜问，“找到边界装置，启动它把贝拉送回去？”

我们都把目光投向卡胡朗吉。

“为什么看我？”

“是你把我们带来的。”我说。

“不是他。”尼亚姆反驳说。

卡胡朗吉伸出双手。“我确实一心琢磨着带大家来这里，”他说着指向我，“我还以为杰米有后续计划呢。”

我刚要做出回应，可就在这时，有人端着某种装备从贝拉身后绕到了我们面前。他朝我们走了几步才察觉自己面对的是陌生人。

我们双方对视了足足十秒钟。

“那么，”最后他说，“你们他妈的是谁？”

第二十五章

“我给你看下身份证明。”尼亚姆说着瞬间拉近跟这个陌生人的距离，用电棍电他。

来人浑身僵直，惊讶不已，他口中含混，说不出话，然后倒在了林地之上失去了知觉。

我们几个被惊得目瞪口呆。

尼亚姆说：“怎么了？”

“你有情绪问题。”卡胡朗吉过了片刻之后说。

“如果我有情绪问题，他就死定了。”

“你确定他没死？”阿帕娜说。

“我能听到他呼吸时的呜咽声。”尼亚姆说。

我们又盯着他看了一会儿。

尼亚姆叹了一口气，用一种“老天啊，救救我吧”的表情看向天空，然后又看回我们几个。“你们想要我说什么？这个浑蛋可能暴露我们，我们穿越平行世界之间的壁垒可不是为了碰到第一个人然后被他枪毙。我电击他也是迫不得已。坦白来讲，你们都拿这事儿为难我，我很恼火。”

“不是的，”我说，“只是我们现在有个失去知觉的家伙要操心。”

“什么意思？”

“我的意思是如果我们把他留在这里，贝拉的寄生虫就会把他当作冷盘吃掉。”

尼亚姆耸耸肩：“管他呢。”

“尼亚姆！”阿帕娜说。

“好像他不会把我们抛在这里似的。”

“这就是我说的情绪问题。”卡胡朗吉说。

“我也许还在调整因为你卓有成效的计划而残留下来的恼怒情绪，”尼亚姆向他承认，“反正算是有效果吧。但我对这个蠢货的判断不会错。”

“也许你说得没错，”我承认道，“不过我们也许应该试着做个好人，而不是邪恶组织的匿名帮凶。”

尼亚姆叹了口气：“你说得没错。可是听着，我们不能每遇到一个浑蛋就这么优柔寡断，那样我们一整夜都会把时间浪费在藏匿他们上，等我们忙完，贝拉都爆炸了。”

“我们赶紧处理这个家伙吧，边干边弄清接下来该怎么办。”

“边干边弄清接下来该怎么办才是我们要解决的问题。”尼亚姆说。

“我们真应该提前计划好过来之后的安排。”阿帕娜也发表了一致的看法。

“我突然觉得你们在怪我。”我说。

“有点儿，对。”卡胡朗吉说。

我打了个手势：“那么眼下我们先把这家伙拖到林木线，把他放在那边，然后喷上‘我是怪兽’信息素，这样寄生生物就不会靠近他了。”

“好主意，”尼亚姆说，“那样他醒来时就会像屎一样臭。”

“如果有更佳的方案，我接受。”我说。

“我没有，就这么做吧。”

“你们俩去搞定信息素，”卡胡朗吉说，“我需要阿帕娜帮忙弄点别的。”

“什么？”尼亚姆问。

“准备一个后备计划，这样我们就不用把每个人都拖进树林。”

“好吧。”尼亚姆转向我，“你想抬胳膊还是抬腿？”

“你选吧。”我说。尼亚姆抬腿，我拎起这家伙的胳膊。搬东西正是我的本职工作。

“你在干什么？”尼亚姆说，我们刚刚把那个人扔进树林，喷了一遍信息素，“你在打劫这个可怜的浑蛋吗？”

“我没想打劫他。”我一边说一边挨个掏他的口袋。

“随便你，只要记住分我一半。”

我掏出这个家伙的电话。“找到了。”我说着按亮手机屏幕，需要指纹才能解锁，我拿起他的手刷了指纹，此时他还在嘀嘀咕咕，我拍了拍他的脸颊，他昏昏沉沉地笑了笑，然后又回到了难以理解的思绪中。

“我以为这里没有信号。”尼亚姆说。

“是没有，”我说着亮出手机屏幕，“不过有 Wi-Fi 连接，这个诡异的小地方竟然有自己的内联网。”

“你要发电子邮件吗？”

“不，”我浏览应用，寻找用来分享文件的软件，找到后把它打开，“我在调查秘密计划，好像找到了一个。”

尼亚姆在旁边仔细观察：“离开他之后，这部手机就没法用了。”

我把电话交给尼亚姆。“拿着，”我从自己的口袋掏出手机，“我不发电子邮件，不过要用近场通信传输一些文件。”

“你可真是个电脑天才。”尼亚姆不怎么赞赏地说。

“我曾经在一家新兴技术企业工作，”我说，“至少学会了几样东西。”

“那就快点儿，”尼亚姆说，“否则我就得再电一次这个可怜虫了。”

文件传输完毕后我关闭了这个家伙的手机，把它远远地丢进树林。“来吧，”我对尼亚姆说，“我们得走了。不管他是谁，大概很快就会有人想起他来，我们可不希望有人来找他时把我们给抓现行。”

我们刚准备离开，就发现卡胡朗吉和阿帕娜朝这边走来。“我们听到了说话声，”阿帕娜说，“我觉得他们在寻找自己的同伙。”

我抬头看向贝拉，手电筒的光在周围晃动。“好吧。”我说。我们往外围走，远离昏迷的暴徒和他同伙的手电。

蹲在几百米外，我查看下载的文件，他们几个放哨。“有了，”我说，“是关于边界装置的操作规范，他们称之为跨时空通道。”

“伙计，他们不是直接挪用了《毁灭战士：永恒》[①] 吧。”卡胡朗吉说。

“我担心就是挪用的。”

“肯定侵犯了版权。”

“他们肯定没打算销售这种东西，”我一边说，一边继续阅读文档，“看起来它好像需要多得离谱的能量才能运行，所以需要事先准备好才能把它激活。那些桶状物是电容器。系统中一旦存储了足够的能量，就可以释放到这些桶状物顶端的部件里，它们可以削弱不同宇宙间的壁垒，直至毫无阻隔。”

“究竟怎么削弱？”尼亚姆问。

“文件里没说，也没有示意图之类的内容，只是描述了如何运

①一款第一人称射击游戏。

行，以免某个浑蛋在它旁边操作时丧命，”我掉转屏幕好让他们也能看见，“比如‘别靠近电容器，它们并不安全，一旦发生意外，电容器会向你释放一万伏电压。’”

“真高兴……能了解。”阿帕娜说。

“说正经的，它看起来像一个非常糟糕的设计。”我说。

“如果需要给电容器充电，那么就需要有设备给它们充电，”卡胡朗吉说，“这里某个地方一定有发电机，如果是这样，很可能也有一个给电容器放电的开关。”

“找到它，给边界的电容器蓄电，然后送贝拉回家。”阿帕娜说。

我点点头，翻动文档，最后找到一个粗略的设计图。“这里应该是发电机所在的位置，”我说，“既然我们目前没有看见它，那么我猜我们会在贝拉的另一侧发现它跟这伙人修建的其他营房在一起。”

“我们要去拨这个开关。”尼亚姆说。

“很可能有人守卫。”

“为什么会有人守卫它？你真觉得这些王八蛋会预料到有人来？”

“也许他们没有，可是其中一个人不见了，那么应该有个隐匿起来的人把他电得七荤八素了。”我指出。

“我要为自己行为的必要性辩护，即便如此，我懂你的意思。”尼亚姆说，“不过我只是想说，无论我们采取什么行动都得抓紧。”

“我同意。”

“要是我们直接告诉他们实情呢？”阿帕娜说。

“什么？”

“我知道我们得假定这些人是坏蛋——”

“他们是彻头彻尾的坏蛋，”卡胡朗吉提醒她，“杀死了我们的朋友。”

“我知道，”阿帕娜承认，“我一点儿都没忘。可我觉得他们没坏到让贝拉过来引发核爆。虽然他们不在乎别人，但他们确实没有意识到自己待在这里面对的危险。假如我们直接告诉他们，他们也许会把她送回去。”

“你真的这么觉得？”尼亚姆问。

“我不确定，”阿帕娜承认道，“不过我想在采取别的方案之前，至少应该有人提一下这个方法，我们应该乐于怀有这个想法，即使他们很邪恶，但也是理性的行动者。”

“我欣赏你的乐观。”我说。

“是，我也欣赏，但还是觉得他们一有机会就会要我们的命，”尼亚姆说，“所以算了，我们直接去寻找发电机。”

卡胡朗吉点点头：“这件事我支持尼亚姆。”

“好吧，”阿帕娜说，“值得说明一下。”

我们在树林里绕着贝拉庞大的身躯逆时针行走。与此同时，人类的宿营地显露出来，可以看到一片灯光，以及这群人为了在此行动而改造的一批集装箱，至少有十几个人在外边活动，收集来自孵化凝胶和贝拉本身的生物材料。还有人在集装箱之间乱逛，其中的一个集装箱实际上是一辆拖车，我猜指挥行动的人应该坐在车里。

卡胡朗吉伸手一指，说：“我认为发电机在那里。”

我顺着他指的方向看到一个稍远的存储集装箱，关着的门里蜿蜒伸出一根粗电缆，引向几米外露天放置的大箱子，而后者正与边界上的第一个桶状电容器相连。

集装箱里没有伸出别的电缆，无论是什么给整个营地的其他部分供电，它都在别的地方。所有迹象表明，我们要找的发电机就在这里。

“有人看到那附近有守卫或其他人吗？”我问。我没看见，但是让大家都确认一下也没什么坏处。没有人看见，离此处最近并且还在移动的人在几十米之外，而且他还在往远的方向走。

我们仍然在林间穿梭，仔细选择路线绕行，最后来到发电机集装箱的正后方，贝拉高高地耸立在我们面前。

“准备好了？”我问。

“我们都过去吗？”阿帕娜说。

尼亚姆看了看她：“你想留下来？”

“不太想。”

“我们都过去，”我说，“一。”

贝拉吓人地动起来，抬起头尖叫。

“二。”我低声说，已经完全不知所措。

她再次射出一束光，几乎直上直下，紧接着是一个回声浩大的爆裂声。随后这束光在空中撕开一个大洞，直穿到怪兽地球，它仿佛在贝拉头上方几十米处突然被截断。

在我们周围，这个世界开始发出微光。另一侧非常明显的通道效应在这里几乎难以察觉，只有在贝拉一次性释放大量核能的时候才能观察到些许迹象。随着温暖潮湿的怪兽地球空气被抽进她身边巨大无比的时空洞，与寒冷的人类地球空气相遇，贝拉自己被笼罩在形成的雾霭中。

这时的她跟你曾在电影中见过的每只怪兽一样，庞大、愤怒、可怕。

野性。

贝拉停止尖叫，那束光消失了，这个世界不再散发光芒，所有的洞都不见了。我镇定地看看智能手表，记下贝拉爆发的时间间隔。

“三。”我看着时间说。

他们三个开始跑。

我原本可不是这么打算的，我心想，然后也开始追。

发电机集装箱的门微微开着，光从里边射出来。我们都进去后，我尽可能安静地关上门。

内部沿着集装箱墙壁的顶端安装着条形照明设备。里面有一个外观充满现代感的长条装置，装置上的仪表板显示出数据，整个装置通过USB Type-C线缆与一台笔记本相连。

“这就是发电机？”阿帕娜问。

“我觉得是。”我看着仪表板说，上面显示了输出电流和其他指标。

“它看起来可不像发电机，而像一部大得过头的苹果手机。”

“闻起来也不像发电机。”尼亚姆说。

“你说得对，”卡胡朗吉同意尼亚姆的说法，“现场工作时我总会用到柴油发电机，这台显然不是。首先，你能听出柴油发电机的声音。”

“它在输出电能，”我说，“至少仪表板显示出来了。”

“仪表板有给电容器放电的提示吗？”尼亚姆问。

“没有，”我在笔记本电脑上查找，“不过这个也许可以。”这台笔记本电脑上有个窗口显示出相连的电容的图像，一共好几十个，把光标移动到电容器图标上方就能显示出每个电容器的电量——都在百分之九十五以上。

这个窗口的右下角有一个红色的大按钮，上面写着电容器放电。

“哈，这可方便了。”我说着把按钮指给他们看。

“你还在等什么？”尼亚姆问，“动手啊。”

“让我想想，确保别落下什么。”我说。

“似乎挺简单明了的。”

“听好了，你想按这个按钮吗？”

“如果十年内你还不按，我也许会按。”

我按下“电容器放电”按钮。

一个对话框弹出来：确认放电。

“噢，该死。”我一边说一边确认。

什么也没发生。

“怎么样？”卡胡朗吉问。

我耸耸肩：“没反应。”

“你按那个按钮了吗？”

“我按了，”我说，“然后又需要对话框确认。”

“好吧，这下糟了。”

集装箱外传来敲门声。

我们都被吓了一跳，紧盯着门口。

敲门声又响了一下。

“回过头看，我们或许应该留一个人在外面放风。”阿帕娜说。

敲门声又响起来，外面有人说：“再敲一下就扔催泪瓦斯。”

“来了。”我朝门外说。

他们都盯着我看。

“怎么了？”我说，“你们都想吸催泪瓦斯？”

“我们可以从集装箱的另一端出去。”卡胡朗吉说。

“另一侧也有人把守。”外面的声音说。

“别再大声嚷嚷了。”尼亚姆低声对卡胡朗吉说。

“说真的，赶紧出来，别等我们开枪把你们都打死。”外面的声音说。

“我们真的不擅长干这个。”阿帕娜说。完全无法反驳。

我们举着双手走出集装箱。五个端着军用步枪的家伙正等着我们，他们迅速夺下我们的武器和背包，让我们手放身后，跪在地上。

“你们谁电击了戴夫？”正对着我们的那个人问。

“我。”尼亚姆说。

“太恶劣了，他还是新来的，勉强算实习生。”

“抱歉，在我看来，你们都是杀害了我朋友的凶手。”

这个家伙对此一笑：“我还会杀了你们，不过我们得到命令，暂时先等一等。”

“谁下的命令？”我问。

“我。”身后传来一个声音说。

我转身看去。

罗布·桑德斯，必然是他在捣鬼。

第二十六章

“只是让你们明白，我会把你们绑起来，喂给怪兽的寄生虫。”桑德斯对我们说，我们的背包和武器在他面前摆了一排，他的一名手下给他找了把折叠椅，他正得意地坐在上面，他那名手下和其他人一起把武器对准了我们，“我们现在显然不能让你们活下去，不过如果你们好好回答我的问题，我们也许会让你们死个痛快，而不是让寄生虫活吃了你们。”

“这段话你排练过吗？”尼亚姆说，“听起来你好像排练过，对着镜子练了很多次。”

“希利博士，”桑德斯注视着尼亚姆说，“我记得我们上次见面时你很无礼，毫不意外，你现在还是那个熊样。不，我的话都是自然的表达，也确实像练习过。那么第一个问题，你们是怎么成功穿越过来的？”

“燃料颗粒。”我说。

“什么？”

“铀燃料颗粒，”我说，“就在背包里。”

桑德斯对此皱皱眉，开始在我的背包里翻找，最终发现了几个。“你糊弄我呢？”他看着灰色的小圆柱体说。

“劳塔加塔博士可以解释。”我说。

“我认为存在某种场，可以被提纯的锕系元素激活，”卡胡朗吉说，“我们带上这种颗粒就可以穿越过来。”

“究竟是怎么起作用的？”

“我们像巫师一样举着燃料颗粒围成了一个圈。”尼亚姆说。

桑德斯看向我寻求确认，我耸耸肩：“我们紧挨着站在一起，举起手中拿的燃料颗粒，然后就跨越过来了。”我觉得没有必要告诉他我们跨越的孔洞出现在几米之外，是由贝拉喉咙喷出的能量激活的。这似乎是个不相干的信息。

桑德斯看向阿帕娜。“我记得只有你没有自作聪明，”他说，“这描述准确吗？”

阿帕娜点点头：“的确如杰米所说。”

“你们的上司同意了？”

“我们没有征求许可。”我说。

“我能看出原因，”桑德斯说，“太不像话了。”

“我们迫不及待地想要穿越。”阿帕娜说。

桑德斯专注地看着阿帕娜：“为什么？”

“因为我需要你们把贝拉送回去，她对于她自己和你们来说都是个威胁。”

桑德斯笑了：“哦，你说是因为释放核能的嗝。”

阿帕娜对这个描述皱起了眉头：“是。”

“那些我们都了解，也不担心。”

“你们不担心一只怪兽在你们附近引发核爆炸？”卡胡朗吉怀疑地问。

“我们正盼着呢，”桑德斯说，“老弟，我们刚刚把一只怪兽弄到这边。你知道这么做多么违法吗？她发生核爆炸，刚好可以抹去一切证据，也包括她自己。除了一个弹坑，什么都不剩。”

“还有爆发出的火光，以及核辐射尘埃。”卡胡朗吉指出。

桑德斯不屑一顾地摆摆手："反正也是在一座渺无人烟的国家公园。"

"贝拉会活动，"阿帕娜说，"如果承受过多痛苦或者不知所措，她也许会离开这里。如果她离开并前往古斯湾，那么也许会有数千人丧命。"

桑德斯大笑起来。"那更好了，"他说，"那里有一座加拿大军事基地，对加拿大的军事基地发动核打击？在拉布拉多半岛？可恶，所有人都会发蒙。他们会花好几个月时间尽力查清是谁干的，出于什么原因。我看他们最终会归罪于中国，对吧？疫情期间一次针对北美洲的核打击，刚好在美国大选之前——就在这届美国大选之前，多么不可思议。首先会有戒严令，其次股票大跌，我有买空的投资人正跃跃欲试呢。"

"戒严令和经济萎缩对你而言是个绝佳的机会。"我讽刺地说。

"别因为我计划周密就心生嫉妒，杰米，"桑德斯说，"显然我比你准备得充分。你真以为摆弄摆弄我的笔记本电脑，就能把贝拉送回去？"

"或许吧。"我说，但是马上意识到这话听起来有多荒谬。

桑德斯把手伸进衬衫，掏出一件拴着链子的小东西。"USB安全密钥，伙计，没有这东西实打实地插入电脑，电容器不会放电。我只是觉得，你不会这么蠢吧，这可是最基本的首席执行官级别的安全措施。"

"那你为什么把边界装置保持在待用状态？"尼亚姆问。

"边界装置？"桑德斯看上去有些不解。

"抱歉，你的跨时空通道。"尼亚姆气愤地说。

"多好的名字，"桑德斯说，"我自己想出来的。"

"老兄，它可是出自《毁灭战士》。"卡胡朗吉说。

"你的确有从科幻经典盗用名词的前科。"我指出。

“我不知道你们俩在说什么，”桑德斯说，“至于你的问题，希利博士，它处在激活状态是因为那是个故障保护装置。假如贝拉在我们做好准备之前变得难以驾驭，我们可以把她送回去。我们现在不需要跨时空通道了，实际上等我们完成这里的工作，我会把通道关闭，彻底把贝拉困在这里。”

“它到底是如何工作的？”尼亚姆逼问。本来是他审问我们，可桑德斯是个自大狂，他喜欢交谈。显然我们不用提前讨论就默契地达成了共识——让他一直唱独角戏。

“你喜欢那东西？”桑德斯问尼亚姆。

“我想弄明白。”

桑德斯随意地看了眼手表。“考虑到你们还剩下一点儿时间，了解一下对你们来说有益无害。”

“我想知道你是如何设计并制造出原型机，而且在几周之内就为这一切——”尼亚姆甩了甩脑袋，暗示眼前的这一切，“——做好了准备。我说的你其实是指你雇用的科学家，因为你显然没这个能力。”

“真伤人啊，”桑德斯说，“我有工程学位。”

“你作为大学关系户获得了本科学位，”我说，“估计你的家族捐赠过大楼，他们才让你顺利拿到文凭。”

桑德斯眯起了眼睛：“如果你们这么想死，我马上就可以把你们都喂给寄生虫。”

“那你就得不到问题的答案了。”阿帕娜说。

“我现在也没得到任何答案！”桑德斯说，“我猜你们让我唱独角戏是为了活久一点儿。没错，我了解独角戏。我看过《超人总动员》[1]。”

---

① *The Incredibles*，2004年上映的喜剧动画电影。

“跨时空通道，”尼亚姆提示说，“请展开长篇大论。”

“显然早就有了。”

“从什么时候开始？”

“你非得知道的话，从二十世纪六十年代开始，”桑德斯转向我，“记得田中基地那次乱子吗？你们的领导想要向我解释原先那座田中基地被炸毁跟我的家族有关。虽然不甚了解，但是她说得对极了。怪兽不是碰巧接近基地，而是我们引诱它过去的。”

“所以你以前就杀死过怪兽保护协会的人。”我说。

“我们不知道那只怪兽的核反应堆出了问题，”桑德斯说，“不能怪我们。”

“对，只是怪你们把那只怪兽引到了可以杀死几十人的地方。”

“随便你怎么看，”桑德斯承认了这一点，因为他好像不怎么在乎，“我们在尝试让它进入一个早期通道，跟眼前这个通道类似，由我们公司的同位素温差发电机提供能量，”桑德斯伸出一只大拇指，朝后边的发电机集装箱一指，“那是一台钋 −210 同位素温差发电机的原型机，以极快的速度输出惊人的能量，用在这里是一个完美的应用案例，不过燃料不会维持太久。”

“你以前试过？”阿帕娜问。

“以前没起作用，”桑德斯说，“我们可以在时空之墙上打开一道口子，但它还没大到可以让实物通过。我们需要怪兽提供更多残留下来的削弱力量，却再也无法得到。直到最近，第一只怪兽发生核爆，削弱了壁垒，然后贝拉坐在爆炸弹坑边缘，用自己的核反应堆把壁垒保持在削弱状态，”桑德斯用手做了个大厨之吻的姿势，“完美。这种时刻我的家族其实已经等待了好几代。”他豪情壮志地一挥手，“我们已经暗中筹划好几年了，显然需要不时更新配件。不过我们时刻做好了准备。”

“是啊，好吧。可是为什么？”卡胡朗吉问，“弄回一只怪兽对你来说有什么好处？你控制不了它们，没法驾驭它们的能量，它们在这里活不过几天。你这么做有什么意义呢？”

桑德斯对此一笑：“劳塔加塔博士，我以为只有你才会明白。”

“我不明白。”

“那我帮你理解一下。哪个是你的背包？”卡胡朗吉指了出来，桑德斯在里边翻找，掏出一瓶喷雾剂，“这是什么？”

“怪兽信息素。”

“你用它来驱散寄生虫。”

“差不多。”

桑德斯对我们四个一挥手：“所以你们四个现在闻起来像馊了的健身短裤。”

“是的。”

“所以相比那只怪兽，你更感兴趣能从怪兽身上得到什么，”桑德斯说完闻了闻喷嘴，露出痛苦的表情，然后把喷雾剂放在地上，继续搜查卡胡朗吉的背包，“在你看来，怪兽不是怪兽，它只是大量化合物、气味和信息素，你可以随意摆弄来达到自己的目的，”他从背包里掏出一个看似遥控器的物件，他不知道那是什么，便随手放在一边，“我跟你一样，只不过看中的不是气味和信息素。”

“你想要反应堆？”阿帕娜突然说。

桑德斯对她一笑：“乔杜里博士显然是你们四个里边最聪明的。对，‘二战’一结束，我的家族就致力于探索核能与核能发电领域。如果能够培育出来可投产的核反应堆，而不用自行建造，想象一下这有多大的竞争优势。安全、高效、有机，你们知道风能和太阳能只能提供一定的能源。总而言之，我不在乎怪兽，只想弄清它们的身体是如何长出核反应堆的。”

他看向我：“不过现在你应该已经想清楚这一点了。我想要偷走怪兽的遗传信息，被你发现了。”

“我不知道这是后备计划。”我说。

“很高兴你没猜透，”桑德斯说，“不过这确实引出了一个问题，你们到底怎么猜到我们在这里的？我的人率先击落了航空器。”

“以及直升机。”我补充说。

“我们没想到有直升机，”桑德斯承认，“也没想到会撞上你们的人。我们以为捣毁航空器和仪器套件就够了，即使发现有直升机坠毁，你们也会觉得是贝拉的袭击所致，而不是我们。所以是怎么回事？”

“你们大意了。”尼亚姆说。

“显而易见，我问的就是哪里大意了。”

“你还记得汤姆·史蒂文斯吧。”我说。

“提到我们都曾在达特茅斯念书的那个家伙。”

“就是他，你们的人把他杀了。”

“这事儿要是写进校友杂志就尴尬了，不过请继续讲。”

“在你们下手之前，他藏了一个摄像头，”我说，“摄像头拍下了你们的人，看到了你们的边界装置。”

“跨时空通道。”桑德斯纠正道。

我没管这套：“我们知道那不是事故或者怪兽袭击造成的。我们知道，我们的人都知道，本多基地的通道一恢复，这一侧的人也会知道。”

桑德斯抬头看用武器指着我们的一个家伙，也就是问我们谁电击了戴夫的那位，“你说现场已经清理干净了。”

“我以为呢。”那个家伙回答。现在我听出来了，他的声音跟记忆中汤姆拍下的一样。

“哼，显然没有，”桑德斯突然发作，“这把事情搞复杂了。”

“没有任何证据表明这件事跟你和你的公司有关，”那个家伙说，“我们没穿任何可辨别的服装，时空通道也没有标记。他们不会知道。”

“只是你们有前科。”我说，“我指的是你的公司。最终怪兽保护协会会调查清楚。”

“不，他们不会，”桑德斯几乎变得心烦意乱，“从来没有人告诉他们我们做了什么，那是我们跟能源部之间的事儿。”

“那么他们会知道。”我说。

桑德斯对我发出奸笑：“你知道现在谁掌管美国，对吧？你觉得他们会在乎？尤其是如果我能够给他们一个借口实施戒严令以及取消总统大选。老弟，这些破事甚至能让我获得总统自由勋章。”

我咬牙切齿地说：“确实如你所说，真让我讨厌。”

“我知道你会，”桑德斯平和地说，“不过我认为事情不会走到那一步。不管有没有证据，我们都可以确保不会引火上身。”他又转向阿帕娜，“过去几小时我们已经从贝拉的蛋里提取了基因材料，”他说，“还拿走了一些蛋放到可控环境中孵化，我们将会看着小怪兽生长发育。”

“可是那又帮不了你们。”阿帕娜说。

“我知道，”桑德斯说，“不过你告诉过我怪兽需要寄生虫来刺激生长，而我们公司也有自己的研究方向。这就更有理由把贝拉弄过来了。为了获得基因和个体，我们一直在捕获她的寄生虫。”

“它们还没有吃掉你们任何人？”尼亚姆问。

“有几只尝试过，然而寒冷和稀薄的空气降低了它们的活性，”桑德斯说，“它们基本上一直附着在贝拉身上取暖。”

“那你威胁说要把我们喂给它们就没那么可怕了。”

“我们可以把你们直接送到它们身边，那会很有帮助的，”桑德斯又看了看表，“时机就快到了，因为据我们估计，再过几个小时贝拉就会爆炸。”

“加拿大人现在一定已经知道你们藏在这里。”卡胡朗吉说。

“当然知道，他们给了我们许可。”桑德斯说，“他们认为我们在这里进行射电干涉测量。一周前我们告诉他们，今晚他们可能会看见这里发出一些强光，我们的部分工作使然，都在他们的意料之中。”

“这只大得离谱的怪兽也是吗？”尼亚姆问。

“只要不进行永久性的改变，我们就有资格搭造建筑，就他们所知，贝拉是一座建筑。”

“没人会信这一套。”阿帕娜说。

“假如我们在蒙特利尔市中心这么干他们也许不信，可是在疫情期间的拉布拉多半岛，附近无论多大的城镇离我们至少都有六十英里，我们甚至不在任何航道上，我想你还不明白这个地点对我们的行动来说到底有多么完美。”

“可你正在计划永久地改变这个地方，”我说，“一场核爆就会造成那样的后果。”

“好吧，这倒不假，”桑德斯承认，“不过他们会认为我们跟她一起爆炸了，可实际上一艘货运直升机正赶来运走我们的实验室集装箱，以及我和我的手下。直升机马上就到，你们几个正赶上我们收拾东西。”桑德斯拍了一下大腿，然后站起来，“所以我们要继续工作了，就聊到这里吧。”

“你不想再问我们什么问题了？”我问。

“不怎么想。嗯。”桑德斯说，“我也以为自己还有问题想问，不过我已经知道你们是怎么穿越过来，知道没人了解你们在这里，还知道没人了解我和我的家族公司是幕后主使。你们都会死掉并被蒸发。我还需要知道什么呢？”

“我们还有问题要问。”阿帕娜问。

“我相信你们有，可实际上你们没资格问了。不过我希望你们喜欢我的长篇大论。”

“我们喜欢，”卡胡朗吉说，“怪兽保护协会的总部也会喜欢的。”

桑德斯停顿了一下：“你说什么？”

卡胡朗吉朝地上类似遥控器的东西点了点头。“它一直在录音，并把你说的一切都发送到我藏在贝拉身上的一件设备，暂时进行存储。它有一个死人按钮，如果你无法每个小时，”他指着遥控器上的红色按钮，“至少按一次，它就会全都发送出去。”

“在一个没有蜂窝电话信号覆盖的地方，这种威胁可真聪明。”桑德斯说。

“你们建了一个 Wi-Fi 网络。”我指出。

“那是本地网，”他说，“你怎么知道？”

“因为我用戴夫的手机下载了你们的共享文件，随手上传到了同一设备。”

“并没有网络连接，”桑德斯提醒我们，“你们在虚张声势。”

“噢，看着老天的份儿上，”尼亚姆说，“有种东西叫卫星，你这个浑蛋，你的好哥们儿埃隆 · 马斯克才发射了几千颗上去。”

“我们不是哥们儿。”桑德斯听起来像是在为自己辩护。

“是这样的，这个设备需要配合铱星工作，”卡胡朗吉说，“它们又老又慢，但是十分可靠。它们会在——”他看了看表，“——五分钟后接收所有数据。”

桑德斯伸手捡起遥控器。“这个是按钮吗？”他指着遥控器上的红色扁圆问，然后按了一下，“差劲的独角戏，”他对卡胡朗吉说，“等到快来不及了你才揭晓你们的秘密。”

卡胡朗吉笑了：“你不会以为没有我的指纹它也能工作吧？”

桑德斯皱起眉头，看着遥控器说：“什么？”

“我的意思是，基本的安全措施。”卡胡朗吉说。

桑德斯把遥控器递给卡胡朗吉。“按吧。”他说。

“否则？”尼亚姆说，“你会杀了他吗？伙计，这张牌你已经出过啦。”

桑德斯转向尼亚姆：“我照你肚子开一枪，这样他就能听见你痛苦的尖叫，然后按下按钮，怎么样？”

“哇哦，这可真邪恶，”尼亚姆说，“顺便说一句，你去死吧！”

“随你的便，”桑德斯抬头看着他的手下，“你来开枪，懂吧？”

“喂，喂，”卡胡朗吉说，“别对任何人的肚子开枪，把遥控器给我。”他伸出手，桑德斯把遥控器放进他的手中。

卡胡朗吉看着我们所有人：“那么，我猜就到这里了。”

“是的。”我回答。

“我只想说，无论发生什么，很高兴遇见你们每个人。”卡胡朗吉说完看着桑德斯，“不包括你，”他澄清道，“你可以死在烈火中了。不过你们，杰米，阿帕娜，尼亚姆，我为我们的友谊感到幸福。”

“彼此彼此。”阿帕娜说。

“我也是。”我跟他们的想法一致。

“我没打算惹这么一团乱子的，”尼亚姆说，“不过，话说得没错，你们都是最棒的。”尼亚姆看着桑德斯，“再次重申，不包括你，你是最烂的。”

“烂透了。”阿帕娜表示同意。

“世上最邪恶的恶魔。”我说。

“我还是可以朝你们肚子开枪，”桑德斯说，“你们所有人。”

“噢，对呀，”卡胡朗吉说完按下按钮，然后把遥控器抛回给桑德斯，“顺便说一句，你被我骗了。”

“我什么？”

“他骗你了，”我说，“我也骗你了。”

“我们都骗了。”阿帕娜说。

“互相欣赏的部分没骗人，”尼亚姆对桑德斯说，“我们的确为这份友谊感到幸福，你是浑蛋的部分也没撒谎，你的确是浑蛋。”

“我骗你的是那个遥控器的功能，”卡胡朗吉说，“首先，它只是个遥控器，不记录任何信息。”

“其次，它并不能把数据发送给卫星。”阿帕娜说。

“对，这也是我骗你的内容。”卡胡朗吉也承认。

“最后，那不是让人死掉的按钮，”我说，“你按下按钮就会激活它。”

“激活什么？”桑德斯说。

贝拉所在的方向传来咆哮和尖叫声。

“你说寄生虫在这里没精打采，只会附着在贝拉身上，”卡胡朗吉说，“我安放了一枚信息素炸弹，现在是时候唤醒它们了。”

在我们周围，极细微的柑橘气息渗入了松树和泥土的气味。

“唤醒它们是什么意思？”桑德斯问。

“我告诉过你，信息素不是一种完美的语言，”卡胡朗吉说，“那是实话，然而刚刚信息素已经近乎大声高呼‘我们正在受到袭击，杀死一切活物’。你刚刚把它引爆，我们的长篇大论刚好给它们充裕的时间赶来这里。”

“糟糕。”桑德斯的手下说道。

我转头看见一大群寄生虫从贝拉身上汹涌而下，至少有一部分向我们这边冲了过来。

我看向桑德斯，他注视着冲过来的寄生虫，惊得目瞪口呆。

我跳起来抓住桑德斯，从他脖子上扯下 USB 密钥。

然后转向我的朋友们。

“快跑。”我说。

第二十七章

寄生虫来到我们周围时，我们四散奔逃。

刚刚还把武器对着我们的几个人，已经忘记了我们的存在，毕竟我们不是来自另一颗地球的可怕生物，更没有朝他们全速冲去。我们只是人类，不会动他们一根毫毛。他们转身开始用步枪对着寄生虫射击。

里杜·塔加克说得果然没错，用微小的子弹很难击中快速移动的寄生虫。

有两个人几乎是立即就倒下了，还在号叫和反抗，其他人学着我们的样子疯狂逃跑。

我回头看见罗布·桑德斯在退避，然后举目四顾。

他在找什么？我感到好奇。

他看见我，立马动身追了过来，中途只顾停下捡起卡胡朗吉的霰弹枪。

哦，对了，我拿着他的密钥呢，我想。

我又跑起来，跟周围所有人逃离的方向都相反，这次我跑向了贝拉。

与此同时，寄生虫从我身旁绕开，“我是怪兽”信息素还留在我身上，希望朋友们身上的也还没消散。

我看见桑德斯的手下四下逃窜，一边尖叫一边闪躲，因为大群的寄生虫紧追着他们。我用余光看见，一只疯跑的寄生虫把一个人撞倒在地，另外几只随即也扑到他身上，我移开目光，不再盯着看他的下场如何。

我抬头观察贝拉，在这个时刻她做出了让我意想不到的行为。

她动了起来。

除了喷射核子火焰的尖啸，她本来纹丝不动，结果这时却颤抖着摇晃起来，还没从她身上下来的寄生虫一波接一波地飞走，贝拉的移动扰动了它们的老巢。

卡胡朗吉之前跟我们解释过。阿帕娜和我把信息素炸弹安放在贝拉吸入空气的地方，我们走向发电机的时候他曾说，信息素会直接被她吸入，充斥她身体的每个部分，她的寄生虫会率先做出反应，不过最终她也会感觉到。

然后呢？我问。

远远躲开她。他说。

我更加用力地跑向贝拉。

我先是感觉到弹丸密集地击中我的后背和后脑勺，然后才听见霰弹枪的开火声。

桑德斯离我太远，所以这一枪没有真正伤到我，可我还是疼得要命，乱了节奏，跌跌撞撞地摔倒在地，给了桑德斯拉近距离的时间。

“还我密——”他话没说完，就不得不吐出我扬到他脸上的土坷垃，旁边有一块小石头，我抓起来朝他丢出去。他被击中下巴时咒骂了一句，抬手捂住了无足挂齿的轻伤。

“动真格的？”我听见他难以置信地说，可是接下来的话我一句都没听见，因为我又开始狂奔。

我一边跑，一边意识到自己在摔倒时伤到了左脚踝，那里热辣辣地痛，每跑一步伤势都变得更加严重。

我抬头看去，发现贝拉就耸立在我的正前方，我们之间没有任何阻隔。我还发现了另外一个情况。

她正直视着我。

那双奇异、发光的大眼睛原本在脑袋上四下转动，此刻却专注地盯着我所在的位置。

我僵在原地，我猜当你成为猎物时难免会这样。

“我还有一发子弹，杰米，”桑德斯赶到我身后说，“别逼我开枪。”

我回头看他：“有个消息我得告诉你，罗布，眼下你给我带来的威胁可以说是微不足道。”我指了指上方，他顺着我的手看见贝拉正盯着我们俩。

“噢，该死。”他说。

我伸出手臂提醒他：“别跑。”

“还等啥？”

“反正对你没有任何好处。”我说。

我们都呆若木鸡地抬头盯着贝拉。

她决定仔细看看我们俩。

我不确定该如何从几何角度描述——一只超过百米高的生物把头低到接近我们的高度。可实际情况就是这样，贝拉的头堪比郊区的一栋大房子，她的眼睛转来转去，直到发现了我们。紧贴着她的脑袋周围，有东西在移动，是那些还没有逃窜或者离开贝拉去袭击人类的寄生虫。

“噢，完了。”桑德斯说。

“别说话。”我说。

贝拉的眼睛不再盯着一处，而是分别瞪着我们二人。

与此同时，我感觉她体内的热量正通过寄生虫为她搭建的散热系统排出体外，向我袭来，我感到一时难以承受，仿佛自己站在一个过热的熔炉面前。

还有别的情况——贝拉打量我们时支撑自己的方式有点异样，她似乎……

疲惫、厌倦、迷茫。

悲伤。

也许是我过分解读了，毕竟我知道她被带到了一个并不属于她的世界，也许我的大脑强化了一个令人同情的谬论，只是为了在绝境中仍心存希望，希望这个脑袋赶上一栋房子的庞然大物别吃我，也别踩我。另外，我也许是彻底精神崩溃了。上述猜想中的某些或全部在当下都可能是真的。

无法改变的事实是，在那个紧要关头，我最渴望的就是把手放在贝拉的头上，告诉她不会有事。

“可怜的姑娘。”我对她低语。

“你他妈跟我开玩笑呢？”桑德斯在我身后说，他显然听见了我的低语。

我转向他。“闭嘴，罗布。”我说，“你把这个生物带到了这边，带到了一个她必死无疑的地方。置她于死地，你图的是什么？就为了掌握一套可以让你处于绝对垄断地位的生物工业流程。”

“这个世界需要无限的生物核能——”

“老兄，可别假装你是为了世界才这么做，”我说，“你根本不在乎世界，不管是这个世界还是属于她的世界，”我指向贝拉，“汤姆·史蒂文斯曾经告诉我，怪兽保护协会的部分工作就是保护怪兽免受人类的伤害。关于我们谁是真正的坏蛋，我们还开过玩笑。可结果那终归不是玩笑，对吗？”

桑德斯紧张地审视着怪兽，她仍然在打量我们。桑德斯又把目光落在我身上。“把密钥给我，杰米，我送她回去，”他说，“我已经从她身上获得想要或需要的一切，把密钥给我，我会启动边界装置。她可以回去，你也可以回去，你们都可以回去。”

“你要把我们喂给寄生虫的事儿怎么说？”我问。

“可以再斟酌。”

“还有你刚刚用霰弹枪打我这事儿呢。”

“木已成舟。”

“既然明知我们了解内情，也知道我们会被问起这些内情，我要你放我们一条生路。”

“我觉得我能充分说服你们四人编造一个互惠互利的故事。”

“你这就要给钱了，是吧？”我说。

“不仅仅是钱，”桑德斯说，“不过钱是其中一部分。”

我笑了。“诱人，”我说，“不过我刚刚想起，你只是在跟自己打一个杜克赌，看我有没有蠢到接受你的提议。”

桑德斯也对我笑了笑：“你还记得。”

“当然。”

“你记得我还有一支霰弹枪吗？”

一股极热的空气从贝拉那里喷出来，把我们两个人掀翻。贝拉的脑袋离开地面，向上抬到空中。

桑德斯站起来，端平了霰弹枪对准我。“杰米·格雷，”他说，“按我的要求做。”

贝拉发出尖啸，又射出一束光，整个世界泛起了金色。

我抬头看，一个时空洞在桑德斯身后开启，雾气在他周身凝结，遮挡了他的视线。

他扣动扳机时我翻身躲开，弹丸过于密集，没有命中我。

我翻身滚动时，看见有什么东西朝着我的面部冲过来。

一只寄生虫。

我的信息素耗光了，我想。

它跃过我，扑到桑德斯的胸前。

寄生虫把桑德斯撞进时空洞里，桑德斯发出惊骇的叫声。因为雾气我也看不见他的踪影。

在雾的另一边，桑德斯停止呼喊，开始尖叫。

我站起来，试了试扭伤的脚踝能否支撑我站稳，然后抬起头，这时贝拉刚好停止发射光束，环绕光束的时空洞开始闭合，有个东西从里边钻了出来，搅动了雾气。

一架直升机，二号直升机。

“了不起的马丁·萨蒂。”我说着开始向他摆手，跳了起来。

贝拉发现了二号直升机，向它扫了一巴掌。萨蒂灵巧地躲开，拉大了跟贝拉的距离。

贝拉缓缓站起，达到了她的完整高度。

她展开身体。

然后开始*移动*，向我扑来。

我决定之后再操心我的脚踝，立马沿着垂直于贝拉前进路线的方向跑开。她第一步就迈出了电容器组成的边界装置。

第二步踩碎了桑德斯的手下用作实验室的集装箱。

第三步迈出去时，贝拉开始发出喷气机引擎一般的噪声。

贝拉拍打巨大的翅膀，希望兜住这颗地球的稀薄空气产生升力。

终于，翅膀发挥了力量。

贝拉腾空而起。

我把视线又移至陆地，看见三个人影朝我跑来——阿帕娜、尼亚姆和卡胡朗吉。

“伙计，你还好吗？”卡胡朗吉先赶到我这儿问。

“脚踝扭伤了，但我没事。”我说。阿帕娜和尼亚姆也来到我身边，我给他们看了桑德斯的USB密钥，“现在我们可以启动边界装置。”

“太好了，不过有个小问题，”尼亚姆说，“我们的鸟已经飞出了笼子。”

“她出去越久，送她回去就越难。”阿帕娜说。

“我有个办法，”我说完转头问阿帕娜，“贝拉这次喷射的间隔是多久？”

“二十分钟出头。”她说。

“飞行对时间间隔有什么影响？”

“她要投入很大力气才能飞行，会耗费很多能量。所以，时间间隔会缩短很多。”

“有多短？”

“不知道。”

“估计一下。”

“最多十分钟。”

尼亚姆抬起头：“那他妈是二号直升机？”萨蒂正在往我们这里下降。

我把USB密钥交给卡胡朗吉：“你们俩搞定发电机并做好准备。”

他接过密钥。“准备什么？”他大声呼喊，因为二号直升机在我们旁边越来越聒噪。

“准备送贝拉回去，”我也朝他喊话，“我们要去把她给你们带回来。”

卡胡朗吉微微一笑：“你疯了，不过我爱你。”

他抓住尼亚姆，晃了晃手中的密钥并向发电机打了个手势，然后他们出发了。

萨蒂驾驶直升机悬在很低的高度，方便我和阿帕娜登机。阿帕娜进入乘客区，我坐进副驾驶座位。“我以为根据我们的约定，你会直接回去呢。”我一绑好安全带、戴好通话耳机，便对萨蒂说。

“我觉得不着急去找那个麻烦，”萨蒂说，“我注意到我们的贝拉打嗝儿时会开一个大洞，我想看看它有多大，那么现在弄清楚了。”

“你知道我们在干什么，对吗？”

“我还以为你永远不会问了呢。”萨蒂说。

“只是这会儿才问到而已。”

“当然了，只是你的措辞很难听。那么，我们去追那位女士。乔杜里博士，我们还有大约十分钟时间，我说得对吗？”

“现在没那么多了。”阿帕娜说。

萨蒂猛地转向，带我们驶入清晨，追逐贝拉。

“她飞得不算快。”我们追上贝拉时，萨蒂注意到这个细节。此时她正费力地飞向西北方，跟我们猜想的一样，她要去古斯湾。

“这里的空气给不了她太多升力，”阿帕娜说，“她在用自己的导流系统补偿，可那些系统也已经濒临崩溃，她能飞起来就很了不起了。”

“你是说她随时可能从空中坠落。”我对阿帕娜说。

“我不会对此感到意外。”

“那可不妙，”萨蒂说，“她可走不到我们要她回去的地方。”

“你准备怎么办？”

“先礼后兵。”萨蒂说。他飞到贝拉前方，一拉开足够的距离便掉转方向，悬停在她的飞行路线上。

“你所说的先礼后兵就是——看谁胆小先让道？”阿帕娜担心地说。

“我们的时间只够这种程度的礼貌了。”萨蒂说。

贝拉径直飞向二号直升机，最后一刻才转向避开。她的翅膀和气流散热系统形成巨大的湍流，重重地冲击着直升机。待我们恢复平稳，萨蒂继续追赶贝拉，而贝拉则继续往西北方向飞行。

“礼貌就到此为止。”萨蒂说。

“你不是要像我想的那样做吧。”我说。

“我不知道你怎么想的，不过是的，很有可能。”萨蒂说。

我回头看看阿帕娜：“你系好安全带了吧？”

“系好了，可是现在我不确定了。”阿帕娜说。

我点点头。“觉悟很高。”我又看向身旁的萨蒂，“好吧，行动。”

在仪表映出的光芒中，我看见萨蒂微微一笑，他驾驶二号直升机攀升，然后迅速落向贝拉的头部。

“噢，我不喜欢，一点儿都不喜欢。”阿帕娜表明了看法。

“的——确。”我表示赞同，努力克制不尿裤子。

二号直升机重重落在贝拉的头上，起落架蹭着她的脑袋划过。有那么一刻，起落架似乎卡住，我们仿佛要前倾摔死，可是后来被挂住的地方松脱下来。贝拉对此发出了一声吼叫。

“这下引起她的注意了。”我说。

“还不够。”萨蒂说着直接驾驶二号直升机往贝拉的面前下落，尾翼跟她近在咫尺。

从吼叫声我可以判断，贝拉已经愤怒到了极点。我通过监视器观察后方的情况。

“牙齿。”我急迫地说。

“明白。”萨蒂说完，我们突然以一种非常危险的方式下坠。

贝拉紧追不舍，决定让我们为惹怒她付出代价。

“她不再慢飞了。”我见她逼近我们便说，希望声音没有暴露我此刻的恐慌。

“还有多少时间，乔杜里博士？”萨蒂问。

“马上就要爆炸了，”阿帕娜说，“我猜随时都有可能。”

桑德斯那片被捣毁的场地发出微弱的灯光，我们现在已经能够看见。

“你的朋友们最好准备就绪。”萨蒂对我说。

“他们会准备好，”我保证道，“我们还是祈祷能准时带到吧。”

“噢，伙计们，”阿帕娜说，“看监视器。”

我看了看，贝拉张着大嘴发出尖啸，一点点接近我们，她嘴里的光芒初步闪现。

“我想我们来不及了。”我说。

“就快到了。”萨蒂说。

“‘快到了’可没有用。”我要让他确信。

我们飞过树林，飞向工作场地，这时贝拉尖啸着吐出她的光焰，径直射过二号直升机上方。

萨蒂降低高度，感觉距离地面只有几英寸高。在我们周围，全世界都变成了金色。从监视器里可以看到我们身后一片黑暗，与此同时，贝拉喷出的光焰撕扯着大地，把泥土抛向空中。

“抓稳了。”萨蒂说。他带我们猛然攀升，瞄准我们的光焰刚好掠过电容器组成的边界装置。一面宽阔明亮的光墙从二号直升机旁边飞过，它很漂亮，而且近在咫尺，我几乎可以伸手触碰到它，不过如果那么做，它会要了我的命。

我们飞过另一侧的边界装置，贝拉的火焰光束熄灭。在我们前方，巨大的树木正以不可思议的速度扑面而来。阿帕娜和我都尖叫起来，萨蒂刚好及时减速，然后悬停在树梢的高度，掉转二号直升机的方向。

贝拉和她的蛋不见了。

不仅是消失。

仿佛它们从没来过这里。

我注视着贝拉消失的地方。“成功了，”我说，“我们成功了。”

“瞧，”阿帕娜指点着说。卡胡朗吉和尼亚姆正拖着背包，笨拙地跑向边界装置。

“漂亮的启动。”他们登上二号直升机、系好安全带、戴上通话耳机，我就对他们说。

“你没说你们要紧贴着该死的树梢飞过来，”尼亚姆说，“我几乎来不及给卡胡朗吉发信号，我们差点儿错过了。”

“是，可你们没有。”

“你们怎么吸引她跟上的？”卡胡朗吉问。

“我们把她惹怒了。”阿帕娜说。

卡胡朗吉点点头：“听起来是个好办法。”

“但愿怪兽的记忆别太好，”萨蒂说，“否则等我们回去后，二号直升机的日子就不好过了。”

“你觉得她安全了吗？”我问阿帕娜，“我指的是贝拉，她的排气间隔不会太长。”

“不确定，”阿帕娜说，“我觉得安全了，但是说不好。我知道的是她现在有机会回到属于自己的地盘。在这里她没有归属。”

“我们完成了任务，”卡胡朗吉说，“保护了一只怪兽。”

“也许吧。”阿帕娜补充。

“我觉得这回‘也许’也算数。”

“桑德斯那个浑蛋怎么样了？”尼亚姆问我。

“和这里的其他所有人一样，”我说，“只不过发生在时空壁垒的另一侧。”

我们于早上五点降落在加拿大古斯湾空军基地，燃料彻底耗尽。因为我们完全是临时降落，仿佛凭空出现，完全没有事先安排，所以迎接我们的是数目可观的加拿大军人。

“这下好了，”尼亚姆看着队列说，“加拿大的军事监狱怎么样？我替一位朋友问问。”

“你们不会进监狱。”萨蒂说。

“我们怎么跟他们解释？”阿帕娜问。

萨蒂回头看着她：“什么都不用，你们都不用。交给我来处理。”

“乐意至极，”卡胡朗吉说，“可他们为什么要听你的？”

“因为我的身份。”萨蒂说。

“飞行员对他们来说很重要？”

“他还有一个博士学位。”我说。

“这两个身份他们都不在乎，”他说，“他们会在乎我是一名加拿大皇家空军上校。”

“这对他们来说意味着什么？”我问。

“这意味着我的职务比这里的指挥官还高。”

“你瞧瞧你，”尼亚姆羡慕地说，“原来你一直在体验生活。”

“不算是，”萨蒂说，“我是加拿大在怪兽保护协会的官方联络人。你们回去后可以问问麦克唐纳和丹索。”

“那你为什么驾驶二号直升机？”我问。

“因为，担任联络员太无聊了，”萨蒂说，“当个驾驶员可有趣多了。现在你们都闭嘴，留在这里。我来出面解决。”他下了直升机，去跟负责的军人交涉。我看到他从兜里掏出皮夹，取出一张名片。

他给那名军人看了一下。

军人向萨蒂敬礼。

其他的军人也都向他敬礼。

第二十八章

我们不用被关进加拿大的军事监狱，甚至不用被关进任何监狱。

我们也没有立即返回田中基地。

首先，因为我们回不去，本多基地的通道仍处在关闭状态，而且在整个维护周期都不会开启。萨蒂——我应该称呼萨蒂上校——已经把消息转发给小美人号的船员，他们又将消息传回基地，不过等他驾驶二号直升机穿过壁垒后才发回消息。他一离开怪兽地球，小美人号便飞速逃出了那片区域。

这是好事，贝拉一穿越回来就把周围大部分丛林点燃了。整整一个星期都没人知道，她是否能够恢复身体机能，补充寄生虫。最终她还是重新安定下来，哗啦啦下了最后一窝蛋，又孵化了好几周。

她活了下来，我们终究还是成功保护了她。

我们没有立即返回的第二个原因是，怪兽保护协会不得不调查这起事件，我们是主要证人。离开加拿大皇家空军古斯湾基地后，我们在圣约翰的一家酒店待了两周，跟怪兽保护协会的高层和其他各位股东开视频会议，说明了罗布·桑德斯的所作所为和犯罪动机，以及这一切跟他的家族企业张量公司及其前身有怎样的关系。戴夫·博格，也就是勉强算得上实习生的戴夫，证实了我们的说法，他能活下来多亏了一直昏迷不醒和喷洒在他身上的怪兽信息素。综合考虑，他原谅了尼亚姆对他的电击。

结果，初代田中基地被毁的新情报并没有让怪兽保护协会的人感到十分意外。对桑德斯家族掩盖真相的怀疑一直都存在。然而新信息似乎让美国能源部的代表感到惊讶。这位代表有可能想起了其他什么事，美国选举已经举行，没有发生邪恶的核爆炸使其受到阻挠。这位仁兄很可能会在几个月后被解雇，他似乎愿意让怪兽保护协会按照喜欢的方式来处理。

怪兽保护协会按照自己一贯的方式处理——让这次事件在官方层面上消失。

带回贝拉的任务改头换面，被假称是一群科学家在尝试射电干涉测量的新方法。

结果犯了大错。

发生了爆炸。

因为射电干涉测量项目有时就会这样。

“才不是呢。”尼亚姆作为一名天体物理学家表示抗议，结果被驳回了。

科技领域的亿万富翁罗布·桑德斯出于对科学与知识的热情，资助了这个项目，据推测他在爆炸中丧命。他的尸体还没被找回就被吃掉了，始作俑者可能是拉布拉多狼。

“拉布拉多狼？”卡胡朗吉问，“是真实存在的动物吗？”

“当然啦。”阿帕娜向他保证。

虽然张量公司不能因为桑德斯的行为或多年前与怪兽保护协会有关的公司行为，被正式追究责任，但是一月美国政府交接之际，司法部宣布，张量公司及其前任和现任首席执行官，以及桑德斯家族的所有成员，正在接受调查，事情的起因是一起长达数十年、涉及能源部和国防部的欺诈案，以及其他的一些违法行为。对他们的公司来说，这将是一个漫长难熬的过程。

这样嘛，就很好。

我们离开期间，田中基地为桑德斯抢走贝拉事件中失去的同人举办了悼念仪式。官方向家属和生还者做出的解释接近真相：他们在对要保护的动物进行研究时，受到偷猎者的伏击而英勇牺牲。怪兽保护协会的遗属抚恤金一直很客观，对牺牲者的哀悼也很真诚。

我们了解到田中基地的每个人都把心提到了嗓子眼，直到他们得知我、阿帕娜、卡胡朗吉、尼亚姆和马丁·萨蒂成功生还。他们一听说这个消息就开始集体庆祝，还发誓要杀了我们，因为我们让他们担惊受怕了很久。

我们回去时他们不但没有杀了我们，反而放了一天假，整整庆祝一天，吃饭、喝酒、唱卡拉OK。

然后我们重返工作。阿帕娜回到生物实验室，卡胡朗吉回到化学实验室，尼亚姆回到物理实验室，萨蒂嘛，短期内没有太多事情可做，因为把直升机送回怪兽地球是一项大工程，不过在那之后他恢复了驾驶工作。

我继续搬东西。

麦克唐纳让我暂时顶替汤姆的位置，同时又希望我能永久接任。我拒绝了，顶替他的位置让我觉得不合适，而且我已经逼得瓦尔连续好几周干两个人的活儿。总之，我喜欢我的工作，搬东西格外适合我的头脑。

所以余下的时间里我一直干搬运的活儿，不用承受太多波折。

坦白讲这感觉有点儿异样，以如此戏剧性的经历开启我们这轮班次，返回田中基地后的其他一切工作都有点儿反高潮。“我一直在等另一只鞋落地。”尼亚姆说。我们都有这种感觉。

可是这只鞋一直没有落地。直到三月的某天，我们穿着夏威夷风情的花衬衫，手拿饮品，欢迎蓝调队返回田中基地，这一天也是欢送我们离开的日子。

根据习俗，我给未来会入住我这间房的蓝调队队员留了一份礼物，以及一封短信。

亲爱的下一任入住者：

如果这是你头一次来这里，我向你表示欢迎。如果你以前来过，那么欢迎回来。六个月前我来到这里，时间仿佛过去了很久很久，当时我收到一盆绿植作为礼物，如今我把它赠送给你。跟我收到时相比，它已经长大，我给它重新换了花盆。再次转赠给别人之前，或许你需要再给它更换一次。

送我这盆植物的人彻底离开了这个世界。她说她打算回归真实世界，我理解她的想法——这个世界太奇怪了！——但我觉得它跟另一个世界一样真实。这盆植物是真实的，这里的人也是真实的。我们在此收获人与人的联结和友谊，这些也都是真实的。这个世界的真实性，以及能够达到的真实程度，似乎有点儿不真实。

这盆植物归你了，但是我会回来。等我回来时，希望能够见到你，跟你一起吃饭、唱卡拉OK，聊聊植物，或许我们会成为朋友。我等不及要见到你了。

在那之前——好好照顾我们的植物。

杰米·格雷

我和阿帕娜、卡胡朗吉、尼亚姆在巴尔的摩华盛顿国际机场告别，那里已经不像我们出发时那样人流稀少。疫苗已经铺开，人们也许过于乐观，已经开始旅行了。阿帕娜的家在洛杉矶，所以她会去那里，卡胡朗吉将要前往新西兰，尼亚姆要去爱尔兰，他们俩在目的地都将面临为期两周的隔离，然后才能见到朋友和家人。

“期待隔离时光，”尼亚姆说，“在客房里睡觉，用餐，对着新闻尖叫，过两个星期这样的生活。”我们互相拥抱，并承诺会通过怪兽保护协会精英队的 Discord 频道保持联系。

我离开前见的最后一名怪兽保护协会成员是布琳 · 麦克唐纳，她跟我挥手告别，让我为她物色新的助理。“汤姆无可取代，”她说，“可我仍然需要有人承担那份工作。”我答应会帮她留意。

然后我回到家，回到我那个差劲的东村公寓，实际上布伦特和莱尔提斯还住在里面，它没有我记忆中那么糟。

“我们挺想你的。”布伦特说。

“我喜欢安静。”莱尔提斯从另一个房间大喊，他正在屋里玩电子游戏。

“在我出差期间，你究竟有没有离开过那个房间？”我对他喊了回去。

“这叫隔离，杰米，也许你该好好了解一下。”

“他离开过。”布伦特向我保证。

“我偶尔大便。”莱尔提斯说。

“真让我想念。”我真心实意地说。

布伦特笑了。“那就好，”他说，“我们点了泰餐，很快就到。话说回来，我要给你好好补补过去六个月发生的事儿。”

“我真的有必要知道吗？”我问。

布伦特做了个跷跷板的手势。

这时响起敲门声。

“真够快的。”布伦特说着要起身。

我示意他坐下。“我去，”我说，“我有现金给小费。”

“嫌我们没钱，你这个土豪。”莱尔提斯喊道。

“我也爱你。”我说着重新戴上口罩去应门。

“泰式炒粉，椰汁鸡汤……我的天哪，是杰米·格雷。”门口送外卖的人说。

我更仔细地打量了一下门口的外卖员。“卡妮莎·威廉姆斯？”我说。

“老天，杰米。”卡妮莎说。她放下外卖，向我伸出一只手，然后想起如今仍是传染时期，又收了回去。“真对不起，去年三月你被解雇时我没有告诉你真相。我应该事先提醒你的，可我没跟你说。我有所顾忌，真是抱歉。”

“没关系，”我说，“我知道发生了什么，也了解了罗布·桑德斯的所作所为，我知道他逼你打了一美元的赌。”

“他还逼我付了他那一美元，”卡妮莎说，“你能相信？”

“我相信。”我向她保证。

“你听说了吗？关于罗布？”

“听说了。”

“他们觉得他被狼吃了，”卡妮莎说，“太离奇了，是吧？”

“还可以更离奇。”我暗示说。

“无法想象。”

“你过得怎么样，卡妮莎？”我问。

“唉，你知道的，”她上上下下地比画着手势，“我现在干这个。罗布卖掉美食心语之后，新老板遣散了所有人，他们不想要这家公司和人员，只想要用户名单。然后疫情肆虐，招聘市场没有任何职位，只剩这份工作可做。”

“明白，”我说，“我也经历过。”

卡妮莎笑了，可是接着显得有点儿可怜。“说不好，或许这就是因果报应，对吧？我那时特别害怕丢掉工作，所以任凭罗布欺压你和其他人。后来我还是丢掉了工作，落到这步田地，”她伸手示意地上的外卖，“给你送泰式炒粉。”

“这不是因果报应，”我说，“只是遇到坏人，走了霉运，任何人都可能遇到这种倒霉事。”

“好吧，这回被我赶上了。”卡妮莎又笑起来，“不管怎么说，很高兴见到你，杰米。”她说完转身就走。

“等等。”我说着伸手掏出钱包。

“哦，不用给小费，”卡妮莎说，“我不能要小费，不能要你的小费，尤其是在我做了那些违心之事后。”

“不是小费。”我说着递过去一张名片。

她接过去之后疑惑地看了看：“这是什么？”

“我工作的组织有一个职位空缺，”我说，“我认为你是绝佳的人选。”

致　谢

2020年初，我结束了和朋友们的度假回到家中，计划于3月初提笔创作一部长篇小说。这本小说，你手中拿的这本，最终动笔于2021年2月到3月。

那么，我原本打算在2020年3月创作的那部小说后来怎么样了呢？

唉，也许不那么出乎意料，2020年不期而至。

我可能不必提醒你那是怎样的一年，不过以防你把它完全屏蔽了，我还是简单掠过：2020年接二连三发生了疫情、抗议、山火、美国大选、腐败、隔离等一连串可怕的事件。另外，我在11月到12月染上了疾病，虽然所有测试结果都表明那场大病并非新冠，可我确信它就是。不管怎么说，我的大脑乱成了一团糨糊，在大约一个月的时间里，我简直无法思考比“我爱吃乳酪”更复杂的事情。

在经历这一切的同时，我本来要写那部小说——黑暗、沉重、复杂、颇为耗神，换句话说，绝非一部适合在世界分崩离析时写作的小说。

尽管如此，我还是写了：数万单词，从遣词造句和段落组合上来看差强人意，但是从章节的角度来看，不太妙，根本无法构成一个完整的故事。那是一部需要我集中精力来创作的小说，但是要我在 2020 年集中精力真是太难了。

可是随后 2021 年如期而至！新年新气象！我雄心再起！大病初愈之后，我的头脑终于清醒，足以再次把情节联系起来。我于 1 月 4 日又开始提笔，头一天写了几百个单词，1 月 5 日又写了几百个单词，然后就到了 1 月 6 日①，对，骚乱真的会分散精力，以前我不了解，也不必了解！不过现在我明白了，从着手写作的角度来看，1 月结束了。

终于，新任总统就职典礼已经过去两周，上一任总统被赶回佛罗里达，没有节外生枝，只好无能狂怒，我又开始尝试写作。我一天写下三千四百个单词，那些文字作为句子和更高层次的小说整体结构的一部分，的确挺合理。似乎进展不错，我感觉很好，一切总算是走上了正轨。我关掉承载了我所有工作成果的文件，期待第二天继续。

到了第二天，我回到电脑前，却找不到前一天写下的内容。

多年来头一次，我的计算机吞掉了我的文稿，在一个文字处理软件会自动保存和文档会被自动发送到云端的世界里，我本以为丢失文件这种事情基本上不会发生了，尤其是在关掉那个文档之前，我还手动保存了整整两次。

可我还是落得这种下场，三千四百个单词——像样的文字，我喜欢的文字——就那么丢失了。

在那个时刻，你们可以说我获得了顿悟：那部小说我写够了。

从本质上来说，丢失的三千四百个单词并不是促成我下此决定的根本原因，因为那些文字我在一天之内就可以补上，然后继续创作，原因在于这部小说，以及在我曾经历过的全球范围内最

①指 2021 年 1 月 6 日美国国会参议院清点总统选举人票时数千名特朗普支持强行闯入国会大厦，以阻止参议院确认拜登当选，又称“国会山骚乱”。

糟的一年里，“创作”让我倍感煎熬，所以我受够了。那是一本不合时宜的小说，出现在错误的年份，当时我十分讨厌它，还讨厌它在一年的大部分时间里带给我的感受，就好像我不得不目睹一切都行将崩溃，还得努力把小说拼凑出来。

我需要停止创作那部小说。

这就带来一个问题，那部小说早已签了合同，而且交稿时间，呃，差不多马上就要到了。然后还有一个问题，多年以来我已经打出了相当靠谱的名声——只要你给我一个死线，我绝不会拖稿。我也许会尽可能拖到满足生产流程时间进度的最后一天早晨 7 点交稿，但是它还是会被按时交付。

这一回我不仅会错过死线，而且还会彻底搞砸。我签约的那本书还在按计划推进，封面已经开始设计，营销人员也在制定计划，我却在说：“不行，算了，再见。”

可以说，我遇到了一次职业上的存在主义危机。如果我这么不靠谱，那么我这个作家当得还有什么意义呢？

当时我有两个想法，第一个是沉没成本谬误的概念，说的是人们即使应该罢手，却还是选择硬着头皮继续，因为他们已经投入了大量时间和精力，而且不希望那些时间和精力被“白白浪费”；第二个是电子游戏设计师宫本茂关于游戏的一句名言，但它在许多领域都很适用，也包括写作：“一款好游戏即使延期也终究会成为一款好游戏，一款差劲的游戏则会永远差劲。”这句话对我来说意味着，有时候你最好停下来重新评估和纠偏，而不是因为担心（死线）而不停地埋头苦干。“靠谱”不是“差劲”的借口。

于是我给我的编辑帕特里克·尼尔森·海登发了一封邮件，解释我为什么无法继续写那部小说，截至目前，这可能是我写过的最难写的一封工作邮件。然后他在邮件往来中表明了态度，我能看出，他对我的遭遇表示同情和理解。2020 年真是不堪回首，朋友们，那部小说从原定的出版计划中取消，我们会想清楚接下来要做些什么。

就这样，我不用再为那部小说而煎熬了，大半年时间里，我对此倾注的所有精力都泡汤了，不过随之而产生的忧虑也终于一扫而光。

我感觉……如释重负，心情愉悦。

这时候我的大脑说，哦，嘿，我们再也不用为旧任务而烧脑啦！不过，当你在考虑别的事时，我还有个想法一直在酝酿，详情在此，好啦，不客气，再见。

于是，《怪兽保护协会》的科幻概念和全部情节瞬间灌入了我的大脑。

就这样，前一天我刚给编辑发完一封“我写不了这部小说，我的心中充满了忧虑和痛苦，我的职业生涯已经迷失方向”的邮件，第二天我又给他发邮件说：“嗨，别担心，我有了一个新想法，非常酷，你就等着 3 月份收稿吧。”

说真的，这就是作家。

身为一名作家，我感谢这部小说，因为创作它对我起到了疗愈作用。《怪兽保护协会》不是一部严肃深沉的交响曲，我这么说绝没有丝毫贬低的意思，它是一首流行音乐，轻松愉悦、朗朗上口，有三分钟抓人的引子和副歌，你可以跟着一起哼唱，然后把它放在一边继续生活，但愿你的脸上会挂着笑容。这本书我写得乐在其中，我也需要乐在其中。在漫长的黑暗之后，我们都时不时地需要一首抚慰人心的流行小曲。

看到这里你会问，另一部小说怎么样了呢？你还会继续写吗？你猜怎么着，我也许会。那部小说的创意很好，要是我的大脑找到了状态，世界也归于正常，我也许会继续落笔。它值得我全身心投入，可惜前一次我没能做到，时机合适的时候我也许会再次尝试，也会告诉你们。

与此同时，你们读到了这本小说：我在恰当的时候写下的一部恰当的小说。它让我回想起自己是因为热爱而写小说，并且喜欢与你们所有人分享。仅此一点，我就很高兴它在我的笔下诞生，并且来到了你们手中。

闲言少叙，现在是致谢环节：

首先，也是最显而易见的，感谢我的编辑帕特里克，没有他就没有这本书，一位好编辑不仅懂得阅读词句，还懂得包容作者。我感谢他看见我、理解我，为了让我回到正轨，以我需要的方式鼓励我。

还要感谢为这本书的出版做出巨大贡献的托尔出版社团队：莫莉·麦吉，瑞秋·巴斯，文字编辑萨拉、克里斯和锐利文本工作室，彼得·卢詹，希瑟·桑德斯和杰夫·拉萨拉。

我要额外要向我在托尔出版社的经纪人亚历克西斯·萨雷拉致敬，倒不是因为这本书（不过我相信她也会出色地完成宣发工作），而是因为我上一本在托尔出版社推出的小说《最后的恩佩罗》[1]出版时，新型冠状病毒肺炎正大举肆虐，由于全世界都陷入停摆状态，所有的宣传计划都被取消。仅仅几天之间，亚历克西斯和托尔出版社的其他宣传人员就把整个行程的活动都改到了线上，以虚拟形式举行。工作人员们付出了巨大的努力，而且收到了显著的成效——参加活动的听众很多，那本书成了畅销书。我想确保她和托尔出版社宣传部门的所有人员知道，我很感谢他们在一段非常艰难的时间里为我和出版社其他作者付出的辛劳。

还要感谢史蒂夫·菲尔德伯格以及他在有声书网站 Audible 的团队为我的新书录制有声书，向托尔英国分社的贝拉·佩根、乔

①原名为 *The Last Empperox*。

治娅·萨默斯，以及整个团队致以敬意和感谢。

当然了，要感谢我的版权代理人伊桑·埃伦伯格、毕比·路易斯和埃兹拉·埃伦伯格，他们把我的作品售到了国内外。还要感谢马修·休格曼和乔尔·戈特勒在电影电视改编权方面付出的努力。

2020 年一年里，我发现自己因为前面已经描述过的种种原因而难以写作，12 月，我觉得自己重新回到了创意工作的赛道上，也许可以重新发动引擎。于是我写一个关于节日主题歌曲的构思，它名叫《又一年圣诞》，然后给我的音乐人朋友马修·瑞安打了个电话，看他是否有兴趣跟我一同创作。他答应了。最后我们一同创作出的歌曲极大地抚慰了处在黑暗中的我，它提醒我自己真的还可以创作。我要感谢我的朋友马修·瑞安，也会一直珍爱我们的歌曲。

同往常一样，我也要感谢我的家人——我的妻子克里斯汀和我的女儿阿西娜，她正在独立成长为一名了不起的作家。克雷西①见证了 2020 年我为创作先前那部小说而殚精竭虑的全过程，我知道看到我写不出来她也十分苦恼，因为她关心我，而且知道我通常都会顺利完成，见到自己的伴侣受困于工作从来都不好受。

不过自始至终她都给予我极大的支持，十分了不起，因为她是一位伟大的妻子，而且几乎可以算是我认识的人中最优秀的人。当我把另一本书抛在一边，开始创作《怪兽保护协会》，她一路鼓励我，我写一章，她就读一章，而且总是催更，我也乐于把新的章节交给她来试读。我以前说过，因为有她，你们才会读到我的作品，这本书更是如此。我对她感激不尽。

还有就是感谢你们，很高兴你们愿意读我的书。

①即克里斯汀。

最后说一件趣事，这本书写完那天，书中描述的困境也临近结束。这不在我的计划之内，但是这样的发展实在太妙了。

约翰·斯卡尔齐
2021 年 3 月 20 日

图书在版编目（CIP）数据

怪兽保护协会 /（美）约翰·斯卡尔齐著；耿辉译 . -- 北京：新星出版社，2023.10（2023.12 重印）

ISBN 978-7-5133-5258-1

Ⅰ . ①怪… Ⅱ . ①约… ②耿… Ⅲ . ①幻想小说 – 美国 – 现代 Ⅳ . ① I712.45

中国国家版本馆 CIP 数据核字 (2023) 第 115681 号

幻象文库

怪兽保护协会

[美] 约翰·斯卡尔齐 著；耿辉 译

责任编辑 施 然　　**监　　制** 黄 艳
责任校对 刘 义　　**责任印制** 李珊珊
封面设计 冷暖儿

出 版 人 马汝军
出版发行 新星出版社
（北京市西城区车公庄大街丙 3 号楼 8001　100044）
网　　址 www.newstarpress.com
法律顾问 北京市岳成律师事务所
印　　刷 北京美图印务有限公司
开　　本 910mm × 1230mm　1/32
印　　张 9.125
字　　数 221 千字
版　　次 2023 年 10 月第 1 版　　2023 年 12 月第 2 次印刷
书　　号 ISBN 978-7-5133-5258-1
定　　价 59.00 元

总机：010-88310888　　传真：010-65270449　　销售中心：010-88310811